KB052735

데이지꽃 면사포

데이지꽃 면사포

최숙미 소설집

도화

데이지꽃 면사포

초판 1쇄인쇄 2021년 11월 24일
초판 1쇄발행 2021년 11월 26일

저   자 최숙미
발행인 박지연
발행처 도서출판 도화
등   록 2013년 11월 19일 제2013 - 000124호
주   소 서울시 송파구 중대로34길 9-3
전   화 02) 3012 - 1030
팩   스 02) 3012 - 1031
전자우편 dohwa1030@daum.net
인   쇄 (주)현문

ISBN ǀ 979-11-90526-56-2 *03810
정가 13,000원

*본 도서는 부천시 문화예술발전기금 일부 지원으로 발간되었습니다.

도화道化, fool는
고정적인 질서에 대한 익살맞은 비판자,
고정화된 사고의 틀을 해체한다는 뜻입니다.

차례

데이지꽃 면사포

솔로들이 주로 사는 아파트 분리수거함 근처에는 그런 부류 서넛쯤은 날마다 꼭 만난다. 서로 인사를 나누곤 하다가 자주 보는 사람들끼리 집집마다 돌아가며 모임을 하자고 했다. 무료한 저녁 시간을 함께 영화를 보거나 담소를 나누자는 거였다. 중소기업에 다닌다는 여자와 와인을 즐겨 마신다는 학원 강사, 파혼하고 직장에 다니는 나, IT 관련 CEO라는 남자와 앳된 남자 대학원생이었다. 혼자 영화를 보러 가기도 쉽지 않고 피자 한 판이 얼마나 많은지. 먹다 남은 통닭을 버리기도 아까워 다음날 먹을 때는 서글퍼진다는 말에 공감하며 함께 먹고 함께 영화를 보자고 합의를 봤다. 한 달에 두 번. 금요일 밤 7시. 가위바위보로 순번을 정하고 하이파이브를 했다.

첫 모임에 다들 설레하며 편한 복장에 슬리퍼를 신고 CEO 남

8

자 집에 모였다. 집안은 썰렁한데 대형 스크린이 이 집의 주인인 양 거실을 차지하고 있었다. 거실 테이블엔 방금 도착한 통닭과 맥주가 차려져 있고 구색을 갖춘다면서 천리향을 잘라 내왔다. 혼자 먹기엔 너무 많아 고민스럽다던 통닭 조각을 부딪치고 맥주를 마시면서 영화를 봤다. 제목은 〈이프 온리〉. 영화가 끝나고 다들 죽음마저 대신한 사랑에 부러움을 담아 탄식을 한 자나 뽑았다. 와인을 즐긴다는 학원 강사 집에서는 와인 파티가 되었다. 바가 꾸며져 있어 자연스레 와인 얘기로 시간 가는 줄 몰랐다. 다음은 내 차례. 간단하게 준비해야 하는데도 신경이 쓰여 시장을 봤다. 살코기 치킨을 사다가 야채를 버무린 샐러드를 만들고 캔 맥주를 냈다. 그날따라 여자들이 빠지고 대학원생과 CEO만 왔다. 〈미 비포 유〉 영화를 보며 맥주를 마셨다. 얼마 지나지 않아 대학원생이 여친 전화를 받고 급히 가고 CEO와 둘이 영화를 끝까지 봤다.

"여주인공의 엉뚱함이 매력이네요."

"사랑이 참 숭고해요. 자의적인 죽음까지 동행하는 사랑."

"아, 부럽다."

영화 얘기와 서로에 대한 얘기로 이어졌다. 오랜 친구가 놀러 온 것처럼 친숙하고 편안했다. 그는 결혼 목전에서 파혼을 했다고 한다.

"결혼 나흘 전에 예비 신부가 잠적해버렸어요. 메일 한 줄 날리고."

"이유는요?"

"도저히 안 되겠다고."

자신이 눈에 콩깍지가 씌었겠지만 여태껏 만난 여자 중에 사슴처럼 맑고 지적인 여자를 본 적이 없었단다. 정신을 못 차릴 정도로 그녀를 사랑했다고. 만난 지 3개월 만에 초스피드로 결혼이 진행되었는데 잘 따라줘서 그녀도 자기를 사랑하는 줄 알았다고.

"충격이 컸겠어요."

"닭 쫓던 개 지붕 쳐다보는 꼴이었죠."

"이유는 모르겠지만 용기는 가상하네요."

"그게 용기인가요?"

"그렇게 떠날 때는 이유가 있었겠지요. 저처럼."

"그쪽은 왜죠?"

"저도 파혼했어요."

"결정타는?"

"예비 시어머니의 사주 타령에 제가 깼어요."

"사주가 안 좋았답니까?"

"사주에 애가 없겠다나요. 생리주기와 양까지 묻는데 질려버렸죠."

"우리는 아주 좋다고 했는데 깨지더군요."

"신랑은 안 하던 효자 코스프레까지 했어요."

"고부갈등의 불씨를 안으셨네."

우리는 서로의 파혼에 공감을 하며 위로주랍시고 술을 퍼마셨다. 내 파혼만 정당화시키느라 그쪽 얘기는 별반 들어준 것 같지도 않았다. 나는 화풀이라도 하듯 잡다한 얘기까지 늘어놨다.

"신혼여행 가서도 절대 피임은 안 된대요. 내가 씨받입니까?"

"한 세기 전의 얘기죠."

"애 잘 들어선다는 한약까지 지어줬다니까요."

"올무군요."

"아, 속이 다 시원하다. 세상에 내 말 들어주는 남자도 다 있네."

"저도 술맛 납니다."

"비혼주의로 살 겁니다."

"장담 말아요. 인생이 어떻게 될 줄 알고."

나는 그 집구석 팽개치는 게 얼마만한 결단과 용기가 필요했겠냐고. 둘 다 인생 찝찝하니 술이나 마시자고 혀 꼬부라진 소리를 해댔다. 두 살 나이 차는 집어치우고 친구 먹자고, 훈남을 가장한 것들이 바람기가 다분하다는데 그래서 차인 거 아니냐고 몰아붙이기도 했다. 여자에 약할 뿐이지 순정파라나. 캔 부딪히는 횟수가 잦아지면서 내가 먼저 엎드려졌던가.

현관문 닫히는 소리에 잠을 깼다. 심한 두통과 함께 속이 울렁거렸다. 화장실로 내달려 토하고 보니 반 나신이었다. 밤새 맞장구를 치며 술을 마시다가 사고까지 친 듯했다. 또 필름이 끊겼어. 미쳤어. 머리를 쥐어뜯고 거실에 널브러진 빈 맥주 캔들을 걷어차며 성질을 부렸다. 술, 술. 파혼 후 생긴 술버릇이 문제였다. 술 마시다가 정신을 잃은 게 한두 번이 아니었지만 남자와 단둘이 이 지경이 되도록 마신 적은 없었다. 주말 내내 처박혀 있었다. 채팅방엔 어젯밤에 못 와서, 먼저 가서 죄송하다는 글들이 올라왔다. CEO는 이내 가서 잤단다. 나는 아무 반응을 할 수가 없었다. 다음 주엔 대학원생 집인데 내게 영화 추천을 부탁했다. 겨우 찾아보겠다는 글을 쓰면서도 어젯밤의 술판이 들키기라도 한 듯 얼굴이 화끈거렸다. 월요일. 이대로 넘어갈 수가 없어 문자를 했다.

'그날은 뭐였죠?' '글쎄. 기억이 안 나네.' 기억이 안 난다고? 뭐 이딴 자식이 다 있어. 꾼한테 당한 건가. '만나야 하지 않을까요?' '그래. 퇴근해서 연락할게.' 왜 그랬냐고 따질 수도 없고, 정말 기억을 못 한다면 기억해 내라고 억지 부릴 수도 없어 전전긍긍했다. 퇴근 후 창피함을 무릅쓰고 그의 차를 탔다.

"오늘 한강을 열 개쯤 건너봅시다."

"한강은 왜요?"

"그러다 보면 무슨 수가 나오지 않을까 싶은데."

"무슨 수라니요?"

"기억이 안 나니까."

그는 목적지라도 있는 양 올림픽대로를 달려 김포대교에 올랐다. 강변북로를 따라 내려와 행주대교, 방화대교를 건너 가양대교를 달렸다. 야경 보러 나온 중년 부부처럼 침묵으로 일관했다. 정말 기억을 못 하는 걸까. 시치미를 떼는 것 같지는 않은데. 불쾌감이 조금 가라앉았다.

　"성산대교까지만 가요."

　"이제 살려주는 건가?"

　"누가 죽인대요?"

　"바짝 졸았지. 어느 대교에서 죽임을 당하나 하고."

　방화대교 근처에서 순댓국을 먹었다. 한강을 달릴 때는 침묵에 동참하더니 연인이라도 되는 양 친절하게 굴었다. 고분고분 따르는 내 꼴이라니. 따지러 나온 판에 이 모양새는 뭐냐고 민망하게. 친절도 타이밍이 맞아야지. 저 눈웃음은 또 뭐래. 대충 욱여넣고 일어섰다. 혼자 가겠다니까 아파트까지 동행하는 게 오늘의 임무란다. 삐친 연인처럼 못 이긴 척 차를 타고 대화도 없이 아파트 주차장까지 왔다. 아침에 눈 뜨고 당황해서 나올 수밖에 없었다고. 사과한다고. 차에서 내려 문을 꽝 닫아버렸다. 차창을 열고 다음 주 금요일에 보자고 했다.

　"왜 그래요?"

　"뭐가?"

　"반말이요."

"그것도 기억 안 나? 두 살 차이는 나이도 아니라며 친구 먹자고 했던 게 누군데."

어렴풋이 기억이 났지만 방귀 뀐 놈이 성낸다고. 창피함과 짜증이 뒤엉켜 뒤도 돌아보지 않고 와버렸다. 이 떨림은 뭐지? 살짝 처진 외까풀 눈에 양쪽 어금니가 드러나도록 웃는 미소에 창조 때부터 길들여진 듯한 배려가 마음을 흔들었다. 차라리 첫 만남이면 어떨까. 가증스럽기는. 일은 추하게 벌어졌고 관계를 끊는 것만이 추락한 자존심을 건지는 거겠지. 계속 연락이 왔지만 답하지 않고 한 달이 갔다. 금요일 밤 죽은 듯이 누웠는데 현관 벨이 울렸다. 그 사람이었다.

"왜죠?"

"잠깐만 봅시다."

그럴 이유가 없다고 했더니 문을 열어줄 때까지 기다리겠단다.

"그럴 사이는 아니죠?"

"그럴 사이입니다."

실랑이 끝에 현관문을 열었다. 연락을 안 받으니 올 수밖에 없었다고. 금요 팀에는 자기가 술주정을 부려서 화가 났을 거라고 했단다. 자기가 죽일 놈이고 서로 진지하게 생각해볼 일도 남았다고. 나를 추스를 시간이 필요하고 길어질 수도 있다며 돌려보냈다. 나를 추슬러야 할 자존심도 문제지만 설렘이 더 큰 문제였다. 선한 눈매에 진정이 되지 않았다. 갈등의 날들이 계속되는 중에도 그는 수재 토스트나 캔 맥주 봉지를 문고리에 걸어놓곤 했다. 쪽지엔 함께 먹으면 맛이 두 배일 거란다. 무슨 어설픈 도끼 짓이래. 예상을 넘어선 설렘은 커져가고 다음날을 기대하게 되었다. 장마철 얼비친 햇살 같은 기분이랄까.

오늘 밤 8시. 볼 수 있을까요? 이내 쫓아왔다. 아파트의 한적한 곳을 거닐었다. 금요팀 대학원생 연애가 위태롭다거나 연극하는 남자가 합세를 했는데 학원 강사와 와인 얘기로 썸을 탄다는 둥 정작 우리의 대화는 진척되지 않았다. 가로등이 비치는 벤치에 앉았다. 핸드폰을 만지더니 내 눈앞에 들이댔다. '우리 어디쯤 왔을까?' 무슨 뜻이에요? 또 써서 보여줬다. '우리는 연애 중.' 나이 같지 않은 행동에 웃음이 퍽 터졌다. 내가 웃었다고 작전 성공이란다. 솔직히 싫지 않았다. 조금 전의 장난기를 거두고 진지해졌다.

"제가 옴팡 빠졌습니다."

"잘 빠지시나 봐요."

"그래서 물어볼게요. 저를 어떻게 생각하세요?"

"만남이 구렸잖아요."

서로를 위해 지워버리잔다. 백지에서 시작하자고. 백지처럼 지워지지는 않겠지만 나도 그러고 싶다고 했다. 만남이 시작되고 데이트가 잦았다. 금요 팀의 건배사는 사랑은 분리수거함에서! 가 되었다. 서로 첫 만남을 놀려가며 친밀한 연인이 되어갔다. 그 와중에도 언뜻언뜻 불안감은 있었다. 결혼 얘기가 나올까 봐서다. 파혼 후 비혼으로 방점을 찍은 터였기에. 서로에게 부담을 주는 절차는 갖지 말자고 했다. 어떤 부담이냐고 알고 가잔다.

"결혼."

"정말 비혼주의자라도 되려고?"

나는 단호했다. 결혼이 전제된 만남이면 이쯤 해서 끝내자고. 그의 대답은 일단 그러자고 했다. 일단이란 말은 빼야 한다고 다그쳐서 약속을 받아냈다. 어느 쪽이든 결혼 상대가 나타나면 방생을 하자고도 했다. 그날부터 서로의 집을 오갔다. 둘만의 미래를 설계하지 않았고 부담도 주지 않았다. 서로의 심중을 들여다보지 않아도 될 만큼 사랑은 깊어갔다. 그러지 않겠지만 만약에 떠나겠다면 나도 약속을 지킬 것이다. 술을 마시고 필름이 끊기는 날이 있긴 해도 그가 옆에 있었기에 행복했다. 여행 버킷 리스트까지 만들어 연애를 즐겼다. 금요 팀에서는 언제 국수 먹여줄 거냐고 졸랐다. 나는 그런 절차에 묶이지 않는 게 진정한 솔로들의 자유가 아니겠냐며 동참을 종용했다.

우리 집에서 주말을 함께 보낸 날 아침 엄마가 찾아왔다. 부스스한 모습으로 엄마를 대면한 그가 몹시 당황해하는데 엄마가 먼저 말을 꺼냈다.

"결혼할 사이겠죠?"

"엄마."

"아네, 그럼요."

"재형 씨, 지금은 가세요."

"죄송합니다. 이런 모습으로 뵙게 돼서 다음에 정식으로 인사 드리겠습니다. 그럼 이만."

허둥지둥 그가 가고 엄마는 나를 잡아 앉혔다. 왜 말 안했냐. 어쩐지 밝아 보이더라니. 결혼은 언제 할 거냐고. 당장 상견례하고 날을 잡자고 했다.

"천천히요."

"천천히라니?"

우리의 관계를 설명할 준비가 되어있지 않아 조금 전의 상황보다 할 말이 더 궁색해졌다. 엄마는 오매불망 파혼의 기억을 지우고 좋은 사람 만나 결혼하기를 기다리는데 결혼은 하지 않고 연애만 한다고 말할 수가 없었다. 그날부터 엄마 아빠 오빠의 재촉이 줄을 이었다. 오빠는 자기가 먼저 만나보자고 했다. 부모님이 탐탁잖아할 사람이면 힘을 실어 주겠노라고. 그날 밤 우리 결혼하는 게 어떠냐고 그가 물었다. 나는 약속 위반이라며 화를 냈고 결혼이 하고 싶으면 지금 끝내자고 문을 열어줬다. 나는 비혼주의자라고. 나의 강경함에 그도 더 이상 결혼 얘기를 꺼내지 않았다. 가족들의 재촉이 시들해지고 각자 약속이 있는 날은 연락 않기로 한 것까지 지키면서 동거 아닌 동거를 한지 이 년이 넘었다.

"우리의 방생은 유효한 거지?"

"확인 사살이야?"

"소개를 받았는데 괜찮은 여자 같아."

"그래서?"

"나도 가정을 꾸리고 싶어. 애도 낳고."

"알았어."

사랑이 끝나려나. 남편처럼 친구처럼 지냈던 신뢰의 성이 방생이라는 출구에서 푸슬푸슬 무너져 내렸다. 파혼했을 때는 이유가 분명해서 상대를 죽도록 원망하고 미워했건만, 그를 놔줄 생각을 하니 종잡을 수 없는 허탈감이 몰려왔다. 불안해진 나와는 달리 그는 설레는 마음을 숨기지 않았다. 그쪽과 연애 중이면 나와는 뭐지? 이별 중? 아직은 못 보내. 제안을 했다.

"파트너 어때?"

"이러지 않기로 했잖아. 그래서 부담도 없었고."

"내가 아직 준비가 안 됐어."

내가 보내지 않아도 그가 가버리면 이별인 거겠지. 방생은 그와의 강철 같은 사랑을 자랑하는 객기 같은 거였는데. 아주 먼 훗날의 일이거나 그런 순간은 오지 않으리라는 확신도 있었는데, 떠나기 위한 비상구였다니 믿기지가 않았다. 왜 이런 날이 오리라고 생각지 못했을까. 보내줘야겠지. 이별은 어떻게 하는 거야? 방생은 내 인생행로를 망쳐버릴 키였나. 설마 완전히 떠나는 건 아니겠지. 아직은 못 보내. 아직은.

그의 방문이 뜸해졌다. 정말 떠나는 건 아니지? 확인할 때마다 그러지 말라고. 서로만 힘들다고. 연수답지 않게 왜 그러냐고. 나답게 살란다. 그래 이별만 아니면 나답게 잘 살 수 있어. 사랑과 이별이 동의어는 아니잖아? 결혼 않겠다는 말이 이별의 여지를 준 건 아니라고. 나는 나다운 게 뭔지 헷갈렸고 흔들렸고 무너져갔다.

아귀 같은 어둠에서 숨을 헐떡이며 계속 연락을 했다. 가끔 달려와 주기도 했지만 그 정도로는 양에 차지 않아 안달을 하고 집착을 했다. 그렇게 하지 않고서는 숨을 쉴 수가 없었고 잠도 잘 수 없었다. 불안과 집착으로 혼란 상태까지 이르렀다. 내가 결혼을 하는 양 들뜨기도 하고 그가 떠난다는 사실을 까맣게 잊기도 했다. 병원 진료까지 받는다는 사실에 안타까워만 할 뿐 그의 마음은 달라지지 않았다. 나는 술에 절여 있는 날 외에는 보내주자고 마음을 다잡기도 했다. 모질지 못한 그가 나에게 시달리는 모습도 가엾었다. 축복해주고 싶은 마음도 들었다. 그렇다고 벌써 결혼 준비까지 하다니. 울컥울컥 터지려는 울음을 삼키며 이별을 준비해야만 했다. 약을 먹고 잠을 자고 일어나면 나를 타일렀다. 그가 떠난다는 걸 인정할 것. 다시 돌아오지 않는다는 것도 인정할 것. 잘 보내 줄 것. 마지막 다짐에서 울음을 터트리지 않기 위해 목소리에 힘을 주었다. 이러는 게 연수다운 거지. 그래 놓고 울고 말았다.

기분전환이 필요했다. 여섯 살 연하남인 기범이에게 연락을 했다. 술 한잔할래? 금방이라도 뛰쳐나올 듯이 반가워했다. 누난 내 여자였으면 좋겠다고 응석을 부리던 녀석이었다. 나이차가 문제가 아니라 내 이상형이 아니었다고나 할까. 이성적인 감정이 일지 않아 미안할 정도였으니까. 오늘 밤은 안 되겠다고 했다가 좀 더 늦은 시간이면 괜찮단다. 여친 만나니? 아뇨. 잡아떼기는. 누나, 보고 싶어요. 늦게라도 꼭 만나요. 이 녀석 보게. 끊자. 술 퍼마실 친구나 찾아볼까. 핸드폰 연락처를 훑어봤다. 얘도 아니고 이 사람도 아니고. 이 상황을 털어놓을 친구가 없다는 사실에 새삼 놀랐다. 왜 이렇게 살았을까. 그에게 몰입하는 동안 소원해져 버린 절친들. 둘만의 세상이 전부인 것처럼 살았다니. 그와 해외여행 가느라 경희 결혼식에도 못 갔어. 세상 부럽지 않게 열애를 했건만 이 꼴이 나고 말았네.

그가 결혼을 며칠 앞두고 늦은 시간에 찾아왔다. 팔찌를 건넨다. 이별 선물인 모양이다. 차마 목걸이는 걸어줄 수 없어 팔찌를 산거로군. 채워주려는 걸 마다했다. 나중에. 시나몬 애플차를 마셨다. 같이 만들었던 차여서 목이 메는 걸 마지막 다짐을 곱씹으며 심호흡을 했다. 정말 잘 보내줄 것.

"준비는 잘 되어 가?"

"그럭저럭."

"신혼여행은 어디로 가?"

"몽골로."

나랑 같이 갔던 곳은 피하려고 신경을 썼단다. 그래, 우리의 버킷 리스트였던 곳을 건드리지 않는 것만도 고마운 일이지.

"샹그릴라 호텔이 좋다고들 하던데."

"우리도 거기로 정했어."

"잘 갔다 와."

"응."

"방생 어렵지 않네."

그가 맥주와 말린 과일을 꺼내왔다. 나는 냉정하려고 주례사 같은 말을 주워섬겼다. 잘 살길 바랄게. 애들 많이 낳아 애국하고.

"우리 사랑하자."

"싫어."

"마지막 밤이잖아."

"그래서 싫어."

단호하게 거절했다. 이대로 그에게 무너지면 또 나를 지탱하지 못할 것 같았고, 그를 보낼 수 없을 것 같았다.

"연수야. 내 맘 알잖아."

"이러지 마. 이제 와서 뭐 하자는 거야."

"마지막으로 안아보게 해 줘."

"마지막으로?"

"친구 만난다고 하고 왔어."

"그래서? 팔찌라는 앞 소절에 사랑이라는 후렴구로 끝내겠다고?"

"여자들 촉 알잖아."

"폐기 처분하러 왔니?"

점점 오기가 발동했다. 이렇게 어설픈 이별의 밤을 보내고 산뜻하게 떠나겠다고? 내 다짐이 바람을 맞은 듯 슥 뒤로 밀쳐졌다. 잘 보내주겠다는 다짐. 아직은 보류야.

"다시 와."

다시 와야 해. 마지막 밤이라는 붉은 별을 들고서. 2년을 넘긴 열애를 짬 낸 시간으로 해치울 수는 없어. 신경전을 벌이다가 결국 밀어냈다. 그는 현관문 밖에서 한참을 서성이다가 떠났다. 다시 꼭 와. 그땐 우리들 얘기만 해야 해. 서두르지도 말고, 초조해하지도 말고. 그래야 잘 보내줄 수 있으니까. 마지막 밤은 우리의 사랑만 나눠야 해. 우리들만이 아는 체위로.

그는 오지 않았다. 결혼 전에 이 정도도 못해준다는 건가. 나는 또 잠을 못 자고 술을 마셨다. 잘 보내준다니까. 회사를 어떻게 다니는지, 일은 제대로 하는 건지, 하루하루가 험지로 가는 듯 비틀거렸다. 밤마다 술을 먹어도 잠이 오지 않아 노트북만 뒤적였다. 나도 여행이나 갈까. 몽골로. 웃음이 터졌다. 그와의 마지막 밤을 샹그릴라 호텔에서. 짜릿한데. 장난 삼아 울란바토르 행 항공사와 샹그릴라 호텔에 예약을 했다. 잽싸게 확인 문자가 들어왔다. 취소를 하려다가 멈췄다. 내 남자가 결혼하는 날에 내가 뭘 하겠어. 일단 가보는 거야. 그곳에서 우연히 마주치면 더 좋고. 신혼여행 코스 뻔할 테니까 놀라게 해주는 것도 괜찮겠네. 나는 그냥 울란바토르 여행을 간 거고, 하필 샹그릴라 호텔에 묵은 거고. 우연히 그와 마주친 거고. 그의 입장은 내 몫이 아닌 거야. 마지막 이별파티도 하지 않은데 대한 벌칙 정도로 해두겠어.

그의 결혼식이 있는 주말 오후, 나는 울란바토르 공항에 내렸다. 공항에서 호텔로 곧장 가지 않고 도착하는 사람들을 지켜보았다. 왜 하필 신혼부부들만 눈에 띄는지. 밝고 행복해 보였다. 신혼여행이 행복한 만큼 결혼 준비도 순조로웠을까. 신부들이 유난히 해맑다. 결혼하기까지 힘든 일은 없었냐고 인터뷰라도 해보고 싶다. 아마도 거짓말이 팔 할 일 걸. 그가 이십 대 후반으로 보이는 신부와 손을 꼭 잡고 나왔다. 우리나라 신부 화장은 예술이야. 연예인 수지처럼 예쁘구먼. 캐주얼한 슈트 차림의 그는 나이보다 젊어 보인다. 그의 표정 어디에도 내 남자의 흔적은 없다. 신부를 보고 살짝 웃는 미소에 숨이 멎을 듯하다. 눈에 불꽃이 튀고 피가 연쇄충돌을 해서 비명이라도 지를 것 같다. 왜 목은 메이냐고. 나는 허둥댔다. 아직은 내 남자야. 마지막 밤을 보내지 않았으니까. 그도 알고 있어. 마주칠 순간이 올 거야. 나보다 더한 질투의 화신이 골든타임을 잡아 줄 거라고. 호텔 픽업 택시를 타고 떠나는 그들을 보면서 예상치 못한 계획들이 세워졌다.

울란바토르 국영백화점에 들러 커플 잠옷과 화장품, 그가 좋아하는 존비바토스마치산 향수를 사고 몽골 전통주 아이락도 샀다. 시간도 보낼 겸 메르꾸리 시장에 들러 수술이 화려한 전통 모자도 두 개 샀다. 마지막 밤을 보낼 기념 사진용이다. 악마의 속삭임일까. 묘한 설렘이 일었다. 그가 있는 곳이 몇 층인지. 함께 할 생각에 손길이 바빠졌다. 미친 짓이라 해도 괜찮아. 멈출 수 없어. 화장품을 진열하고 잠옷에 향수를 뿌렸다. 룸서비스로 와인까지 준비하니 완벽한 신혼부부의 침실이 되었다. 사진을 찍고 맥주를 꺼내 마셨다. 호텔을 벗어났을까. 몽골의 밤하늘에 넋을 놓고 별 타령을 하려나. 신부가 별 무더기에 파묻혀 기절이라도 해버렸으면. 핸드폰을 들고 시간을 쟀다. 아직은 질투의 화신이 던질 골든타임이 아닌 듯 해. 서성거림이 잦아도 시간은 더디 갔다. 초초함에 쑤셔 넣어 온 양주를 마셨다. 파트너끼리 마지막 황홀한 밤의 절차는 밟아야지 않겠어? 질투의 화신이여 내게 골든타임을 알려다오. 새벽 2시. 문자를 찍는데 수전증 걸린 사람처럼 손끝이 떨렸다.

'같은 호텔 1308호 수.'

오지 않았다. 설마 핸드폰을 꺼 놓은 건 아니겠지. 내가 온다는 티도 안 냈으니까 그러지는 않았을 거야. 껐더라도 한 번쯤은 켜 볼 거야. 내가 생각날지도 모르잖아. 오 분, 십 분, 삼십 분, 한 시간. 오지 않다니. 어떻게 그래? 내가 부르는데. 양주를 계속 마셨다. 꼭 올 거야. 내 파트너니까. 샤워를 몇 번이나 한 거지? 다시 문자를 보냈다. 도어를 약간 열고 립스틱을 괴었다. 새벽 4시. 이제는 올 거야. 와야만 해. 내 파트너니까. 핸드폰이 울렸다. 그였다.

"빨리 와. 왜 이렇게 늦었어?"

"누구세요?"

립스틱을 괸 도어를 열고 그의 신부가 들어섰다. 술이 확 깼다. 민낯인데도 이렇게 예쁘면 어떡해. 검은 눈동자가 굴러 빠질 듯하고 가시 돋친 장미꽃입술이 생채기를 낼 듯하다.

"당신 누구냐고?"

"파트너."

그녀가 헛웃음을 웃었다.

"친절하게도 립스틱까지 고여 놓으셨네."

예상보다 당차다. 방어할 전략을 갖추지 못한 내가 더 당황스럽다.

"재형 씨는?"

"당신이 뭔데 재형 씨를 찾아?"

그녀가 달려들었다. 그 바람에 걸치고 있던 샤워 가운이 벗겨졌다. 속옷도 입지 않은 나를 본 그녀는 이성을 잃고 말았다. 화장품과 향수를 패대기치고 온갖 추악한 욕을 끌어 부으며 간질이라도 할 듯 발악을 했다. 장미꽃 입술에서 쏟아 내는 욕이 내가 들어야 할 욕 치고는 몹시 저질스러웠다. 품위 있는 욕은 없을까. 급기야 내 가슴에 손톱자국이 났다. 아파. 그녀가 숨을 할딱이며 전화를 하려다 말고 소리를 꽥 질렀다. 옷 입으라고. 왜? 내 남자가 보는 건 일상인데. 나는 웃었다. 그녀가 나를 침대보로 둘둘 말아 밀쳐버렸다. 1308호로 와요. 잠옷 차림의 그가 쫓아왔다. 망연자실하는 그를 보는 순간 나는 미소를 지었고 안도했다.

"마지막 밤이야."

여자가 비명을 지르고 그에게 달려들 때 나는 썩은 나무둥치처럼 쓰러졌다. 여기까지로 할게. 바이. 롱런 파트너. 내 사랑. 내 남자가 쓰러진 나를 두고 허겁지겁 신부를 데리고 나갔다. 다 설명할게. 별 사이는 아니고. 도어가 닫히려는 순간 그가 하는 말에 나는 폭풍처럼 웃었다. 잠깐 즐겼던 여자야.

잠에서 깨니 꿈에서 아팠던 통증이 여전했다. 새벽의 난장판이 펼쳐지며 참담함이 몰려왔다. 무슨 짓을 한 거지. 그의 마지막 말이 기억나 오뚝이처럼 일어났다. 그 말을 한 건 사실일지라도 그의 진심은 아니야. 내가 알아. 드라마 대사일 뿐이라고. 이젠 돌아가야겠지. 사랑의 패잔병이 된 내게 몽골은 참으로 잔인

한 나라야. 어지럽힌 것들을 그대로 둔 채 지갑만 들고 호텔을 나왔다.

아파트 현관문을 닫자마자 단절을 찢으러 중얼거렸다. 재형 씨, 내겐 마지막 밤의 절차가 필요했어. 당신을 파괴할 생각은 없었다고. 타이밍을 잘못 잡았을 뿐이야. 미안해. 내가 당신의 인생을 망쳐버렸네. 화마 입은 넝마처럼. 그의 신부에게도 사과를 했다. 미안해요. 해명이 가증스럽지만 진심이었다.

회사에 병가를 내고 며칠을 시체처럼 지냈다. 내 인생은 왜 이럴까. 날이 갈수록 불안이 극에 달했다. 그와의 분리가 불안한 거야. 마지막 밤의 절차 따위로 나를 속인 거지. 또 파혼일까. 가엾은 사람. 왜 그렇게 솔직했냐고. 신혼여행지까지 알려주는 바보가 어디 있어. 나는 불안을 견딜 수 없어 문자를 보냈다. '한번만 와줘.' 그간에 아무 일도 없었던 듯 여느 때처럼 보낸 문자에 답이 왔다. '나중에' 짧으나 희망이 보이는 나중에. 나는 일초도 늦을세라 낚아채듯 물었다. '나중에 언제?' '나중에' 막연하지만 답장이 왔다는 사실만으로 투덜거릴 힘을 얻었다. 차라리 안 올 거라고 하든지. 기다리라는 거야 뭐야. 통화를 하자고. 술을 끊으면 올 거냐고, 내가 가겠다고 해도 더는 답이 없었다. 나중에라는 희망고문에 속이 바짝바짝 탔다. 음성메시지로 차라리 떠나라고 악을 썼다가 얼렀다가를 거듭하다가 지쳐갔다.

6개월쯤 지났을까. 그가 출근했다가 퇴근한 사람처럼 아무렇지도 않게 왔다. 조금은 수척했지만 그 엄청난 사건을 치른 사람 같지 않게 멀쩡했다. 나를 한참 동안 아주 한참 동안 포근히 안 아줬다. 이 느낌, 이 안정감이 내 남자의 품이었어.

"내가 여기로 들어오고 혼인신고를 하는 거야. 어때?"

"혼인신고라니? 앞뒤도 없이?"

"결론을 낼 때가 됐어."

"생각해 볼 게."

"더 이상 끌어서는 안 돼."

내 의견을 묻고는 있지만 들어주지 않으면 이제야말로 끝장을 내겠다는 말투다. 그러지 뭐. 비혼주의로 단단하게 걸어 잠갔던 신념은 어쩌고. 결혼의 절차가 또 묵직하게 다가왔지만 더는 피할 수 없는 한계까지 온 듯했다. 고개까지 끄덕였다. 내심 이런 순간을 기다린 것 같기도 했다.

내가 저지른 행패로 난봉꾼에, 사기꾼, 죽일 놈이 되어 손이 발이 되도록 빌었단다. 혼인신고까지 한 터라 아파트를 처분해 위자료를 지급하고 파혼했다고. 나와의 관계를 깊이 생각해봤는데 방생을 도피로 삼은 것이 후회가 되었단다. 그까짓 게 무슨 조건이라고. 당장 달려오고 싶었지만 부모님과 저쪽에 끝까지 나를 숨기느라 연락하지 않았다며 일탈의 대가가 컸단다. 수야말로 내 인생 다할 때까지 롱런할 파트너야. 잘 견뎌줘서 고마워. 사랑해. 나는 꿈을 꾸는 듯 황홀했고 그의 입술이 움직일 때마다 고장 난 인형처럼 연신 고개를 끄덕였다. 눈물마저 좋았다.

혼인신고로 핑크빛 족쇄를 채웠다. 내게 드리워졌던 불안도 서서히 사라졌다. 냉장고엔 안주거리 대신 반찬거리가 들어찼다. 나의 상흔까지 지우느라 애쓰는 사람 그를 사랑했다. 그는 우리들이 처음 본 영화 〈미 비포 유〉에서처럼 아침에 눈뜨고 싶은 유일한 이유가 당신이었으면 한다고 프러포즈를 했다. 지난 날의 일들이 영상이 지워지듯 희미해졌다. 나는 건강해졌고 임신까지 했다. 시시하게 만나 서로를 흡입하느라 겪은 고통이 너무 컸지만 결혼할 수 있을 것 같았다. 가슴이 그토록 뛰게 한 사람은 재형 씨 뿐이었어. 그는 내 코를 잡고 흔들며 엄포를 놓았다.

"각오해. 이번에야말로 파혼의 덫에 걸리지 않을 테니까."

"부모님은 내가 누군지 아셔?"

"전혀."

"그날 밤의 파트너는 내가 아니겠네?"

"그날로 끝냈다고 했어."

상견례를 하고 이천 외삼촌댁 마당에서 스몰 결혼식을 올리기로 했다. 웨딩샵 매니저로 일하는 친구를 설득해 폐기 직전인 드레스를 샀다. 유행 지난 면사포가 엄마 결혼식 면사포 같아 맘에 들었다. 도와주겠다는 것을 극구 사양하고 혼자 예식 준비를 했다.

하루 전날, 그는 부모님을 모시고 당일에 오기로 하고 나는 부모님과 혼례복을 싣고 외삼촌댁으로 갔다. 마당엔 두 분의 손끝에서 핀 꽃들이 만발했다. 하늘엔 장미향이 가득하고 햇살은 눈이 부셨다. 외삼촌은 양가 부모님들이 앉을 의자를 내다 놓았다. 데이지꽃으로 면사포를 장식하고 내일이면 필 것 같은 작약으로 부케를 만들었다. 자갈길엔 아침 이슬을 머금은 장미꽃잎을 뿌리기로 했다. 자갈밭을 잘 걸을 수 있게 굽 낮은 하얀 구두도 꺼내놓았다. 나도 그가 프러포즈하며 했던 영화의 한 구절을 들려줄 참이다. '아침에 눈뜨고 싶은 유일한 이유가 당신이었으면 해요.'

조카 방이 내 숙소 겸 신부대기실이 되었다. 방안에는 면사포와 부케 꽃향기가 향긋하다. 그와 문자를 주고받았다. 내일 우리 결혼식에 올 거냐고 말 같지도 않은 확인을 하며 응석을 부렸다. 일찍 출발해야 되니 자겠단다. 상념에 빠지지 않으려고 몇 번을 뒤채었다. 어느샌가 벽시계 초침 소리가 아득해졌다.

웨딩드레스를 입지 않고 면사포만 썼다. 예식 시간이 다가오는데 그이와 시부모님이 도착하지 않았다. 전화를 해야 하는데 핸드폰이 보이지 않는다. 벽시계는 자기 알 바 아니라는 듯 초침 소리를 키우며 긴장을 시킨다. 작약 부케에서 장미꽃이 피었다. 별일 없을 거야. 차가 막히든지. 없던 핸드폰이 내 손에 있고 그이로부터 문자가 왔다. 사진과 함께. 셀카로 찍은 여자 뒤로 그가 벗은 채 잠들어 있다. 여자는 샹그릴라 호텔에서 본 그의 옛 신부 같다. 선명하던 사진이 흐려진다. '재형 씨 파트너예요. 제 시간에 맞추지 못할 것 같아요. 미안해서 어쩌지요.'

전화벨 소리에 화들짝 잠을 깼다. 재형 씨다.

"지금 출발해."

"재형 씨."

"내 신부 보고 싶어 잠을 다 설쳤네."

스탠드 불빛에 웨딩드레스와 데이지꽃 면사포가 눈에 들어온다. 작약 부케 꽃이 벙긋하게 피었다. 핸드폰엔 내가 그에게 보낸 문자가 마지막이다. 한결같은 초침 소리에 미소가 번진다. 창문을 열고 간밤의 악몽을 떨쳐냈다. 새벽바람에 장미향이 진하다.

동백꽃집

선비댁 타작마당엔 밤낮없이 애들이 모여 놀았다. 담장이 높은 집엔 선비 어른과 그의 어머니인 안채 할머니가 살았다. 황토와 납작한 돌을 켜켜로 쌓아 올린 담장은 너무 높아 감나무 윗가지만 보였고, 시커먼 쇠고리가 달린 대문은 담장보다 높아 애들이 쇠고리에 매달려 사랑채를 넘겨다보기도 했다.

안채에는 할머니가 식모 언니랑 살고 선비 어른은 사랑채에 살았다. 할머니는 아들만 둘인데 둘째 아들은 서울에 살았다. 선비 어른 부인은 자식도 없이 병을 앓다가 일찍 세상을 떠났다. 읍내에 젊은 부인이 있다고 했으나 선비댁으로 와서 살지는 않았다. 사랑채 건넛방에는 손님방이 있고 뒷방에는 젖먹이 아들이 있는 머슴 염서방네가 살았다.

선비 어른은 아침저녁으로 한복 바지춤에 손을 찌르고 논가를 돌아 집으로 들어가곤 했다. 그 틈에 애들은 생쥐처럼 사랑채 정원을 들여다보았다. 작은 연못에는 물이 졸졸 흐르고 돌 틈엔 보라색 난초꽃이 피어 있었다. 무화과와 주먹만 한 석류가 입을 떡떡 벌린 채 달려 있기도 했다. 둥근 동백나무 때문에 사랑채 마루는 잘 보이지 않았다. 마당을 가로지른 담장에 쇠고리가 달린 샛문은 안채로 통하는 듯했다. 안채에 대한 궁금증이 더 컸지만 그곳을 볼 기회는 없었다.

선비 어른 동생이라는 서울 아저씨가 왔다. 큰 키에 댓님도 묶지 않은 한복을 입고 히죽히죽 웃고 다녔다. 너무 말라선지 걸을 때마다 온몸이 허수아비처럼 흔들렸다. 걸어가다가 느닷없이 금주를 봤냐고 물어보기 일쑤였다. 애들은 아저씨를 볼 때마다 금주 없다고 놀렸다. 딸 금주가 학교 갔다 오는 길에 교통사고로 죽어 아저씨가 정신이 돌았다고들 했다.

혼자 집에 있는데 아저씨가 왔다. 곳간이며 뒤란을 돌며 금주를 부르다가 갑자기 나를 보고 팔을 벌리며 금주야 했다. 나는 깜짝 놀라 금주 아니라고 소리를 질렀다. 한참이나 나를 빤히 보다가 고개를 갸웃거리며 나갔다. 아저씨가 집집마다 다니며 금주를 찾는 바람에 밤잠을 설친다고 야단들이 났다. 아니나 다를까, 한밤중에 아저씨가 금주를 부르며 우리 집 방문을 열었다. 거의 울듯이 금주가 여기 있다고 방으로 들어오려 했다. 할머니는 금주는 서울에 있다며 막아섰다. 아저씨는 나를 보고 아빠랑 집에 가자고 애원했다. 나는 이불을 뒤집어쓰고 금주 아니라고 악다구니를 했다. 할머니가 뭐라고 꽥 소리를 지르자 놀란 아저씨가 떠밀려 나갔다. 후다닥 문고리를 거는데 아저씨가 유모, 행자 어디 갔어? 했다. 할머니가 쉿! 쉿! 하더니 두 사람의 발소리가 멀어졌다. 행자는 우리 엄만데 왜 아저씨가 우리 엄마를 찾을까. 한참 만에 들어온 할머니는 등잔불을 꺼버리고 누웠다. 할머니, 그 아저씨가 왜 우리 엄마를 찾아? 할머니는 잠든 척 코를 골았다.

종일 타작마당에서 놀던 날, 목화솜처럼 얼굴이 희고 눈썹이 까만 오빠가 선비댁으로 들어갔다. 머리칼은 짧고 욱이 형과 비슷한 교복을 입고 있었다. 오빠는 날마다 대문 앞에 나왔다. 여자애들은 키득키득 웃으며 오빠 주위를 맴돌고 남자애들은 텀블링을 하거나 돌치기를 하며 오빠 시선을 끌었다. 어느 날 오빠가 어깨에 메추리 새끼 한 마리를 얹고 나왔다. 메추리는 살짝 날았다가 어깨에 앉기를 거듭했다. 애들은 흔히 보는 메추리인데도 오빠 어깨에 있는 메추리를 서커스 보듯 신기해했다. 먹이를 갖고 오는 애들한테는 메추리를 만져보게도 했다. 나는 마른 옥수수를 잘게 부수어 가져 갔다. 오빠가 옥수수가루를 받아줄 때 메추리를 만지기도 전에 가슴이 벅차 손이 다 떨렸다.

저녁을 먹고 타작마당으로 갔더니 오빠만 있었다. 수줍어 어쩔 줄 몰라하는데 내 눈이 메추리 눈처럼 생겼다고 했다. 메추리 눈처럼 예쁘다는 것 같아 눈을 크게 떴더니 나를 대문 안으로 휙 잡아당겼다. 숨바꼭질이라도 할 것처럼 동백나무 뒤로 데려가더니 뽀뽀를 했다. 나는 온몸이 둥둥 떠다니는 것 같고 가슴이 설렜다. 차가운 손이 고무줄 바지 속으로 쑥 들어왔다. 앗, 차가워. 오빠는 얼른 내 입을 막으며 주위를 살폈다.

"비밀이야. 이제 가봐."

후들거리는 다리로 집에 와서는 방문을 닫아걸고 거울을 봤다. 메추리같이 동그란 눈에 얼굴이 발그레했다. 가슴이 두근대고 배슬 배슬 웃음이 나왔다. 거울을 백 번도 더 봤다. 그래, 비밀이야. 죽을 때까지. 오빠 눈도 메추리 눈을 닮았어. 이제 메추리 오빠라고 부를 거야. 후훗. 할머니가 실성을 했냐고 하는데도 웃음이 그치지 않았다.

다음날 웃음을 감추느라 딴청을 부려가며 타작마당으로 갔다. 애들이 아침 일찍 오빠가 서울로 갔다고 했다. 아, 정말? 순식간에 제트기를 놓치고 연기만 보는 듯 마음이 허전했다. 풀이 죽은 채 거울만 들여다보며 메추리 오빠를 불렀다. 할머니는 뭐 땜에 시무룩하냐고 핀잔이 잦았다. 여름방학 때는 오겠지. 여름방학이 까마득해서 훌쩍거렸다.

선비댁 식모 언니가 시집을 가고 길녀라는 여자애가 왔다. 키는 나와 비슷해도 나이는 두어 살은 위라고 했다. 눈이 찢어지고 얼음판에 미끄러질 듯한 말투는 제비꼬리처럼 뒤끝을 올렸다.

붉은 꽃무늬 원피스를 뽐내며 땟국에 절은 내 포플린 치마를 보고 코웃음을 쳤다. 누가 물어보지도 않았건만 식모가 아니라 친척 할머니를 돌보러 온 거란다. 길녀는 우리더러 동백나무가 있는 정원까지 들어가 놀게 했다. 나는 메추리 오빠와 뽀뽀했던 순간을 떠올리며 동백나무 주위를 맴돌았다. 애들은 타작마당에서 놀 때와는 다르게 발소리를 죽여 가며 집안을 살폈다. 정원엔 물이 졸졸 흐르고 바위 틈새엔 손이 베일 듯한 난초가 뻗쳐 있었다.

길녀는 학교를 안 다녔는지 글을 읽지 못했다. 타작마당에서 방치기를 할 때면 애들이 일부러 누구 이름을 써놓은 방은 밟지 말라며 길녀를 골렸다. 그런 날은 길녀가 안채 할머니에게 왜 학교 안 보내 주냐고 대들었다. 나는 길녀에게 애들 이름만이라도 가르쳐주려고 했으나, 방치기를 안 하면 안 했지 나한테 글자 배우는 짓은 하지 않겠단다. 되레 할머니들한테 들은 얘기로 매사에 아는 척을 하며 나더러 뭣 하러 학교는 다니느냐고 핀잔을 줬다. 나는 길녀보다 아는 것도 없으면서 학교를 왜 다녀야 하는지 의문스럽기도 했다.

선비 어른이 병이 나서 서울로 가고 금주를 찾던 아저씨도 갔다. 사랑방은 자물쇠가 채워졌으나 마루는 먼지가 뽀얗게 쌓이고 애들이 생쥐처럼 들락거리며 발자국을 찍었다. 엽서방이 야단을 쳤지만 애들도 만만하게 봐선지 그의 말은 들은 척도 안 했다.

　나는 우물가에 갔다가 정자에서 동네 아주머니들이 소곤대는 소리를 들었다.

　"쟤는 아직도 아버지가 누군지 모르지. 아마?"

　"모를 테지. 쟤네 아버지도 모른다잖아."

　"안들 이제 와서 어쩌겠어. 호적에 올려 주지도 않을 텐데."

　"닮기도 했어. 그렇지?"

　"씨도둑질은 못한다고 하잖아."

　"괜히 경칠 일 들먹거리지 말자고."

　"몇 년 전에 쟤 엄마가 왔을 때 온 동네가 오금을 졸였잖아."

　"그랬지."

　"근데 쟤 엄마는 일본에서 뭐할까."

　"빤하지 뭐. 얼굴이 반반하니까 그걸로 먹고살겠지. 요즘 그런 여자가 어디 한둘인가?"

　"쟤도 얼굴이 반반한 게 팔자가 보통은 넘겠어."

　아주머니들은 내 눈치가 보이는지 서둘러 정자를 떠났다. 나는 양철통 물을 철철 흘리며 집으로 왔다.

　"할머니, 나는 아버지가 누구야?"

　"그게 무슨 소리냐."

　"아주머니들이 나더러 아버지가 누군지도 모를 거라고 했어."

　"여편네들이 그랬단 말이냐?"

"나도 얼굴이 반반해서 팔자가 보통이 넘을 거래."

"이 여편네들이 애 앞에서 뭔 입방아를 찧었단 말이고."

할머니는 흙바람을 일으키며 아주머니들을 찾아 나섰다. 마침 수철이 아주머니가 기가 펄펄한 할머니와 마주쳤다.

"자넨가?"

할머니는 머쓱해하는 수철이 아주머니를 다그쳤다.

"여편네들이 애 앞에서 뭔 소리를 지껄였는가?"

"아이고, 별 말 안 했어요. 애 엄마 얘기가 나와 갖고 쟤가 불쌍하다고 몇 마디들 했지요, 뭐."

"얘가 왜 불쌍해?"

"말이야 바른말이지. 여느 애들하고는 다르잖아요. 아버지도 없는 데다 엄마도 잘 오지 않고."

"어디서 터진 입이라고 함부로 지껄여."

악에 받친 할머니가 수철이 아주머니 머리채를 잡아챘다. 키가 작은 아주머니는 양손을 뻗어 허공만 휘졌고 할머니 아귀는 머리카락을 한 움큼이나 뽑아 쥔 다음에야 힘을 풀었다. 순식간에 동네 사람들이 싸움판 주위를 둘러쌌다. 수철이 아주머니는 모시 바구니같이 헝클어진 머리채를 이고 사람들 틈을 빠져나갔다.

"저그 팔자는 상팔자라서 평생 남의 땅 떼기만 파먹고 사는가? 어디서 남의 애 갖고 지랄이여 지랄이. 한번만 더 주둥아리 놀려 봐. 아가리를 쫙 찢어 놓을 테니까."

가시 돋친 말을 쏟아낸 할머니가 내 손을 잡아끌어 집으로 향했다. 애들이 우르르 따라오려다가 할머니의 기세에 주춤해져 따라오지 못했다.

"다 쓸데없는 소리니라."

엄마는 편지 어디에도 아버지 얘기를 하지 않았던 게 이상하기도 했다. 한 번도 본 적 없는 아버지를 잃은 것만 같아 슬픔이 꾸역꾸역 몰려왔다. 그날로 애들은 내 눈치를 보고 길녀는 동네 아주머니들보다 더 나를 몰아세웠다.

"원래 예쁜 것들이 팔자가 세대. 할머니들이 그랬어."

"내가 팔자가 쎄 보여?"

"야, 너나 나나 엄마 아버지하고 같이 못 사니까 팔자가 센 거지."

길녀가 우물가에서 빨래방망이를 두드리며 노래를 불렀다. '엄마 구름 애기 구름 정답게 가는데 아빠는 어디 갔나. 어디서 살고 있나. 아~ 우리는 외로운 형제 길 잃은 기러기.' 눈물이 흘렀다. 엄마 아버지랑 같이 살지 않는 게 이토록 슬픈 일일까.

엄마는 아버지와 일본에 살아서 자주 오지 못한다고 했다. 내가 초등학교 입학할 때 와서 빨간 코트를 입혀 주고 간 뒤로 오지 않았다. 설 추석 때나 내 생일에 학용품과 편지만 보내오곤 했다. 일제 연필깎이는 애들의 부러움을 사기에 충분했다. 언제나 할머니는 편지를 품에 넣고 욱이네 아버지한테로 갔다. 내가 읽어드리겠다고 해도 들은 척을 안 했다. 편지를 전해 듣고 온 할머니는 한숨이 한 자나 길어지며 콧물을 훔쳤다. 할머니 몰래 엄마의 편지를 전부 읽어봤다. 엄마는 잘 있으니 염려하지 말고, 할머니는 아프지 말고 나는 공부 열심히 하라는 얘기뿐이건만 편지를 읽을 때마다 할머니가 콧물을 훔치듯 나도 목이 메었다.

온다는 편지도 없이 엄마가 왔다. 골목을 끼고도는 엄마의 머리 옆에 머릿기름을 바른 웬 남자가 보였다. 나를 부르는 엄마 품으로 달려들었다. 내가 예전같이 엄마 품에 폭 안기지 않는다는 사실에 놀라 몸을 떼어 보았다. 엄마 배가 불룩했다. 엄마를 부축하는 남자는 나를 보고 아는 척을 했지만 아버지는 아닌 것 같았다. 그 남자에게 엄마를 빼앗긴 것 같아 화가 치밀고 눈물이 났다. 방으로 들어와 숟가락으로 문고리를 채웠다. 당황한 엄마가 방문을 두드렸으나 열어주지 않았다. 할머니가 집안으로 들어서며 소란스러워졌다. 엄마가 남자를 소개하자 남자는 서툰 말로 할머니께 인사를 했다. 엄마가 내 얘기를 하는 것 같은데 할머니는 배고프면 나올 거라며 그냥 두란다. 나는 정말 배가 고팠으나 저녁밥을 굶기로 하고 버텼다. 동생도 싫고 저런 아버지는 더 싫어. 나만의 엄마가 아닌 것이 억울하고 슬프고 외로웠다.

배가 고파 슬그머니 나왔더니 엄마의 눈가가 불그레했다. 남자가 내 머리를 쓰다듬어 주었지만 심하게 도리질을 했다. 날마다 남자는 일부러 할머니를 따라다니고 나는 엄마하고만 지냈다. 물도 길러 오고 오일장에도 갔다. 길녀와 비슷한 꽃무늬 원피스도 사주었다. 엄마와 행복하게 지내는 순간에도 불안은 그림자처럼 따라다녔다. 엄마는 또 떠나버리겠지.

아침부터 엄마와 남자가 떠날 채비를 했다. 엄마는 곧 데리러 온다고 나와 손가락을 걸었다. 곧이 언제야. 할머니는 한숨을 쉬고 눈물을 찍어냈다. 애 학교 간 후에나 가지. 남자가 엄마 등을 싸안으며 골목을 빠져나가니 엄마의 냄새마저 사라졌다. 나는 할머니의 욕지거리에도 학교에 가지 않고 방안에만 처박혀 있다가 길녀에게로 갔다. 길녀는 내 원피스를 보자마자 입을 삐죽거렸다.

"네 엄마랑 그 남자 갔어?"

"응."

"뭐라고 불렀어?"

"부르지 않았어."

"잘했어. 지가 어떻게 네 아버지가 돼? 쪽발이 주제에."

"나도 싫어."

길녀는 그 와중에도 내 눈치를 봐가며 자기 원피스가 꽃무늬도 크고 주름이 많아 훨씬 좋은 거란다. 우리 엄마는 그 남자가 놈팡이라 좋은 원피스를 사주지 못했을 거라고.

"놈팡이라 안 했어."

"야, 척 보면 몰라?"

길녀는 별 것도 다 안다. 엄마는 어쩌다가 그런 놈팡이와 같이 왔을까. 구두를 동시에 처넣어버릴 걸. 그 남자를 골려주지 못한 것에 화가 더 났다.

"나를 데려가도 절대로 아버지라 부르지 않을 거야."

"너를 데려간대?"

"응."

"야, 다 거짓말이야. 네 엄마 돈 뜯어먹으려고 붙어 있는 거야."

"……"

"모르긴 해도 나보다 더 구박받는 집에 식모로 보내 버릴 걸."

길녀는 왜 오늘 같은 날도 나를 괴롭힐까. 엄마가 떠난 것만큼 외롭고 슬퍼져서 집으로 왔다. 할머니 품에서 잠들 때까지 울었다. 세상이 온통 슬픈 날이었다.

길녀는 시키는 일을 제대로 하지 않아 안채 할머니한테 야단을 맞았다. 할머니는 긴 담뱃대로 대청을 두드리며 야단을 치고 길녀는 우물에 두레박을 텀벙대며 이 집에서 나가 버릴 거라고 어깃장을 부렸다. 나더러 같이 도망가자고 꼬드겼으나 싫다고 했다. 평생 이 촌구석에서 썩다가 죽으란다. 길녀가 안채 할머니 패물 주머니를 훔쳐 도망을 갔다고 소문이 났다. 오일장에서 건달들과 만났다느니, 다방 여자를 따라갔다느니. 나는 믿기지가 않아 안채 우물가까지 들어가 봤으나 길녀는 보이지 않았다. 가끔 내 속을 뒤집었어도 친구 같았는데. 다 생각이 있다더니. 결국 패물 주머니였을까.

금주를 찾아다니던 아저씨가 죽었다며 흰 두루마기 입은 사람들이 타작마당을 가득 메웠다. 선비댁 담장 안에선 곡소리가 끊이지 않았다. 곡소리 틈틈이 아버지를 애타게 부르는 남자 목소리가 들렸다. 메추리 오빠면 가엾어서 어떡해. 미끄럼을 타고 놀던 무덤 아래쪽에 뻘건 흙을 둘러 쓴 무덤이 생겼다. 애들은 금방 묻은 시체는 썩지 않아 귀신이 힘이 세다고 입을 모았다. 해 질 녘에 보이는 무덤은 금방이라도 귀신이 흙무덤을 밀쳐 내고 나올 것만 같았다. 아저씨 무덤이 생긴 후로 애들은 그곳에 가는 걸 꺼렸다.

흰 두루마기를 입은 남자가 대문간에 있었다. 나를 보고 흠칫하더니 대문을 닫고 들어가 버렸다. 분명 메추리 오빠 같은데 어찌 나를 모른 척할까. 비밀을 잊었을까. 오빠 눈도 메추리 눈을 닮았다고 말해주고 싶은데. 할머니 코 고는 소리가 커질 때쯤 다시 타작마당으로 갔다. 대문은 잠겨 있고 틈새로 보이는 사랑채에서 불빛이 새어 나왔다. 두런두런 얘기 소리에 귀를 기울였지만 메추리 오빠 목소리는 찾아낼 수가 없었다.

밤늦도록 타작마당을 서성인 탓에 늦잠을 잤다. 버스 정류장에 있는 사람들 소리에 늦잠을 저주하며 공 튀듯이 튀어나갔다. 메추리 오빠도 정류장에 서 있었다. 양복 입은 오빠는 멀리서 봐도 멋져 보였다. 큰소리로 불러보고 싶었지만 어젯밤 아는 척도 않던 오빠를 부를 용기가 나지 않았다. 집안으로 들어와 담장 밑에 물통을 엎어 놓고 올라섰다. 아랫동네서 흙먼지를 일으키며 버스가 올라오고 있었다. 메추리 오빠가 나를 보고 있는 것만 같아 양손을 번쩍 들어 흔들었다. 버스가 정류장에 다다를 때에 오빠가 한쪽 손을 들어 보였다. 나는 번개를 맞은 듯이 메추리 오빠를 불렀으나 버스가 쓱 들어와 버렸다. 버스가 떠나고 정류장엔 아무도 없었다.

달이 훌러덩 떨어질 듯 크고 밝은 날 밤이었다. 한밤중에 할머니가 내게 막걸리 주전자를 들리고 선비댁 무덤들이 있는 곳으로 갔다. 밝은 달 때문이었는지 내 발자국 소리에도 놀라며 오소소 몸을 떨었다. 망주석 틈에 사는 박쥐들이 내 머리 위를 날아다녔다. 할머니는 하필 금방이라도 귀신이 나올 것 같은 아저씨 무덤 앞에 나를 세웠다. 서둘러 마른 명태며 곶감과 대추를 상석에 펼쳐놓았다. 대접에 막걸리를 부어 두어 바퀴 돌려놓더니 두 번 절을 하라 했다. 할머니가 소곤거리며 재촉을 하는 바람에 얼떨결에 절을 했다. 아이고, 불쌍한 것. 쯧쯧. 콧물을 훔치던 할머니가 갑자기 상석을 치우더니 나를 끌고 배롱나무 뒤 어둠 속으로 숨었다. 할머니에게 왜 그러느냐고 물어봤지만 내 입만 틀어막았다. 졸음이 올 때쯤 할머니가 집으로 가자고 했다. 어쩐지 좀 전의 일이 멀건 달에게 들킨 것처럼 뒤가 켕겼다.

안채 할머니가 우리 할머니를 부른다고 기별이 왔다. 할머니는 날더러 따라오지 말라고 신신당부를 했지만, 나는 도둑고양이처럼 따라가 뒤란 안채 할머니 봉창에 귀를 갖다 댔다. 안채 할머니가 긴 담뱃대로 놋재떨이를 댕댕 치는 소리가 들렸다.

"어멈이 어젯밤에 무슨 짓을 했는가?"

"지 살아생전에 그렇게라도 해야 눈을 감을 것 같았구먼요"

"이 동네서 쫓겨나고 싶은가?"

"다시는 그런 일 없을 거구먼요."

할머니가 웅얼웅얼 울음 섞인 말을 몇 마디 더 했다.

"주둥아리 닥쳐. 요망한 것들 같으니."

또 놋재떨이를 치는 소리에 할머니가 울음을 뚝 그쳤다. 나는 너무 놀라 말똥구리처럼 구르며 집으로 왔다. 안채 할머니의 긴 담뱃대가 내 정수리를 치는 것 같아 이불을 뒤집어썼다. 동네 싸움닭 같은 할머니가 걷지도 못하는 안채 할머니에게 왜 그토록 야단을 맞을까. 울기까지 하다니. 바느질하느라 늦었다며 아무 일도 없었던 듯 할머니가 들어왔다. 자는 척하는 내 등을 툭툭

치며 눈물 머금은 코를 팽 풀었다. 아이고, 내 새끼. 불쌍해서 어쩌누.

할머니는 내게 엄마의 시간을 씨감자처럼 숨겼다. 소문은 내 아버지가 누군지도 모를 거라던 말과 함께 동네 구석구석에서 싹을 틔우고 무성해졌다. 할머니가 동네 아주머니들의 주둥아리를 다 찢어 놓을 듯해도 숨겨진 엄마의 시간들은 내 뒤통수를 치며 따라다녔다. 안채 할머니의 놋재떨이로도 할머니의 악다구니에도 숨겨지지 않는 소문들이었다.

안채 할머니는 배부른 염서방댁이 수발을 든다고 했지만 우리 할머니가 더 자주 가는 것 같았다. 대문은 거의 열려 있어 사랑채 헛간은 동네 애들의 놀이터가 되었다. 겨울이 되자 선비 어른 방에는 염서방네 세 식구가 들어가 살았다. 애기를 낳아야한다며 따뜻한 방으로 옮겼다고 했다. 안채 할머니는 왜 긴 담뱃대로 대청을 두들기지 않는지. 집에 권세 부릴 식구가 없으니 염서방네가 선비 어른 방에 들어가 사는 것을 말릴 수도 없었을 거란다.

"염서방 자네도 이제 선비 어른이 되었는가?"

염서방은 동네 사람들의 놀림에 쑥스러운 듯 머리를 긁었다. 애들은 염선비라고 놀려대고 염서방댁은 보란 듯이 사랑채 마루에서 불룩한 배를 두루두루 햇볕에 쬐며 헤벌어지게 웃곤 했다. 할머니는 안채 어르신이 노망 짓을 하는 것 같다며 혀를 차곤 하더니 대문에 꽃등이 걸렸다.

"그리 정갈하더니만 염서방네가 들어갔을 때는 당신 똥에 엎드려져 있더라잖어. 길녀 고년이라도 있었으면 그리 숭하게 죽었것냐. 쯧쯧쯧."

동네 할머니들은 자신들의 죽음인 양 혀를 차며 눈물을 흘렸다. 사람들이 흰 두루마기를 입고 타작마당으로 몰려들자 나는 또 가슴이 설렜다. 버스길이 닳도록 내다보고 타작마당을 가 봐도 메추리 오빠가 보이지 않아 허전하기만 했다. 꽃상여가 들어오고 온 동네가 북적이더니 아저씨 무덤 위쪽에 안채 할머니 무덤이 생겼다. 이제 우리 할머니를 호통 칠 사람이 없어졌는데 왜 내가 슬플까. 나도 모르게 안채 할머니를 좋아했던 것 같았다. 쪽진 머리에 한복 치맛자락 끝으로 버선발을 보이며 대청에 앉은 모습이 너무도 고왔다. 툇마루엔 항상 꽃신이 놓여 있었다. 고운 꽃신에 발 한번 살짝 넣어보고 싶었다. 놋재떨이를 두들기며 우리 할머니를 야단친 후로는 무섭기만 했지만.

욱이 할아버지는 나를 볼 때마다 헛기침을 했다. 수다를 떨던 아주머니들도 애들도 내가 다가가면 말을 멈췄다. 길녀가 간 뒤로 나는 누구와도 친구가 되지 못했다. 할머니는 누구든 걸리기만 하면 아가리를 쫙 찢어놓겠다는 듯이 날씨 탓을 하고 동네 개들을 발로 차며 욕을 하고 다녔다. 할머니도 나도 소문에 대한 얘기는 한마디도 하지 않았다. 왠지 모를 두려움에 할머니만 졸졸 따라다녔다.

저녁을 먹은 뒤 할머니가 이것저것을 챙겨 선비댁 사랑방으로 들어갔다. 타작마당에선 애들이 낄낄거리며 대문을 들락거렸다. 염서방댁이 둘째를 낳는 중이었다. 쇠를 긁듯 앓는 소리에 다들 소름 끼쳐 하면서도 동백나무 주위를 맴돌았다. 정원 물은 말랐으나 동백나무는 잎사귀가 보이지 않을 정도로 꽃을 피워 꽃섬을 이루었다. 염서방댁의 쇠 긁는 소리가 점점 커질 때에 동백꽃이 투두둑 떨어졌다. 꽃잎을 주워 앞섶에 담는데 돼지 멱 따는 소리가 났다. 동백꽃을 쏟을 뻔했다. 애들도 놀라 쏜살같이 흩어졌다. 염서방 댁이 죽었을까. 아가가 자지러지게 울었다. 고년 엔간히도 컸구나. 그러니 어매가 저래 죽어나지. 쯧쯧. 할머니 혀 차는 소리를 뒤로 하고 집으로 왔다. 감나무에 걸린 달 아래서 동백꽃송이를 쏟았다. 봉긋한 것들만 골라 흙에 심었다. 할머니가 만든 종이꽃처럼 예뻤다. 눈물은 왜 나려는지. 밤하늘을 봤다. 배가 불룩한 달이 눈물을 그렁그렁 달았다. 울음이 터지더니 어깨까지 흔들리며 소리가 커졌다. 사립문을 들어서던 할머니가 후다닥 달려왔다.

"왜 이러는 거여, 이것이."

울음이 그치지 않았다. 소문에 설마 하면서도 슬픔이 깊었던 것 같았다. 내 등을 쳐대던 할머니가 팔자타령을 하며 엄마 얘기를 했다.

"내 죽고 니 어메가 오거든 서울 아저씨 무덤을 가르쳐 주거라."

소문의 실체가 늘 궁금했지만 할머니가 꺼낸 한 마디만으로 가슴이 철렁했다. 할머니는 이런 날을 기다렸다는 듯이 탄식과 원망을 섞어가며 엄마의 과거를 끄집어냈다.

"서방님 수발을 들라했더니 덜컥 너를 가졌지 않았겠냐."

머리 좋기로 소문 난 아저씨가 고시에 계속 낙방을 하자 처자식을 두고 고향집에 내려와 공부를 하는 중이었단다.

"안채 어른이 알았으니 가만있었겠냐."

열일곱 어린 엄마를 뱀골 팔푼이한테로 보내버리고 할머니도 지금 사는 집으로 쫓겨났단다. 아저씨는 엄마를 찾아 우리 집을 들락거리다가 안채 할머니 불호령에 서울로 쫓겨 가고 말았다고. 내가 태어난 줄은 꿈에도 모른 채.

"팔푼이 주제에 지 씨 아닌 것은 알았는지 밤낮으로 때렸다는구나. 만삭인 배를 끌어안고 온몸에 멍투성이가 되어 도망쳐 왔더구나."

안채 할머니는 엄마가 집에 온 걸 알고 밤낮없이 할머니를 불러들여 놋재떨이를 두드렸다. 엄마가 몸을 풀기만 하면 어디로든 내보내야 한다고. 할머니가 매번 무릎을 꿇고 빌어 겨우 갓난 애는 두고 엄마만 어디든 보내기로 했다. 엄마는 절대로 동네 출입을 해서는 안 된다는 다짐을 받고서. 산후조리도 못한 엄마를 방물장수에게 딸려 보내며 젖먹이와의 생이별마저 숨을 죽여야 했다.

금주를 찾던 아저씨가 내 아버지였다니. 날 보러 올 수도 없었던 불쌍한 우리 엄마. 소문을 숨기느라 동네 쌈닭이 된 할머니. 그토록 좋아했던 메추리 오빠를 어떻게 내 오빠로 받아들일까. 이복남매의 부끄러운 비밀을 어떡할까. 나는 소문보다 더한 사실에 몸서리가 쳐졌다.

눈을 감고도 웅얼웅얼 마른 울음을 우는 할머니를 눕혀드리고 마당으로 나왔다. 달이 밝아 흙에 핀 동백꽃이 더 붉었다. 시들기도 전에 떨어져 버린 꽃은 엄마를 닮은 것 같았다. 손으로 꽃을 잘 다독였다. 아무리 선비댁이라도 동백꽃만은 권세를 부리지 않겠지. 해마다 엄마를 닮은 꽃을 피워 줄 거야. 선비댁 대문에 엄마의 꽃등이 걸리는 날까지 꽃섬을 이루며 피워 줄 거야. 나는 아저씨 무덤이 있는 곳을 향해 머리를 숙였다.

씨감자 같은 엄마의 시간들이 드러난 채로 흘러갔다. 할머니는 날마다 눈물바람이고 엄마는 나를 일본 중학교에 보낼 거라며 편지가 잦았다. 할머니를 어떻게 혼자 두고 가냐고. 중학교 안 가도 된다고 고집을 부려도 눈물을 찍어내는 할머니마저 가야 한단다. 다행히 엄마의 계획은 쉽게 이뤄지지 않았다. 그 남자와 헤어지고 혼자서 아이를 키우며 사는 일이 쉽지가 않은 듯했다. 읍내 중학교를 버스 통학을 하며 2년을 다녔다. 버스가 하루 두 번 밖에 없는 터라 새벽 첫차를 타고 학교를 갔다가 막차를 타고 왔다. 힘에 부쳤는지 많이 야위고 코피도 자주 쏟았다. 그 바람에 엄마의 계획이 앞당겨져 며칠 후면 엄마가 있는 일본으로 가야 한다. 당신 걱정은 하지 말라던 할머니가 짐짓 정수산을 바라보며 혀를 찼다. 마지막 인사라도 하고 가라는 뜻이리라.

엄마 편지를 주머니에 넣고 사립문을 나섰다. 햇살 드는 마당가에서 눈만 굴리던 늙은 워리도 따라나섰다. 돌담 골목이 오늘따라 길다. 삐죽 나온 돌에 그어놓은 해 그림자 표시가 희미해졌다. 어릴 적 아침 해 그림자에 금을 그어 학교 갈 시간을 짐작했던 흔적이다. 맞은편 욱이네 집 양철 대문은 지는 해를 받아 신식 티를 내며 반짝댄다.

야트막한 돌담을 따라 안동네로 들어가는 길. 아들 부부가 도시로 떠나고 혼자 사는 언년이 할머니의 초가지붕이 내려앉을 듯 낡아 빈집처럼 적막하다. 우리 집과 언년이 할머니 집 사이에는 욱이네 밭이 있다. 우리 집은 외딴집인 셈이다. 집과 집이 붙어 있어야 무섭지가 않은데 욱이네 밭은 밤만 되면 언제나 무서웠다. 밤늦게 타작마당이나 정수산 무덤가에서 놀다 올 때면 욱이네 밭 깻단이 시커먼 사람으로 보여 얼마나 무섭던지, 사립문에 손이 닿기도 전에 자지러지듯 할머니를 부르곤 했다.

선비댁 타작마당에서 잠시 서성였다. 손등이 튼 꼬마 녀석들이 돌치기에 여념이 없다. 어린 시절, 집만큼이나 많은 시간을 보낸 곳이다. 선비댁 대문은 여전히 높지만 담장은 기울어진 가세를 보여주듯 군데군데 황토가 떨어져 나갔다. 열린 쪽문으로 염서방네 계집애가 땟국에 절은 소매에 코를 훔치며 나온다. 아이 뒤로 보이는 동백나무는 꽃이 드문드문 피었다. 꽃섬을 이룰 때를 다시 볼 수 있을까.

워리를 데리고 정수산으로 올라갔다. 선비댁 조상들의 무덤이 있는 곳이다. 겨울 햇살이 조급증을 내듯 산마루를 넘어가고 서리를 뻗쳤던 흙더미가 발밑에서 부서진다. 어릴 적 미끄럼을 타고 놀던 무덤은 더욱 낮아졌다. 안채 할머니 무덤엔 마른 잔디가 부스스하다. 지나치려다가 걸음을 멈췄다. 나는 눈을 똑바로 뜨고 무덤을 쳐다봤다. 당신의 권세에 짓눌러 살 수밖에 없었던 할머니와 엄마의 한 맺힌 인생에 대해, 아버지인 줄도 모르고 살아야 했던 내 인생에 대해 따지고 싶었다.

"우리 엄마한테 왜 그랬어요?"

이제 와서 죽은 할머니가 놋재떨이를 두들기겠나. 망주석이 달려들어 나를 때릴까. 소문들이 내 귀에 들릴 때마다 달려가서 물어보고 싶었던 말을 쏟아냈다.

"어린 엄마를 가난뱅이 팔푼이한테 보내버리니 비밀이 숨겨지던가요? 아버지를 보고도 내 아버진 줄도 모르고 산 저는요? 지금도 신분이 핏줄보다 중하다고 놋재떨이를 두들기시겠어요?"

오기에 눈물이 주르르 흘렀다.

"지금 제가 어디로 가는지 똑똑히 보세요."

워리를 부르며 아저씨 무덤으로 성큼성큼 내려갔다. 예전의 붉은 흙도 늙었는지 마른 잔디가 수북하다. 상석 앞에 섰다. 무슨 말부터 해야 할까. 안채 할머니의 불호령 속에 숨겨진 엄마와 아버지. 내가 금주와 닮았냐고 물을까. 금주 오빠가 내 오빠이기도 하다고 할까. 엄마의 편지를 상석에 놓았다. 배롱나무에 걸린 겨울바람이 편지를 들썩였다. 돌멩이로 모서리를 눌렀다. 제가 안채 할머니의 늦재떨이에 숨겨진 아저씨의 딸입니다. 이제 일본에 있는 엄마한테로 갑니다. 아저씨가 찾던 행자, 내 엄마한테로.

누군가가 다가왔다. 뜻밖에 메추리 오빠였다.

어젯밤에 할머니가 선비댁 제사라며 다녀오더니 오빠가 왔던 모양이었다.

"이봐. 남의 묘소에서 뭐해?"

"아, 그냥."

"너, 그때 걔 맞지?"

오빠다. 내 이복 오빠. 아버지의 아들. 진실을 알릴 때가 온 걸까. 오빠는 아직도 할머니보다 신분이 높아 함부로 대한다는데 이 사실을 어떻게 받아들일까.

"중학생인가? 예쁜데."

입가에 알 수 없는 웃음을 흘린다. 다급하게 오빠를 불렀다.

"오빠? 너 설마, 그때 일로?"

낄낄거리던 오빠가 얼굴을 바짝 갖다 대며 음흉하게 속삭였다.

"그럼, 오빠 노릇 제대로 해야겠네."

뭐라고 말할 새도 없이 입술을 훔치며 무덤 뒤로 몰았다. 워리가 낑낑대자 발로 걷어찼다. 그 틈에 달아나려 했지만 큰 손아귀에 잡히고 말았다. 어깨를 움츠리며 감췄던 가슴을 움켜쥐고 나뭇등걸처럼 나를 덮쳤다. 워리가 달려들며 짖어댔다. 멀리서 할머니가 동네가 떠나가도록 나를 불렀다. 멈칫하던 오빠가 피식 웃고 일어섰다. 옷을 추스르고 상석 앞으로 나오자마자 할머니가 구르듯이 달려왔다.

"왜 워리가 짖은 거냐?"

"모르겠어요."

"누구 오지 않았더냐?"

할머니가 주위를 살피며 불안해한다. 이런 일을 예견이라도 했을까. 아무 말도 못 하고 고개만 저었다.

"절은 했냐?"

"지금 하려고요."

절을 하면서도 정신이 혼미해져 비틀거렸다.

"아버지라 불러 보거라."

오늘을 위해 미뤄두었던 아버지를 불러봐야겠는데 말이 나오지 않았다. 할머니는 눈물을 찍어내며 재촉을 했지만 도무지 입이 열리지 않았다. 혼란스럽고 절망적이고 비참한데 눈물도 나지 않았다.

"서방님 딸이오. 이제 지어미한테로 보내니 살아생전 못 돌본 모녀 부디 잘 돌봐주시오."

워리가 무덤 뒤에서 짖어대자 오빠가 워리를 걷어차며 나왔다. 할머니가 오빠를 보고 털썩 주저앉았다. 오빠는 무슨 헛소리냐고. 노망이 났다고 눈을 부릅떴다. 나는 그때서야 울음이 터졌다.

겨울수선화

오랜 망설임이 집념이 되었다. 허접스런 집념이건만 버려지지 않는다. 언젠가 한번은 만나리라고 곱씹게 되는 여자. 그녀는 내 인생에서 손 가시랭이 같은 집념으로 가슬거린다. 꿈을 꿨다. 그녀가 남실대는 파도처럼 환하게 클로즈업된다. 내가 은연중에 기대했던 모습이 아니어서 몹시 언짢다. 별거까지 했으니 이제는 나보다 초라해 보이기를 바랐음이다. 못난 심사이기는 해도 진심이다. 그녀에게 받은 모멸감에 비하면 반감 축에도 못 든다.

긴 생머리를 자르고 추장같이 파마를 했다. 여자들이 심경변화를 위해 헤어스타일을 바꾼다더니 이유 있는 항변이다. 허리를 굽혀 머리채를 흔들고 거울을 봤다. 열정을 쏟아낸 재즈가수 이미지다. 맘에 든다.

외국 출장을 간다던 남편이 일어났다. 우유를 데우고 빵을 굽고 사과 반쪽도 곁들여 놓았다. 와이셔츠 소매 단추를 채우며 식탁에 앉는 남편이 내 헤어스타일을 보고 풋 웃는다.

"무슨 일 있어?"

"언제 와요?"

남편은 내 억양이 달리 들렸는지 힐끔 쳐다보고 일주일 한다. 출장 기간에 꿍꿍이가 있어 보였을까. 현관을 나서며 무슨 말인가를 하려다가 말았다. 남편이 나가는 틈으로 봄기 머금은 바람이 쓱 하니 들어온다. 볼을 두어 번 두들기고 누가 보기라도 하듯 파마머리를 부풀리고 소파에 앉으며 다리를 꼬았다. 마른 목소리를 가다듬어 그녀에게 전화를 했다. 제목이 어렴풋한 80년대 가요를 두 번이나 들었건만 받지 않는다. 문자를 보냈다.

'오늘 마산 가려는데 시간 되면 연락 줘 -순금-'

가지도 않을 마산이건만 가슴이 쏴했다. 달빛이 유난했던 월영동, 산복도로, 핫도그, 자전거, 가포의 마지막 버스, 아프고 그립다. 커피를 내리고 과일을 담아 여행 채비를 했다. 자동차 시동을 걸고 내비게이션에 주소를 치는데 전화가 왔다. 신애다. 입을 크게 벌려 좌우로 흔들고서 통화 버튼을 눌렀다. 그녀인 줄알면서 아는 척을 하지 않았다.

"여보세요."

"진짜 순금이니? 계집애. 어쩜 그리도 연락 한번을 안 하냐."

"지금 했잖아."

"너는 서울 살아서 늙지도 않았겠지? 근데 목소리는 아줌마다야. 내 목소리는 어때?"

그녀의 수다가 예전의 나로 묶을듯해서 말을 잘랐다.

"시간이 좀 걸릴 거야."

여전히 잘났어. 하루 종일 기다려 봐. 계집애. 입술을 누르며 백미러를 봤다. 전장에 나가는 장수처럼 눌린 입술이 단호하다. 미세먼지에 뭉그적대는 한강을 벗어나 고속도로로 접어들었다. 차 안이 적막해지면서 좀 전의 그녀 목소리가 따라붙는다. 꿈에 본 모습까지 겹치면서 불쾌하기까지 하다.

내비게이션의 목적지는 마산이 아니다. 그에게로 가는 길. 엄마만큼 자주 불렀던 이름. 우섭이. 그의 이름이 새삼스럽고 어색하다. 오늘의 해후로 다시 부를 수 있을까. 오빠처럼, 친구처럼, 그가 아니면 못 살 것 같은 연인처럼.

우섭이는 누나와 중학교 1학년 때부터 우리 집 문간방에서 살았다. 누나가 공장 기숙사로 들어가자 문간방은 신혼부부에게 세를 놓고 내 방을 우섭이에게 내줬다. 나는 엄마와 한 방을 쓰며 우섭이에게 수학 과외를 받았다. 엄마는 우섭이를 아들처럼 대했고 우리는 남매처럼 살가웠다. 방학 때는 우섭이의 고향이 내 친척집인 양 자주 놀러 갔다. 까만 몽돌이 깔린 바닷가에서 개헤엄을 치고 밤이면 별을 보며 이슬을 맞았다. 우섭이는 통명스러웠지만 오빠처럼 자상했다. 몽돌 사이로 쪼르르 들고나는 잔물결에 누워 있으면 그림자를 만들어 눈부심을 막아주곤 했다, 나의 코발트빛 바다 같던 그가 신애를 만나면서 너울성 파도를 만들었다.

신애는 고등학교 2학년 때 같은 반 짝꿍이었다. 우리 집에 필기노트를 빌리러 온 날, 우섭이를 보고 촌스럽다며 키득대더니 이런저런 핑계를 대며 자주 드나들었다. 주말이면 우섭이와 자전거를 타고 산복도로를 달리곤 했는데 언제부턴가 신애가 우섭이 뒷자리에 타고 내게 손을 흔들었다. 우섭이와 나 사이에 신애가 끼어들 거라고는 상상도 못 했다. 핫도그 가게 아줌마는 나보다 먼저 눈치를 채고 내게 핫도그 두 개를 한꺼번에 건네기도 했다. 그걸 모를 리 없는 신애는 핫도그 받는 순서를 가로채고 우섭이도 가로채갔다.

친구들과 영화를 보고 늦게 들어오던 날 밤, 골목에서 입맞춤을 하던 그들과 마주쳤다. 늦으면 늦는다고 오라비처럼 잔소리를 하던 그였는데, 그날은 버스정류장까지 마중을 나오고도 남을 만큼 늦었는데. 사색이 된 나를 보고 당황해하던 그와 나를 의식하는 신애의 웃음에 그대로 멈춰 서버렸다. 병신같이. 뭐하는 짓이냐고 소리를 질렀어야 했는데. 신애 뺨이라도 때렸어야 했는데. 그때 찢겨진 자존심과 모멸감은 집념이든 집착이든 해치워야 할 과제로 남았다.

그도 누군가를 사랑할 수 있고 입맞춤도 할 수 있다는 사실이 왜 그토록 역겨웠는지. 멋쩍어하는 눈짓도 나를 부르는 목소리도 듣기 싫었다. 배신감이라고 느꼈는지 모르겠다. 한동안 눈길을 피하고 말도 섞지 않았다. 신애 때문이었을까. 친척 같고 오빠 같던 그가 남자로 보이기 시작했다. 장마철 들풀처럼. 들풀 같은 연인이었음을 그때서야 깨달았지 않았을까. 나만의 감정이었다는 게 슬픈 현실이었지만.

"전혀 몰랐지? 그치."

신애는 커닝으로 좋은 점수를 받아 신나 죽겠다는 듯이 까르르 웃어댔다. 내 심정은 아랑곳 않고 우섭이가 한 말들을 주절거렸다. 토끼같이 깜찍하다고 했다나. 불여우라고 했다나. 신애는 우섭이를 뺏어간 게 승리의 깃발을 잡아챈 듯 으스댔다. 우섭이도 신애를 좋아했을까. 확인하고 싶었지만 사실이면 감당할 수 없을 것 같아 묻지도 못했다.

우섭이 버스정류장까지 마중을 나왔다. 갤러리에서 아르바이트를 하고 오던 길이었다. 일부러 내 머리통을 흔들며 오늘도 큰 그림들과 씨름했나. 왜 이리 축 처져 뻣노 했다. 나만의 우섭이가 어떻게 그럴 수 있었을까? 미워 죽을 것 같았다. 뿌리치고 앞서 걸었다. 배고프나? 빵 사주까? 평소 같으면 내가 먼저 팔짱을 끼고 빵집으로 갔겠지만 그럴 수도 없었다. 뒤를 돌아보는 순간 그의 팔짱을 끼고 말 것 같았다. 기습키스라도 하고 말던가. 그럴 리가 없다고 우기고 싶었으나 내 눈으로 확인한 사실을 인정하지 않을 수 없어 울고 싶었다.

　라디오를 켰다. 최신가요가 흘렀다. 남편의 노래실력을 저주한 후로 가요 맛을 잘 모른다. 남편의 노래실력은 가수 뺨칠 정도였다. 만인의 연인을 위한 연마된 무기라고나 할까. 나는 이름 모를 소녀였다가 파랑새였다가 토요일 밤의 주인공이 되기도 했다. 그 사람의 노래실력에 흔들린 여심 중 하나였건만, 나만을 위해 평생 갈대의 순정을 불러줄 남자로 알았다. 어리석기는. 라디오를 껐다. 뒷북 인생아. 이제라도 잘 좀 살자.

　남편은 임신 초기인데도 태아는 안중에도 없고 주체할 수 없는 성욕을 채우느라 발톱 튼실한 두더지처럼 내 몸 구석구석을 헤집었다. 유산이 되어 병원에 다녀온 날 밤에도 괜찮다며 또 생길 거라며 거친 호흡을 뿜어댔다. 수술을 받았는데 괜찮다니. 더는 참을 수 없어, 꺼져!라고 소리를 질렀다. 남편은 한 번도 본 적 없던 내 반응에 어이없어하며 거실로 나갔다. 그날이 처음으로 남편의 성욕을 피한 날이었다. 생리통이 심한 날 또 거부를 했다가, 부부의 당연한 관계가 참을 일이냐고, 고분고분하면 될 일을 소란 떤다고 폭력을 가했다. 그 후로 남편은 성욕도 폭력도 대수롭지 않게 여기며 나를 잠식해갔다.

　남편은 외국 출장이 잦았다. 출장 때마다 여자와 동행하는 게 분명했지만 모른 척했다. 어느 소설에선가 하녀와 욕정을 푸는 남편을 다행스러워하는 귀부인처럼 나도 개의치 않았다. 자유를 얻은 날 같았다. 남편은 내가 질투도 하고 싸움도 걸고 했어야 하는데 별스런 반응이 없자 지나가는 말로 우리 그만 살까 했다. 언젠가는 그런 일이 벌어지리라 예견이라도 하듯. 희망 같은 게 생겼다.

나는 잠 못 드는 밤 양을 세는 일만큼이나 자주 이혼을 생각한다. 신애로부터 받을 모멸감까지 계산에 넣느라 골치가 아프다. 그녀가 내 꼴을 보고 팔랑대며 웃어 제킬 것 같은 피해의식이 고질적인 습진처럼 근질거린다. 엄마를 떠올리면 더더욱 망설여진다. 엄마가 마련해 준 맞선 자리마다 한 번도 나가지 않고 버텼던 내가, 결혼하겠다고 했을 때 반색을 하며 혼인을 서둘렀던 엄마였다. 아홉 살이나 많은 나이에 재혼이라는 사실을 밝혔어도 그토록 좋아했을까. 나중에서야 나이 차가 나는 건 말했지만 잘 해준다는 말에 그마저 덮었다. 그런 엄마에게 이혼이라는 비수를 어찌 들이댈 수 있을까.

휴게소에 들렀다. 햇살 고른 벤치에 앉아 커피를 마셨다. 남편은 내가 언제 올 거냐고 물었을 때 우섭이를 떠올렸을까. 어리석게도 신혼 초에 울며불며 우섭이 얘기를 했었다. 남편은 이루지 못한 내 사랑을 보상이라도 해 주려는 듯 애무가 진했다. 지난날의 좋은 순간을 떠올려 보라며 내 몸을 달구었다. 좋았냐며,

추억은 아름다운 거라며 등을 토닥여 주었다. 그때는 그 말의 의미를 깨닫지 못했다.

통영 대전 고속도로로 접어들었다. 신애가 기다리고 있는 마산과는 멀어졌다. 신애는 예전처럼 인도 배우 같은 검은 눈을 반짝이며 우월감에 젖어 기다릴 것이다. 여우니까 나한테서 연락이 없으면 금방 눈치를 채겠지. 눈치를 채야 오늘의 내 계획이 맞아떨어지는 거니까. 못난 모습이라도 한 번은 뒤통수 쳐주고 싶은 마음을 거두지 않았다.

신애는 우리 집에서 가끔 반찬을 만들었다. 도대체 못하는 게 뭘까 싶을 만큼 요리도 잘했다. 물매기국은 일품이었다. 풋고추 향내를 풍기며 한상을 차려서 우리 앞에 내오던 모습은 조신한 새댁 같았다. 온갖 칭찬을 해대며 셋이서 먹기는 했지만 우섭이를 위한 요리였던 것을 알지 못했다. 앞치마 입은 모습도 예뻤다는 게 지금도 질투가 난다.

신애를 만나면 우섭이는 내 남자여야 했다고, 네가 가지기엔 너무 선한 사람이었다고 퍼붓고 싶었다. 동생의 과외 핑계로 우섭이 짐을 옮겨 가던 꼼수를 내가 모를 줄 알았냐고. 우섭이에게서 나를 떼어 내려고 차 버린 남자를 내게 보낸 못된 계집애. 또 누구를 만나서 우섭이를 버렸느냐고. 눈에 핏발이 섰다. 세월이 이토록 흘렀건만 신애에 대한 감정은 그대로 되살아났다.

국도로 접어들어 갓길에 차를 세웠다. 봄이 코앞이라 나뭇가

지마다 성냥개비 같은 움을 달았다. 하늘은 빗질한 마당같이 말
끔하다. 우섭이에게 전화를 걸었다.

"나야 순금이."

"순금이? 진짜 순금이 맞나?"

"나 가면 시킬 일 있나?"

"오딘데. 진짜 오끼가. 마중 나가끄마."

"통영고속도로 빠져나왔어."

"쎄이 온나. 내가 상리재까지 나가께."

핸드폰에 입술을 진하게 맞췄다. 신나게 페달을 밟는데 신애
전화가 왔다.

"어디쯤인데?"

"그렇잖아도 전화하려고 했어. 급하게 일이 생겨 못 가겠네."

"뭐야, 기다리고 있는데."

"다음에 갈게. 나 운전 중이야. 끊어."

통쾌해서 파이팅을 하듯 핸들을 쳤다. 너한테 당한 일에 비하
면 이 정도쯤이야. 우섭이를 제쳐놓더라도 얄미운 게 한두 가지
가 아니었다. 양말을 빨 때마다 자기 것도 벗어 놓았다. 한두 번
도 아니고 뭐라 했더니 누가 빨아 달래? 네가 그냥 빨았잖아. 의
아해하는 표정이라니. 자기 편리대로 해석하는 데는 일가견이
있었으니 말해서 뭣할까. 우섭이를 뺏어가는 짓은 당연한 수순
이었을 테지.

둘의 결혼식 소식을 듣긴 했지만 가지 않았다. 어떻게 그들을 축하해 줄 수가 있겠어. 서울로 직장을 옮기고는 마산 집에 가는 횟수도 줄였다. 그가 우리 집에 몇 번을 왔었다는 얘기는 엄마를 통해서 들었다. 엄마도 우섭이가 원망스러워 오지 말라고 했단다. 왜 그랬냐고 쏘아붙였더니 아직도 미련이 남았냐며 타박을 했다. 그의 변명이라도 듣고 싶었던 마음은 미련이었을까. 그리움이었을까.

산을 몇 굽이돌아 나타난 옥색 바다에 탄성이 터졌다. 하얀 굴 양식장이 진주를 뿌려놓은 듯 눈부셨다. 우섭이의 땀방울도 저 바다에서 영글고 있겠지. 상리재에서 만났다. 그 오랜 세월을 건너뛰며 쏜살같이 달려왔건만 변해버린 서로의 모습에 어색한 미소만 오갔다. 우섭이는 머리가 약간 벗겨진 데다가 마르고 까매서 키가 더 커 보였다. 안쓰러울 정도로 주저하는 바람에 내가 먼저 손을 내밀었다. 내 손을 잡고서야 끌어당겨 폭 안았다. 숨이 멎을 듯한 포옹에 세월을 누르듯 눈을 감았다.

다들 바다로 나갔는지 어촌의 한낮은 사람의 기척이 없이 적막했다. 그가 건네주는 장화를 신고 배를 타러 갔다. 신애에 대한 불편함이 햇볕에 스러지는 해무처럼 걷어졌다. 성취감이 입가에서 송골거리기도 했다. 선창가를 떠나는 배가 바람을 시원스레 갈랐다. 육섬을 지나고 자란도를 돌아 나갔다. 우섭이는 나에게 배 키를 잡혀놓고 자리를 비켰다. 커피를 끓여주겠단다. 얼떨결에 키를 잡긴 했으나 눈앞이 아찔하고 겁이 났다. 혹여나 잘 키운 굴 양식을 망칠까 봐 빨리 잡으라고 소리를 질렀다. 운전도 하는 게 뭐가 겁나냐며 다시 키를 잡았다. 예전 같았으면 뽀로통할 말이 어쩜 이리도 정겨울까. 커피를 탔다. 내가 오랫동안 해 왔던 것처럼 커피를 건네며 그의 옆에 바짝 붙어 섰다. 우섭이의 체취와 작업복에 밴 갯내에 뭉클해졌다. 그가 내 머리를 쓸었다. 두어 번 쓸어보고는 파마머리라 손맛이 안 난단다. 그간의 세월에 맛을 잃은 게 어디 손맛뿐일까.

방학 때면 그를 따라 굴 껍데기 꿰는 일을 했다. 굴 껍데기에 구멍을 내고 줄을 꿰어 바다에 띄우면 굴이 붙어 자란다고 했다. 손이 빠르다고 칭찬 듣는 재미에 서둘다가 굴 가시에 긁히기가 일쑤였다. 긁힌 자국에 바닷물이 묻으면 어찌나 쓰라리던지, 우섭이는 조심을 안 한다고 잔소리를 해댔다. 우섭이 아버지가 홍합을 싣고 오는 날이면 새벽부터 홍합을 땄다. 홍합에 붙은 줄기를 반대로 당겨 지저분한 부분을 제거했다. 제비 새끼 같은 홍합을 따는 일은 언제나 소꿉놀이 같았다. 어부 마누라 될 자격은 그때 이미 갖추었을 텐데 아직도 어부 마누라가 되지 못했으니 운명 같은 인연은 아닌 것일까.

우섭이는 굴 양식장에 배를 대고 자잘한 굴 다발을 끌어올렸다. 굴들이 자리싸움이라도 하듯 가시를 뻗치며 여린 티를 냈다. 굴 깔 때 꼭 오란다. 나만 일당을 두둑이 쳐 주겠다고. 공정치 못한 선주 밑에서 일하기 싫지만 너니까 생각해 보겠노라며 김빠진 농담을 주워섬겼다. 굴 다발을 다시 바닷물에 집어넣고 가리비 양식장으로 가려는데 서늘한 바람이 불고 날씨가 흐려졌다. 우섭이는 좀 더 멀리 가야 한다며 속도를 올렸다. 우섭이와 떨어져 뱃전에 가 앉았다. 예전에 입을 벌리고 갯바람을 먹던 기억이 났다. 고개를 치켜들고 입을 벌렸다. 내 인생의 어둑한 곳곳을 다 훑어가 주기를 바라면서 갯바람을 먹었다. 바람이 뱃속을 흐뭇하게 했다. 이런 순간을 우섭이와 오래도록 함께 할 수 있다면 더없는 행복일 것 같았다.

배를 멈추고 가리비 그물망을 끌어올렸다. 채반 같은 아파트를 분양받은 가리비가 옹송그렸다. 다른 쪽 그물망에는 손바닥만 한 생선이 걸려 바둥거렸다. 감성돔이란다. 잡아 올려 지느러미에 걸린 그물을 떼어주자 선체에서 펄펄 뛰었다. 이런 일이 처음이라며 내 덕으로 돌렸다. 그럴 리야 없겠지만 둘 다 기분이 엄청 좋았다. 가리비 그물망을 한 줄 자르고 감성돔을 빈 망에 넣어 선창가로 향했다. 멀리 동네 불빛이 하나씩 켜졌다. 가슴이 쏴 하니 고통이 몰려왔다. 이럴 때쯤 내가 있어야 할 곳은 어딜까. 우섭이를 돌아보았다. 그와는 배 선미만큼 떨어져 살 운명처럼 어둠이 끼었다. 액운을 걷어내듯 어둠을 휘저었다. 서로의 인생에 다가서지 못하고 산 세월이 억울했다. 배를 텅텅 울리며 그에게로 갔다. 빙긋이 웃으며 회를 떠 주겠다고, 매운탕을 끓여

주겠다고, 나더러 밥만 하란다. 우리가 왜 이렇게 된 거냐고 따져 볼 참이었지만 그가 행복해 보여 아무 말도 하지 못했다.

배를 선창가에 댈 때 빗방울이 떨어졌다. 망설일 새도 없이 가리비와 감동섬을 든 우섭이가 앞서고 내가 종종거리며 따라갔다. 하루의 일과를 끝낸 여느 부부의 귀가처럼 자연스러웠다. 그가 늙은 항아리에서 쌀을 퍼 왔다. 보리쌀을 한 줌 넣고 내게 건넸다. 혼자 살아도 잘 챙겨 먹는 모양이었다. 밥을 안치다가 울컥했다. 엄마가 직장에서 늦게 올 때마다 우섭이와 밥을 지어먹었다. 김치에 참치를 부어 바글바글 끓인 찌개를 냄비 채 놓고 서로 엔간히 먹으라며 숟가락을 치던 순간이 떠올라서다.

우섭이는 가리비 넣은 들통을 가스레인지에 올려놓고, 생선 비늘을 박박 긁어 배를 가르고 껍질을 벗겨 회를 통통하게 떴다. 초고추장에 한 점을 찍어 내 입에 넣어주었다. 상큼한 회 맛이 입안을 채웠다. 음! 정말 맛있다. 너도 먹어. 그의 입에도 넣어주었다. 우섭이는 내 입에 넣어주려다가 자기 입으로 가져가며 장난을 쳤다. 나이를 먹었어도 장난기는 여전해서 그간의 세월을 걷어내는 듯했다. 가리비가 입을 벌리자 소쿠리를 싱크대에 걸어놓고 쏟았다. 나는 향이 진한 가리비를 집어먹으며 회 뜨고 남은 돔으로 매운탕을 끓였다. 양념을 꺼내 주는 대로 넣고 파를 띄우니 싱싱한 생선 기름이 노랗게 떠다녔다. 별스런 양념은 없어도 입에 착착 감겼다.

식탁에 김치며 밑반찬이 놓이고 가리비 초무침과 윤기가 자르르한 밥과 매운탕 냄비가 올려졌다. 기도할 기가? 네가 해. 우리 순금이 밥 잘 먹고 살 좀 찌게 해 주세요 아멘. 우섭이다웠다. 언제 울컥했나 싶게 밥을 많이 먹었다. 우섭이는 엔간히 먹으라고 짜구된다며 내 숟가락을 쳐댔다. 그도 옛날이 퍽이나 그리운 모양이었다.

매운탕을 데워 술을 마셨다. 3년 새에 병환으로 돌아가신 우섭이 부모님과 우리 엄마 안부를 물어가며 주거니 받거니 했다. 나는 술이 약한 탓에 이내 얼굴이 붉어지고 숨이 차서 앉아 있을 수가 없었다. 뒷문을 여니 비바람에 산대가 설겅거렸다. 추녀 밑엔 흰 수선화가 몽우리를 맺은 채 늦겨울 비에 떨고 있었다. 쪼그리고 앉아 손으로 수선화에 뿌려진 비를 훔쳤다. 키가 작네. 응달이라서. 무릎 담요를 가져와 등을 덮어주었다. 그래도 꽃은 피니라. 그가 함께 쪼그리고 앉으며 내 머리를 감싸 안았다. 낮에 하던 손길이 아니었다.

"우찌 사노?"

"……왜 별거했는데?"

"서로 안 맞았다. 니도 알다시피. 딸내미 때문에 노력을 해봤는데 잘 안되더라."

"걔는?"

"만나는 사람 있것지, 뭐."

"나, 이혼하려고."

"왜?"

"그 남자하고 사는 게 치욕이야."

" ……이혼하고 어쩔 낀데."

"나도 몰라."

"니라도 잘 좀 살지."

"너라도 잘 좀 살지."

"순금아!"

머리를 감쌌던 손이 내 얼굴을 돌렸다. 눈앞에 그의 입김이 훅 닿았다. 거친 입술이 내 이마를 찍고 눈물이 괴는 속눈썹을 핥았다. 자극받은 눈물이 얼어 터진 수도관처럼 흘렀다. 양손으로 훔치고 혀로 핥으며 순금아를 연발했다. 딸꾹질 같은 울음이 그의 입속으로 건너갔다. 뜨겁고 부드러웠다. 그토록 갈망했던 그와의 첫 키스였다. 바람결을 타고 온 빗방울이 두 얼굴 틈으로 흘렀다. 긴 포옹에 몸을 맡겼다.

"나를 사랑할 수는 없었어?"

정말 궁금해서 물었다.

"순금아!"

"알았잖아. 내가 너를 얼마나 사랑하는지."

"그땐 이미 신애를 책임져야 했는기라."

"책임을 져? 네가?"

"내가 죽일 놈이었다. 니를 예전처럼 대할 수가 없는 데다, 니를 지켜 줄 자격도 잃었는기라."

몸이 떨려 왔다. 우섭이 나를 꼭 안고 들어갔다. 지발 울지 마라 순금아! 니가 울모 내가 더 죽을 것 같은기라. 나는 남은 술을 마셔버렸다.

"그게 뭐가 어쨌다고. 누가 너더러 걔를 책임지랬니? 걔는 양다리를 걸쳤다고, 이 멍청아?"

"안다."

"햐, 안다고? 기가 막히네. 그 남자가 나한테 왔었다. 신애를 되찾을 수 있게 도와 달래더라. 너를 뺏어가 달라고. 그 남자가 나를 어떻게 알았겠냐? 영악한 신애 짓이지."

"아, 신애 가수나…… 와 나한테 진작 말 안 했는데."

"이미 너는 신애 집으로 가서 오지 않았잖아. 말할 기회도 주지 않았잖아."

"두 번째 찾아왔을 땐 술에 취한 채였더라. 둘이서 술을 마셨는데 위로가 길었어. 그 남자의 고통이 내 고통이었으니까. 그가 인사불성이 돼서 여관까지 데려다 주려 갔다가 나도 술을 먹은 터라."

"고만해라."

"그 자식이 내 브라를 잡아챘어, 발악을 했는데도."

"인제 됐다고. 고만하라고. 으?"

"나한테 네가 없다는 걸 그때서야 실감했어. 역겨운 안주 냄새가 내 입속에 남았을 땐 될 대로 돼라 싶더라."

우섭이는 양손으로 내 어깨를 흔들다가 뒷문을 벌컥 열고 담배를 피웠다. 비 묻은 바람이 담배연기를 몰고 들어올 때 분노를 터트렸다.

"야이 빙신아, 와 그놈하고 술을 마셨는데. 으? 신애 가수나가 보낸 줄 알았으모 조심했어야재. 그만한 것도 혼자 판단이 안 서더나. 으? 뭐가 될 대로 돼라 싶었는데. 으?"

"내 전부인 줄 알았던 너를 잃었으니까. 네가 찾아오지 않을 때부터 너를 빼앗긴 게 아니라 잃은 거였다고."

"그래 맞다. 내가 쥑일 놈이다."

우섭이는 나를 끌어안았다. 그의 탄식하는 듯한 호흡에 내가 같이 흔들렸다. 눈물이 그의 스웨터를 적셨다.

"순금아! 인제라도 내가 니를 지켜주모 안 되것나? 인제라도."

나는 머리가 아프고 핏줄이 터져나갈 것 같아 더 울 수도 말할 수도 없었다. 술기운이 목구멍까지 차올라 화장실 문턱에서 토하고 말았다. 티셔츠를 벗고 머리를 처박은 것 같았는데 잠들어 버렸던 것 같았다. 아침에 눈을 뜨니 그의 헐렁한 티셔츠에 추리닝 바지가 입혀져 있었다. 내가 부스럭대자 돌아보지도 않고, 우리 순금이 초빼이라 북엇국을 끓인다고 했다. 그의 긴 등이 편안해 보였다. 다가가서 허리를 끌어안고 등에 얼굴을 비볐다. 얼마나 안고 싶고 묻히고 싶었던 등인지. 그도 기다렸다는 듯이 돌아서며 키스를 했다. 내가 손을 뻗어 가스레인지 불을 껐다.

마당으로 나왔다. 소금기 먹은 겨울수선화가 무더기로 피어 있었다. 청초하고 사랑스러웠다. 오래 터를 잡은 듯 잎사귀도 초록이 짙었다. 그가 허름한 의자를 가져와서 나를 앉혔다.

"수선화가 너무 예쁘다."

"순금아, 이제 여서 같이 살자."

"그럼, 우섭이 수선화로 살아볼까?"

"농담 아이다."

"신애와 끝나지 않았잖아. 딸도 있고."

"아이다. 끝냈다. 딸내미는 별 문제고."

내가 미심쩍게 웃었다. 상대가 신애인데 별 문제일 수는 없지. 우섭이는 신애를 어디까지 믿는 것일까.

"정리하고 올 기재?"

"이제 뒷북 인생은 안 살려고."

"다시 시작하는 기다. 우리는."

"나도 그러고 싶어."

철대문을 뒤흔드는 소리가 났다. 그가 대문을 넘겨다보고 당황해하며 돌아봤다.

"대문 열어, 순금이 가시나 여기 왔지? 빨리 열라고."

신애가 악에 받쳐서 철대문을 발로 차댔다.

"여기 올 일 없을 긴데, 왜 왔노. 고마 가라."

"아직 우리 이혼 안 했거든. 몰라서 그래?"

"내는 이미 끝냈능기라."

"당신만 끝냈겠지. 나는 아니야. 그러니까 대문 열어."

나는 안으로 들어가 짐을 챙겼다. 옷을 갈아입고 가방을 끌고 나왔다. 대문에서 맞섰던 그가 놀라며 달려왔다.

"순금아, 안에서 쪼깨마 기다리라, 퍼뜩 보내고 들갈끄마. 으?"

"아니, 그렇잖아도 지금 가려고 했어."

"순금아, 지발."

"대문 열어 줘."

우섭이를 밀치고 내가 대문을 활짝 열었다. 뱀같이 독이 오른 신애가 소리를 질렀다.

"야, 네가 들락거릴 집은 아니지."

"너도 우리 집 네 마음대로 들락거렸잖아."

"뭐라고, 이게."

우섭이 신애를 막아서지 않았다면 내 머리채는 묵정밭의 풀 뽑히듯 했을 것이다.

"또 보자, 우섭아! 겨울수선화도 잘 키우고."

시동을 걸자 우섭이 마지못해 물러섰다. 신애가 다가오며 씩

씩거렸으나 눈길도 주지 않았다. 우섭이에겐 사랑의 바다를 떠올리며 손을 흔들었다. 신애를 유령처럼 대할 수 있는 넉살이라니. 나도 나이를 먹긴 먹었어. 룸미러에 두 사람이 보였다. 신애가 우섭이에게 닦달을 하는 거 같았다. 마음 떠난 사람 놔주지 않는 신애 마음은 뭘까.

신애에게서 문자가 왔다. '또 보자라니? 너, 경고하는데 우섭이 근처에 얼씬거리거나 전화라도 하면 간통죄로 처넣을 줄 알아.' 차를 세우고 문자를 보냈다. '너답지만, 나에 대해선 신경을 꺼라. 내가 그를 만나든 전화를 걸든 내 맘이니까.' 내 인생에서 신애를 지우기로 하고 전화번호를 지웠다. 집념처럼 해치우려던 과제들이 한꺼번에 해결이 된 것 같았다.

봄이 가까웠는데도 눈발이 날렸다. 카디건 앞섶을 모으며 소파에 앉았다. 이혼서류를 준비하고 나니 왁자한 시장 골목을 지나온 듯했다. 남편은 나한테 했던 것처럼 누군가에게 냅킨 같은 사랑의 레퍼토리를 읊어대느라 출장이 잦았다. 핸드폰 단축키 1번을 누르려다 멈췄다. 남편은 단축기 1번의 의미만큼 내 인생에 중요한 사람이었을까. 남편이라는 대상이었을 뿐 무의미했다. 단축키 1번을 지웠다. 이제 내 인생에서 단축키 1번은 비번이다. 그 자리를 누군가가 들어서기 전까지 내 삶은 또 얼마나 치열해야 할까. 액정을 닦고 남편의 전화번호를 눌렀다. 녹진한 목소리다.

"응 여보!"

"이제 나하고 사는 거 그만 하셔도 돼요."

"응?"

"서류는 제가 준비했어요. 들어오는 대로 처리하세요."

"무슨 소리야."

"이혼하자고요."

"왜 이혼을 해?"

"원했던 거 아니에요?"

"누가? 내가?"

우리 그만 살까 했던 남편의 말은 떠보기였나. 정신을 차려야 했다. 남편은 아이를 원하지 않았다, 남편에게 나는 성욕을 채우기에 만만한 숨 쉬는 기구에 불과했다. 이제야 짐승 같은 밤의 수렁에서 벗어나려 한다. 부부라는 잠금장치가 내 저항을 무의미하게 만드는 것을 간과해서는 안 될 일이었다. 그런 줄 아세요. 남편의 제스처 몇 번은 받아줘야 하겠지. 너무 방심했을까. 예상은 빗나갔다. 남편의 냉정한 음성메시지는 소름을 끼치게 했다. 내가 우섭이를 찾아간 것도, 우섭이와 밤을 보낸 것도 알고 있었다. 남편의 뒷조사에 쾌재를 부를 큰 증거를 던져 준 셈이었다. 합의 이혼은 물 건너 간 듯. 법정 싸움이 된다면 여성편력을 증명할 단서가 없다는 게 문제였다. 남편은 내가 밤의 고통에서 벗어나고 싶다면 비웃을 것이다. 무섭도록 내 몸의 언어를 잘 안다. 정말 고통뿐이었냐고 묻는다면 어쩔 것인가. 남편의 노련함에 길들여지던 몸이 부숴버리고 싶을 만큼 혐오스럽다.

남편이 출장에서 돌아온 날, 아무 일도 없는 듯 내 몸에 손을 댔다. 이러지 말아요. 격투기를 하듯 주먹이 날아왔다. 부러진 이가 혀에 걸렸다. 학대받는 동물처럼 옆구리가 풀쩍 뛰고 머리통이 밟혔다. 정신을 차릴 수가 없었지만 부러진 이를 물고 오늘만 견디자고. 죽지 않으면 자유라고 비명을 삼켰다. 몸의 감각이 무디어졌을 즈음 남편은 생의 마지막인 것처럼 욕정을 풀고 잠이 들었다. 나는 만신창이로 짓밟혔으나 주검에서 빠져나온 영혼처럼 자유로웠다. 다시는 돌아오지 않을 가방을 싸는 손길이 바빠졌다.

이혼 서류를 접수하고 합격통보라도 받을 것처럼 기다렸다. 남편은 아무런 반응을 보이지 않았다. 물밑 작업은 계속될 것이기에 잠잠한 나날이 불안했다. 외국 출장을 핑계로 법원 출석 연기를 거듭하며 날짜를 끌었다. 서로의 귀책사유로 넌덜머리가 나도 이혼은 쉽지 않았다. 무엇을 원하는 걸까. 어이없게도 결혼 생활을 유지하고 싶다는 통보를 해왔다. 단호하고 분명하게 거절을 했다. 그때서야 이혼을 해줬다. 막상 이혼을 하고 나니 무력감에 빠졌다. 그날이 그날인 채로 두 계절을 보냈다. 보다 못한 지인이 갤러리에 일자리를 알선해 주었다. 좋아했던 일이라

이내 일에 심취해갔다.

　전 남편이 키가 크고 이국적인 젊은 여자와 함께 갤러리에 왔다. 일부러 나에게 보여 주려는 듯이 여자의 손을 꼭 잡고 있었다. 그럴 이유가 전혀 없는데도 가슴이 쿵쾅대고 다리가 후들거렸다. 태연한 척 목례를 했다. 그는 밤의 악마 같은 눈빛은 온데간데없고 처음 만났을 때의 선한 눈빛에 옅은 미소까지 지었다. 여자가 화가라면서 대관에 대해 물었다. 사무적으로 설명을 했다. 서로를 기대듯이 걸으며 그림을 감상하던 여자가 밖으로 나갔다. 때를 맞춰 그가 내게로 다가서며 이름을 불렀다. 순금아! 소스라치게 놀라 몸을 뒤로 뺐다. 얼굴을 들이밀며 사랑했었다고. 너만은 진심이었다고 했다. 나는 조소를 보내려다 말고 멈칫했다. 그의 눈은 언제나 나를 속였지만 또 속을 만큼 진지했다. 저 모습에 얼마나 많은 여자들이 속절없이 속을까. 그리울 거야. 순금아. 여자의 구두 소리가 들리자 자리를 옮겨 그림을 보는 척했다. 호흡이 멎을 것 같던 순간이 지나갔다. 여자가 함께 있어서일까. 이제야말로 다 끝났다는 안도감에 진정이 되었다.

　우섭은 한 번도 연락을 하지 않았다. 신애와의 인연이 그토록 질긴 것인지. 되돌려지지 않는 인연에 지쳐버렸는지. 그날의 다짐은 뭐였을까. 야속했지만 거부할 수 없는 기대가 계절병처럼 기웃거렸다.

　관람객들이 뜸한 시간대에 맞춰 점심을 먹으러 나가려던 참이었다. 역광으로 비치는 빛에 머리가 희끗하고 개량 한복을 입은 남자가 들어왔다. 얼굴은 선명치 않으나 고개를 모로 치켜드는 모습이 우섭이었다. 왔구나. 예전보다 나이가 들어 보이긴 해도 쑥스러워하는 미소는 그대로였다.

"서울에 왔다가 니가 여기 있다 쿠길래."

갤러리 근처 식당으로 갔다. 둘 다 말도 없이 순두부찌개에 밥만 열심히 먹었다. 저녁에 다시 만나기로 하고 일어섰다. 오후 근무 내내 마음이 들떴다. 평상시 같지 않게 관람객들에게 필요 이상의 친절을 베풀었다. 허둥대듯 일을 끝내고 커피숍으로 갔다. 그가 여전히 시골티를 내며 앉아 있었다. 그의 설핏한 미소를 보는 것만으로 기분이 좋았다. 횟집으로 자리를 옮겼다. 룸이 주는 적막감에 둘 다 또 말이 없어졌다. 그의 핸드폰이 울렸다. 아빠 하는 소리가 들리자 나중에 한다며 끊었다. 이유를 알고 있기라도 한 것처럼 표정을 감췄다.

"딸인가 본데 받지 그래."

"있다가 하모 된다."

"많이 컸겠네."

"진작 왔어야 했는데 너무 오래 걸렸재?"

"……"

"니 데리러 왔니라. 집 열쇠 꾸러미 여깄다. 내려올 때 갖고 오이라."

"……"

"어부 마누라 되기 싫나?"

얼마나 오랫동안 기다렸던 말일까. 계절병처럼 기웃거리던 기대가 무너질 때마다 그날의 다짐을 곱씹으며 기다리지 않았나. 갑작스런 상황이 현실이 아닌 듯 망설였다. 그가 옆으로 와서 앉았다.

"이제부턴 니가 배 키를 잡아야 된다이. 알것재. 양식장 망치모 그 해 밥벌이는 끝장인기라."

"나 못해."

"안하모 우짜끼고. 그래야 밥 먹고 살 낀데."

콧등이 시큰해지려 해서 잔기침을 했다. 예전처럼 한 손으로 내 머리를 싸 안아 가슴에 묻고 한참을 있었다. 더는 나를 놓지 말아 줘. 영원히.

"수선화가 더러 피었니라. 보고 싶재."

그의 품에서 갯사람 냄새가 났다. 뒤란 산대가 설겅거리며 귀속을 채우는 듯했다. 이제야말로 우섭이의 수선화로 살 수 있을까. 오래 터 잡은 겨울수선화처럼. 얼굴을 만지고 목울대를 쓸었다. 굳은살이 박인 그의 손바닥이 따뜻했다.

집 열쇠 꾸러미를 주고 간지 닷새쯤 되었을까. 그가 몹시 곤혹스러워하며 전화를 했다. 다시 연락할 때까지 아무것도 묻지 말고 자기를 믿고 기다려 달란다. 열쇠까지 받았으니 그 정도도 못 기다릴까. 두 달이 지나자 불안감이 확인을 부추겼다. 갤러리도 그만둔 터라 그가 보고 싶기도 하고 불안감도 떨칠 겸 내려가 보기로 했다.

신혼여행 가방을 싸듯 잠옷을 사고 젊은 부부들처럼 커플 티도 준비해서 새벽같이 출발을 했다. 우섭이 동네가 가까운 읍내 시장에 들렀다. 내가 좋아하는 들치 한 소쿠리와 흰색 장화 두 켤레를 샀다. 둘이서 같은 색 장화를 신고 바다에 나갈 생각을 하니 미소가 절로 번졌다. 그가 집에 없다면 장화 두 켤레를 문간에 가지런히 놓아두고 들치를 삶고 저녁밥을 지으리라. 놀래어주고 싶은 마음에 동네 입구에 주차를 하고 장화 두 켤레만 들고 들어갔다.

대문이 열려 있었다. 숨바꼭질이라도 하듯 얼굴을 빼꼼이 들이밀었다. 그가 휠체어를 밀고 나왔다. 휠체어엔 털모자를 쓰고 눈이 퀭한 여자가 앉아 있었다. 신애였다. 빼앗기듯 장화가 투득 떨어졌다. 퀭한 눈으로 나를 밀어내는 신애. 아파서라도 우섭이를 잡고 있는 신애. 나는 돌아섰다. 저들의 인연은 죽음이 갈라놓을 때라는 걸까. 아무려면 저 모습은 아니지 않나.

차를 몰고 동네를 빠져나왔다. 백미러에 그가 보였다. 더는 달려오거나 손짓을 하지 않았다. 그곳이 내게 다가올 수 있는 최대한의 거리였을까. 구부러진 길 저편으로 그가 일몰처럼 가라앉았다. 손발에 감각이 무뎌지며 힘이 빠졌다. 현기증이 나더니

핸들에 엎드려졌다. 클랙슨 소리가 울렸다. 숨이 멎는 순간의 심
전도처럼 무심하게.

노을병

지치지도 않고 노을이 진다. 그 속엔 가슴을 저미는 소녀가 있다. 영락없이 나리섬 바위로 가게 만드는 노을소녀. 반기는 이 없건만 코뚜레 맨 소처럼 터벅대며 간다. 그런 날은 일기를 쓰고 소녀를 만나 연애를 하며 잠을 설친다. 노을병이라고 할까. 이제는 그 짓도 열없지만 노을은 민망하도록 소녀와의 추억을 들춘다. 차라리 노을이 지지 않는 날이 훨씬 편했다. 머슴들의 시시껄렁한 농담에 키득대다 막걸리를 마시고 곯아떨어지는 게 머슴다웠으니까.

진아가 관내 초등학교에 교생실습을 나왔다. 방위병 근무를 마치고 자전거를 타고 오는데 그녀가 앞서 동네로 넘어간다. 숲만 지나면 동네지만 숲이 끝나기 전에 그녀를 지나치지 않을 수 없는 거리다. 며칠 전에도 만날 뻔했으나 밭길로 지나쳤다. 지금은 그럴만한 길이 없어 쌩하고 지나치든지 아예 늦게 가든지 해야 한다. 그녀를 알은체하는 게 땀 밴 목덜미 보리가시랭이처럼 껄끄럽다. 에라, 모르겠다. 페달을 세게 밟고 지나쳤는데 그녀가 큰 소리로 불렀다.

"왜 모르는 척해?"

더는 달아날 수 없어 되돌아 자전거에서 내렸다. 양장에 생머리를 늘어뜨리고 굽 높은 구두를 신은 그녀가 정말 근사하다. 버릇인 듯 긴 머리를 목 뒤로 넘기며 폼 나게 손을 내밀었다.

"오랜만이야. 교생실습 나왔어."

"응."

"군인 아저씨가 됐네."

"응."

"주말에 거기서 볼까?"

"뭐?"

"나한테 할 말 있을 거잖아."

"없어."

"나는 있어."

그녀는 내 말을 똑 부러지게 자르고 자전거 뒷자리에 탔다. 얼결에 그녀를 태우고 천천히 페달을 밟았다. 그녀에게 잡힌 허리께가 활활 타서 옆구리가 결리는 듯하다. 요즘도 일기 쓰니? 아니. 네 글 읽는 재미가 쏠쏠했는데. 시인 같았어. 무슨. 연애편지는 더 잘 썼잖아. 대답이 궁해서 웃기만 했다. 너랑 헤어지고 네 편지 못 받는 게 많이 아쉬웠어. 진심이야. 들녘에서 머슴들이 휘파람을 불어댔다. 이제 걸어갈게. 동네 어귀에서 내려 또각또각 몇 걸음 걷다가 돌아보았다.

"거기서 봐."

오래전 칡꽃 냄새나던 소녀 진아가 하던 말이었다. 노을이 지면 성큼성큼 가곤 했던 나리섬 바위. 무슨 할 말이 있어. 변명이라도 하려고? 노을병을 앓는다고 징징대고 싶지는 않아. 한번쯤은 만나고 싶긴 하지. 노을 속 나의 소녀를. 그래, 거기서 봐. 성숙한 그녀를 어떻게 대할지는 나도 모르겠다.

6학년이 되면서 나는 친구들보다 키가 두 뼘이나 크고 변성기도 일찍 왔다. 친구들은 놀려대느라 아저씨나 두목으로 부르기도 했다. 전교회장 선거에서 압도적인 표로 당선이 된 날. 친구들이 학교 앞 구멍가게서 쫄쫄이며 과자를 잔뜩 사서 축하파티를 해줬다. 여자애들은 전교회장이 돼서 그런지 더 잘 생겨 보인다고 추켜세웠다. 종례가 끝나고 덕순이가 쪽지를 건네며 입을 삐죽였다. 진아가 보낸 쪽지였다. 여자애들이 쪽지를 책갈피에 끼워놓기도 했으나 진아는 나를 본체만체하던 애여서 의아스러웠다.

'너를 좋아해.'

설마, 믿기지가 않아 덕순이를 붙들고 물었다.

"진짜 진아가 보낸 거야?"

"나도 너 좋아해."

덕순이의 말은 들은 척도 않고 답장을 썼다.

'나도 그런 것 같아.'

덕순이는 입을 삐죽이면서도 연락병이라도 되는 양 잽싸게 오갔다.

'집에 갈 때 나리섬 바위에서 만나.'

나리섬 바위라니. 나리섬은 동네서 보면 야산 같지만 바다에서 보면 깎아지른 절벽이다. 섬 언저리에 묵힌 밭이 있고 키 작은 나무들과 잡풀이 무성한 무덤이 하나 있다. 섬 끝자락에는 넓적한 바위가 있는데 열댓 발짝 아래로는 나리꽃들이 삐죽삐죽 보이는 절벽이라 파도가 바위를 쳐대는 소리만 들어도 오금이 저린 곳이다. 어른들은 그 바위가 절벽으로 굴러 떨어지는 날엔 바다용이 노할 거라며 가까이 가지 못하게 했다. 위험하다는 말인데 진아는 거기서 만나자고 한다.

내가 먼저 나리섬으로 가서 진아가 오는 걸 지켜봤다. 진아는 덕순이와 같이 오다가 섬 언저리에서 돌려보냈다.

"축하해."

"고마워. 근데 놀랐어."

"너 참 눈치가 없더라."

"나한테 관심 없는 줄 알았지."

진아가 먼저 치마를 오므리며 바위에 앉고 나도 약간의 틈을 두고 앉았다. 진아는 절벽을 치는 파도소리가 무서울 만도 한데 아무렇지도 않은 듯했다. 덕순이랑 가끔 와봤어. 절벽치기 하러. 절벽을 치다니? 파도가 절벽을 치는 순간에 발을 구르는 거야. 재밌어. 같이 해볼까. 우리는 파도가 절벽을 치는 박자에 맞춰 발을 굴렀다. 파도가 쓸려갔다 밀려오는 순간까지 엉거주춤 박자를 끌었다. 흙먼지가 일어나고 땅이 울리는 듯했다. 박자가 익숙해지자 바위 주위를 돌며 발을 굴렀다. 쿵! 쿵! 쿵! 쿵! 바위를 도는 진아에게서 칡꽃 냄새가 났다. 꽃냄새를 좇아 도느라 박자를 놓치기도 했다. 진아가 숨이 차서 주저앉고 나는 진아 꽃냄새에 취해 따라 앉았다.

"배우처럼 잘 생겼어."

진아가 나를 보며 추켜세우는 게 멋쩍었지만 나도 진아를 똑바로 봤다. 얼굴이 인형같이 작았다. 덕순이 반밖에 안 되는 얼굴에 눈코입이 다 들어있다는 게 신기하기까지 했다. 바둑알 같은 까만 눈동자가 깜빡거릴 때는 빨려 들어가는 것 같았다. 이렇게 예쁜 애가 나를 좋아하다니. 노을이 지니 진아 볼이 발갛게 물들었다. 바람결에 흩날리는 머리카락을 넘기는 여린 손은 노을에 녹아버릴 것 같았다. 진아가 원칙을 정했다. 쪽지는 덕순이로 통하기. 남 앞에서 아는 척하지 않기, 절대 다른 여자애 사귀지 않기. 덧니를 살짝 드러내며 종알대는 입술을 보느라 무슨 말을 하는지 알아듣지 못할 정도였다. 갑자기 내 손을 잡고 바위에서 두어 발짝 앞으로 걸어갔다. 나는 더 나아갈까 봐 팔을 끌어당겼다.

"맹세하자. 변치 말자고."

우리는 두 손을 마주 잡고 절벽을 치는 파도에 맞춰 발을 구르며 맹세를 했다.

"쿵! 변치 않기. 쿵! 영원히 변치 않기."

노을이 묻은 진아의 볼이 더욱 발그레했다. 볼에 살짝 입술을 갖다 댔다. 놀랐는지 싫은 건지 힘껏 밀쳐냈다. 너무 예뻐서. 나는 나리섬 바위에 오는 날은 노을이 졌으면 좋겠다고 했다. 눈비오는 날 빼고는 매일 노을이 질 걸. 그럼 매일 오자. 안달하는 나를 두고 뒷걸음을 치며 손을 펼쳤다.

"먼저 갈 테니까 나중에 와야 돼."

진아는 몰래 연애하는 누나들 흉내를 내며 살금살금 나리섬을 떠났다.

덕순이는 쪽지를 건넬 때마다 입을 삐죽이면서도 그 일을 마다하지 않았다. 진아가 배달의 대가로 과자나 사탕으로 입막음을 했으니까. 소문내지 말라는 조건까지 더해서 고급 학용품을 받고 입이 헤벌어지기도 했다. 진아의 다짐과는 달리 덕순이의 입이 콩잎파리처럼 팔랑거려 애들이 수군거리기 시작했다. 화장실 벽에는 커다란 하트에 뽀뽀라고 쓰여 있기도 하고 철 하트 아라고 쓰여 있기도 했다. 나는 진아가 걱정되었지만 다른 여자애들이 나를 집적대지 않을 거라며 우쭐해했다. 가끔 배달꾼을 빼고 아슬아슬하게 쪽지를 주고받았다. 실수로 떨어뜨린 쪽지를 친구가 잡아챘을 때 진아가 울어버린 일도 있었다. 쪽지를 되찾을 수 있었지만 다시는 그런 위험한 짓은 하지 않았다.

진아 쪽지엔 핑크색을 연하게 칠한 하트 모양이 점점 늘어갔다. 나는 아예 종이 전체에 하트를 그려놓고 글을 썼다. 진아는 내 속눈썹이 송아지처럼 길어 깜박거릴 때마다 좋아 죽을 것 같단다. 나는 진아 볼에 뽀뽀하다가 덧니에 꽉 깨물리고 싶다고 장난을 쳤다.

"남의 연애편지 베껴 쓰는 건 아니겠지?"

"남들은 어떻게 쓰는지 궁금하다."

노을이 질 때마다 입맞춤이 하고 싶었으나 진아는 원하지 않았다. 그토록 원했던 입맞춤은 엉뚱한 곳에서 이뤄졌다. 장대비가 오는 하굣길. 인적이 없는 나무다리를 건널 때 진아가 갑자기 내 우산 속으로 뛰어들며 입맞춤을 하고 순식간에 빠져나갔다. 기습적인 입맞춤에 얼떨떨했지만 진아의 촉촉한 입술이 닿았던 입술을 몇 번이나 핥으며 진아를 느꼈다.

여름 방학이 끝나갈 즈음, 애들하고 바닷가에서 놀고 있는데 동네 아저씨가 소리쳐 불렀다.

"문철아, 빨리 올라오너라."

"왜요?"

"니 엄마가 돌아가셨다."

"네? 엄마가요?"

엄마가 돌아가셨다니. 아랫담에 일 간다고 하셨는데 믿을 수 없었다. 나는 집으로 내달리며 천식을 앓는 아버지가 돌아가셨을 거라고 애써 마음을 돌렸다. 엄마가 안 계신 우리 집은 상상할 수도 없었다. 마당에 들어서니 지붕에 초혼이 올라가고 어른들이 모여 있었다. 나는 허깨비처럼 방으로 들어갔다. 엄마가 반듯하게 누워계셨다. 엄마, 주무시는 엄마를 깨우듯 흔들었다. 눈을 감은 채 몸이 흔드는 대로 흔들렸다. 쿵하고 가슴이 내려앉았다. 목이 터져라 엄마를 불렀지만 눈꺼풀 한번 들썩이지 않았다. 엎드려져 엄마를 끌어안았다. 안 돼요. 엄마 절대 안 돼요. 눈을 떠봐요. 엄마. 놀러 갔던 동생들이 달려오고 삼형제가 목이 터져라 엄마를 불렀다. 엄마는 '이 녀석들이' 하고 혀를 차며 일어날 것 같았지만 기적도 없었다. 사람들은 더위 먹어서 가신 거라고도 하고 심장마비라고도 했다. 마루 끝에 앉아 있던 아버지가 가래를 뱉듯 울음을 터뜨렸다. 하늘이 무너진다는 게 이런 것일까. 아버지의 하늘도 우리 삼형제의 하늘도 엄마뿐이어서 무너진 하늘 더미를 붙잡고 목을 놓아 울었다.

진아 꽁무니만 따라다니던 내가 엄마의 빈자리를 해내야 했다. 밥을 하고 빨래를 하고 두 동생들을 챙기며 학교를 다녔다. 우리 농사라야 천수답 두어 마지기에 텃밭이 다였지만 엄마가 하던 일까지 하느라 하루해가 짧았다. 예전에도 그랬지만 아버지와는 말을 잘하지 않았다. 우리 농사뿐만 아니라 남의 집 들일까지 하다 가신 엄마가 너무 불쌍하고, 아프다고 집에만 있는 아버지가 원망스러웠다. 그런 눈치를 챘는지 아버지는 엄마가 계실 때보다 더 자주 화를 냈다. 혼나고 칭얼대는 동생들을 보는 일도 괴로웠다. 엄마가 안 계신 우리 집은 늘 슬프고 침울했다. 동생들 몰래 이불을 뒤집어쓰고 우는 날이 많았다. 동생들도 엄마가 얼마나 보고 싶을까. 삼형제가 눈 뜨고 잠들 때까지 숨을 쉬듯 엄마를 불렀던 날들이 꿈만 같았다.

진아는 그런 나에게 날마다 쪽지를 보내며 웃게 했다. 만화책에도 내가 있고 라디오에도 내가 있단다. 천성이 밝아서일까. 불행을 몰라서일까. 그런 진아를 볼 때마다 웃어지고 밝아졌다. 그 와중에 덕순이가 배달 사고를 냈다. 일부러 그랬는지 알 수 없으나 쪽지를 잃어버렸다고 했다. 소문은 학교 전체에 퍼지고 선생님이 나를 불렀다. 진아 부모님 귀에 들어가면 나뿐만 아니라 선생님도 혼쭐이 난다며 만나지 말라고 했다. 선생님께는 만나지 않겠다고 했지만 우울한 내게 햇살 같은 진아를 만나지 못한다는 건 상상하기도 싫었다. 고민 끝에 덕순이를 빼버리고 진아네 집 뒤란 돌 틈에 쪽지를 끼우기로 했다. 나는 쪽지라기보다는 일기를 써서 끼웠다. 진아는 내 일기가 책 읽는 것보다 재미있다며 안달을 했다. 혼자 보기 아까워 자랑하고 싶은데 그럴 수가 없어 안타깝다고 방방 떴다.

중학교 가는 일로 선생님이 몇 번이나 아버지를 찾아왔다. 아버지는 우리 형편에 어림도 없는 일이라며 손사래를 쳤다. 장학금을 탈 수도 있으니 원서만 넣어보자고 해도 아버지는 더 이상 찾아오지도 못하게 했다. 나는 결국 중학교 원서를 포기해야만 했다. 원서가 마감되는 날 아버지도 나도 애써 눈길을 피했다. 꿈도 있었다. 선생님이 되고 시인도 되고 싶었다. 중학교를 못 가게 되면서 꿈이란 게 사라지고 가족을 보살펴야 하는 책임만 남았다. 엄마가 생전에 그랬던 것처럼.

진아는 읍내 여중에 시험을 치르고 와서 화를 냈다. 아무 대책이 없는 나는 진아를 꼭꼭 끌어안기만 했다. 나는 괜찮아. 너만 잘 되면 돼. 말해 놓고 내가 놀랐다. 진아 꿈이 내 꿈일 수 없는 것을. 중학교를 가지 못하는 게 어떤 건지 몰랐지만 진아와의 맹세를 믿었던 것 같았다.

나무를 한 짐 해놓고 마루에 걸터앉는데 아버지가 불렀다.

"졸업하자마자 머슴살이 가야 하니라."

"네?"

날일 정도는 예상했지만 머슴살이 가야 하는지는 예상을 못했다.

"영동 아저씨 집이다."

말문이 막혔다. 영동 아저씨는 진아 아버지다. 아버지는 그 말씀을 하면서도 연신 기침을 했다. 중학교 못 가는 것도 억울해 죽겠는데 머슴살이로 가야 한다니. 하필이면 진아네 집 머슴으로. 자존심이 상해서 견딜 수가 없었다. 아버지! 진아네로 머슴살이 가는 것만큼은 싫다고 말씀드릴 참이었다. 아버지는 깡통을 들고 가래를 뱉어내며 금년 새경은 미리 받았다고 했다. 그 말에 입을 떼보지도 못했다. 그날 밤 하늘 어딘가에 계신 엄마에게 편지를 썼다. 하소연에 원망이 범벅되었다. 어쩌면 아버지한테 하고 싶은 말인지도 몰랐다.

엄마, 저는 중학교도 못 가고 머슴살이 가야 한데요. 엄마가 살아계셨으면 머슴살이 가지 않아도 됐을까요. 엄마도 중학교는 보낼 수 없었겠죠. 저는 몰랐어요. 알았으면 뭣 하러 6년 동안이나 1등을 했겠어요? 그냥 어렸을 때부터 농사나 배우라고 하지 그랬어요. 그랬으면 꿈도 꾸지 않았을 테고. 이렇게 비참하지도 않았을 거잖아요. 제가 학교 안 다니고 농사일만 했더라면 엄마는 그렇게 빨리 돌아가시지 않았을까요. 그래도 가셨을까요. 죄송해요, 엄마, 제가 일등 한 그때만이라도 기쁘셨다고 여길게요. 엄마, 보고 싶어 죽을 것 같아요.

어떡해요? 제가 좋아하는 진아네로 머슴살이 가야 한답니다. 엄마! 아들 자존심이 이토록 상해도 괜찮은가요? 부탁이에요. 아버지 꿈속에라도 가서 말려 주세요. 나의 애원에도 엄마는 한 번도 들어보지 못한 슬픈 목소리로 '문철아 우리 형편에 어쩌겠느냐'고 하는 것 같아 꺽꺽 울고 말았다. 진아한테는 한 글자도 쓸 수가 없어 돌 틈을 비웠다. 다음날도 그 다음 날도. 쪽지를 쓰는 날보다 받는 날이 많은 겨울을 보냈다.

이른 봄날. 도살장 끌려가는 심정으로 진아네로 향했다. 등짐이라도 진 것처럼 발걸음이 무거웠다. 지옥으로 가는 길이 이럴까. 엄마는 머슴살이 가는 나를 보고 계실까. 지금쯤 진아도 알고 있겠지. 몇 번이고 돌아서고 싶었지만 밥상머리마다 게걸스레 먹어대는 동생들과 아버지의 가래 끓는 소리에 떠밀려 진아네 대문으로 들어섰다.

사랑채 머슴방에서 고봉 밥상을 받았다. 혹시 진아가 나타날까 봐 순식간에 해치우고 아저씨를 따라 들일을 나섰다. 보리밭에 거름을 흩었다. 아저씨는 아무것도 묻지 않았다. 집안일을 할 땐 진아와 마주치게 될까 봐 고개를 숙이고 소여물을 끓이고 마당을 쓸었다. 다음날 새벽일이 없으면 밤에 집으로 왔다. 나는 이런 사정을 말할 수 없어 쪽지를 쓰지 못했지만 진아도 쪽지를 끼우지 않았다. 불안함과 섭섭함이 겹쳐 우울했다. 진아도 충격이겠지. 헤어지자고 하면 어떡하나. 그러지는 않을 거야. 진아가 나를 더 좋아하니까.

머슴방에서 새끼를 꼬고 있는데 덕순이가 방문을 열었다. 소문은 들었지만 정말 내가 진아네서 새끼를 꼬고 나무를 패는지 확인하러 왔단다. 새끼줄을 잡아채며 나더러 자존심도 없냐고 다그쳤다. 다른 동네서 일을 하면 좀 좋아. 왜 하필 이 집이래. 나는 덕순이마저 이런 모습을 봐 버린 게 견딜 수 없어 가라고 화를 냈다. 너 동정 같은 거 필요 없으니까. 가라고. 친구들은 중학교 입학을 하고 나는 진아네 머슴살이에 길들여져 갔다.

콩밭을 메고 있는데 중학교 교복을 입은 덕순이가 다가왔다. 못 본 척 지나치면 좋으련만 그럴 덕순이가 아니었다.

"왜 이렇게 덥냐. 물 한 모금 주라."

"집에 가서 먹어라."

"야, 거기 주전자 있네. 나 좀 주라. 너도 마시고."

"계집애."

덕순이는 내가 그토록 면박을 줬는데도 삐지지도 않았다. 미안한 마음에 물주전자를 들고 밭가로 나갔다. 덕순이 답지 않게 가슴을 움츠리고 교복 치마를 모아 쥐며 밭둑에 앉았다.

"뭔 밭고랑이 그렇게 기냐. 잘라서 웅덩이에 던져버려라."

"그럴 재주 있으면 가르쳐 주든지."

"도망가면 되지."

"그걸 말이라고 하냐. 이제 가라. 얼른."

"간다. 가."

덕순이는 감청색 운동화에 흙먼지가 쌓이도록 터벅대며 걸어갔다. 왜 저래. 덕순이가 힐끔 돌아볼 때 잽싸게 허리를 숙여 일을 했다.

"내년에 교복 안 입기만 해 봐."

나는 밭고랑에 주저앉아 버렸다. 덕순이는 내가 앉아 버린 쪽으로 돌멩이를 던졌다. 아무 반응을 않자 되돌아와서 화를 냈다. 바보, 중학교 보내달라고 생떼를 썼어야지. 착한 척 하기는. 이러려고 일등만 했냐?

나는 벌떡 일어나서 소리를 질렀다. 그래 나 바보라 이 꼴이다. 됐냐?

덕순이야말로 내 친구건만 나는 그 마음마저 뭉개버렸다. 진심을 몰라주는 내가 원망스러운지 눈을 흘기고는 쌩하니 가버렸다. 미안하다. 나도 죽을 맛이다.

진아는 읍내 여중을 다니면서 편지를 보내왔다. 얼마나 마음이 놓이든지. 편지에는 새로운 얘기로 가득 찼다. 학교에서 만난 친구 얘기며 여선생님들이 얼마나 세련됐는지. 남선생님들은 멋있긴 한데 나보다는 못생겼다나. 읍내 어떤 남학생도 나만큼 편지를 잘 쓰지 못할 거라고. 내 편지 읽는 재미에 빠져 산단다. 중학교도 못 간 내가 진아와 사귄다는 게 은근히 뿌듯했다. 진아가 내려오면 숨어들기 바빴다. 머슴 일하는 내 꼴을 보게 될까 봐 불안했다. 교복 입은 진아는 보고 싶어 헛간이나 나무 뒤에서 훔쳐보았다. 하얀 칼라에 검정 교복을 입은 진아는 흰 백합보다 예뻤다. 갈래 머리는 바람도 비껴가는지 흐트러짐이 없었고, 방금 세수를 한 것 같은 뽀얀 뺨은 얼마나 가슴을 뛰게 하는지. 그런 날이면 여지없이 몽정을 했다. 그 사실을 진아한테 말할 수는 없었지만 머리에서 발끝까지 사랑의 금사슬을 두르는 연서를 보냈다. 세상은 온통 진아로 꽉 찼다. 달력에 있는 배우들도 진아보다는 예쁘지 않았다. 온갖 꽃들에서 진아 냄새가 나고 노을 속에선 진아의 환영이 보이는 것 같았다.

주말 저녁. 소여물을 주는데 진아가 다가왔다. 피하려 하자 불쑥 손을 내밀었다. 쪽지였다. 집안에서 쪽지를 받는 게 처음이라 얼굴이 달아올랐다. 진아는 나보다 더 서둘러 안채로 들어갔다. 쪽지에 온기가 남아있어 손을 잡은 듯 설레었다.

'우리 집에서 너를 보는 게 너무 싫어. 도망이라도 가줘. 차비될 만한 것 마련해 볼게.'

이런 쪽지를 보내다니. 내가 어떻게 도망을 가? 생떼가 따로 없었다. 저도 몹시 불편했겠지만 나보다 더할까 싶어 화가 났다. 밤새 뒤척이다 일을 나서는데 진아가 눈짓 손짓을 했다. 나도 천 번 만 번 도망가고 싶지만 그럴 수 없는 처지를 어쩌라고. 내 사정 따위 안중에도 없다는 듯 표정이 막무가내였다. 하루 종일 일이 손에 잡히지 않았다. 내가 어디론가 가버리면 아버지가 받은 새경은 어떡하느냐고. 몸도 성치 못한 아버지가 진아 아버지한 테 쩔쩔맬 텐데 그럴 수는 없는 일이었다. 진아 표정과 아버지 기침소리가 하루 종일 괴롭혀 소화가 안 되고 머리도 아팠다.

진아가 일을 저질렀다. 방에 들어서니 참기름 네 병과 계란 소 쿠리가 놓여 있었다. 팔수만 있다면 읍내 가는 차비를 하고도 남 겠지만 난감하기 그지없었다. 도로 갖다 놓아야 할까. 내일까지 그대로 두었다가는 도둑으로 몰릴 게 뻔했다. 진아가 그랬다고 할 수도 없지 않나. 내가 떠나는 게 맞는 거겠지. 머슴살이하는 내 꼴 보는 게 얼마나 힘들었으면 이런 짓까지 할까. 윗목에 밀 쳐 둔 짚으로 계란 꾸러미를 엮었다. 계란 값이야 몇 푼 되지는 않겠지만 진아를 이해하며 꼼꼼하게 엮었다. 읍내보다는 지수형 이 일한다는 부산 미싱 공장을 찾아가 봐야겠어. 다시는 진아를 볼 수 없는 건 아니겠지. 좀 더 당당하게 만날 수 있을 거야. 진 아에게 쪽지를 썼다. 잠시 이별이지만 취직하는 대로 편지하겠 다는 약속이었다.

달이 밝았다. 참기름병과 계란 꾸러미를 들고 대문을 나섰다. 예전에 어머니가 보리쌀을 팔곤 하던 선창가 잡화점으로 갔다. 주인아주머니와 술집 색시인 듯한 여자가 물건과 나를 번갈아 봤다. 담배를 피던 남자는 긴하게 쓸 모양인데 잘 쳐주라며 거들 었다. 서로 눈짓을 주고받더니 아무 말 않고 돈을 쳐 주었다. 에 상했던 액수에 못 미치기는 해도 그런대로 값을 받았다. 벌써 부산 바닥에 발을 내디딘 듯 신바람이 났다. 진아야 고마워. 편지 꼭 할게. 진아 아버지께는 죄송하지만 돈 벌면 먼저 갚으면 될 거야. 아버지도 돈을 보내면 이해하시겠지. 동생들도 철이 들 때가 됐어. 달빛이 내려앉은 동네며 들녘을 둘러봤다. 돈 벌어서 꼭 저런 논을 사고 말겠어. 바지 주머니에 든 돈을 만지작대며 동네로 접어들려는데 누군가가 뒤통수를 퍽 쳤다.

찬 기운에 눈을 뜨니 물이 쫄쫄 흐르는 수로에 빠져있었다. 후다닥 주머니부터 뒤졌으나 돈이 한 푼도 없었다. 내 돈 내 돈.

"그놈이 틀림없어."

선창가 잡화점으로 달려갔다. 문은 닫혀 있고 사람의 기척도 없었다. 하늘이 노랬다. 이제 어떡해야 하나. 내일 나는 도둑이 되어있을 것이고, 진아가 이 사실을 알면 얼마나 한심해할까. 차라리 맞아 죽어버렸으면. 잠을 한숨도 못 자고 진아네로 갔다. 소를 몰고 나오는데 놀란 진아가 감나무 밑으로 끌고 갔다. 입이 떨어지지 않았지만 지난밤 사건을 얘기했다. 진아의 표정이 원망으로 일그러졌다. 미안해 진아야. 그 남자를 잡으면 돈 찾을 수 있어. 얻어터지기나 하겠지. 그래도 우리 집에 있지 마. 멍청한 짓 한 게 부끄럽고 미안했지만 자존심도 상했다. 그 남자를 꼭 잡아야만 했다.

밤마다 잡화점을 찾아갔다. 아주머니는 남의 물건 훔쳤으니 그렇게 빼앗기는 거라며 야멸치게 대했다. 그 남자가 내 돈을 뺏어간 게 틀림없다고 아무리 말을 해도 경찰서나 가보란다. 진아는 읍내로 간 뒤 편지를 하지 않고 진아네 부모님은 내 짓인 줄 알 텐데도 아무 말이 없어 더 불안했다. 그 남자는 열흘이 넘도록 잡화점에도 선창가에도 나타나지 않더니 다른 술집 앞에서 만났다. 나는 대뜸 내 돈 내어놓으라며 달려들었다. 어른을 당해낼 재간은 없었지만 거머리처럼 매달리며 악을 썼다. 어린것이 누굴 도둑놈으로 아냐며 경찰서 가자고 엄포를 놨다. 경찰서를 가도 내 돈 훔쳐 간 증거가 없으니 도둑놈이 되는 건 나였다. 온갖 욕을 퍼부어도 돈을 돌려받을 수가 없었다.

그날부터 나는 진아네를 가지 않고 틀어박혔다. 아버지가 작대기로 등짝을 패도 꼼짝 하지 않았다. 아버지는 진아네 머슴살이가 힘이 들어 그러는 줄 알고 며칠을 나갔다 오더니 이웃 동네 권 부잣집 작은 머슴으로 가라 했다. 미리 받은 새경에 대해선 일부러 물어보지 않았다. 진아네 머슴살이 않는 것만으로 살 것 같았다. 진아한테도 이 사실을 알리고 예전보다 더 자주 편지를 보냈다. 답장이 심드렁해지더니 햇수도 줄었다. 나는 돈을 빼앗겼을 때보다 더 안달이 났다. 주말마다 진아 집을 기웃거렸지만 보이지 않았다. 덕순이 말로는 이주에 한 번은 왔다 간단다. 나를 피하는 게 분명했지만 믿고 싶지 않았다.

사람들 눈을 피해 진아네 집 뒤 텃밭까지 갔다. 마침 진아가 모자를 쓰고 가지를 따고 있었다. 줄무늬 남색 모자에 덜 가려진 볼이 햇살을 받아 도라지꽃처럼 빛났다. 달려가 볼에 뽀뽀라도 하고 싶은 것을 눌러 참고 진아를 불렀다. 놀란 진아가 달아나려 했다.

"잠깐만, 잠깐만 얘기 좀 하자."

"할 얘기 없어."

"왜 할 얘기가 없어? 네가 왜 이러는지 모르겠어."

"내가 변했어."

"어떻게 변해. 우리들 맹세는 어떡하고."

"몰라, 그 마음이 아닌 걸 어떡해?"

"누가 생겼니?"

"그런 거 아니야."

"편지에 그런 말 안 했잖아. 이러지 마."

"미안해."

달아나 버리는 진아를 망연히 보고 서 있었다. 가슴이 먹먹해졌다. 그토록 좋아했으면서 변했다고. 그 마음이 아니라고. 어떻게 그런 말을 할 수가 있어. 다시 돌아와 얼굴을 쏙 내밀며 장난이었다고 해 줄 것만 같아 돌아설 수가 없었다. 이대로 끝이면 어떡하나.

쪽지를 썼다. 어떡해서든 진아 마음을 잡아야만 했다. 비 오는 날 우산 속에서 첫 입맞춤을 했던 나무다리며, 나리섬 바위에서 절벽을 치는 파도소리에 맞춰 발을 구르며 했던 맹세까지 적어 끼웠지만 가져가지 않았다. 쪽지가 돌 틈에 쌓여가는 걸 보는 건 식어가는 엄마 손을 잡았을 때만큼이나 절망적이었다. 일을 제대로 하지 못했다. 낫질에 전갱이를 다치기도 하고 소를 묶어 놓지 않아 온 산을 헤매기도 했다. 꿈속에서도 진아를 찾아다니느라 굴러 떨어지기도 했다. 진아의 외면은 나를 나리섬 절벽으로 밀어버리는 것 같았다. 읍내 남학생들은 다 건방져 보여 싫다던 진아가 어떻게 저럴까. 진아의 여름방학은 안달하는 내 마음과는 달리 기별도 없이 흘러갔다. 진아와 끝이라고 생각되지는 않았다. 남학생들 때문에 잠깐 마음이 흔들렸을 거야. 다 이해할 수 있어. 언제든 돌아와. 기다릴게.

권 부잣집 가을걷이로 손바닥에 굳은살이 박이도록 바빴지만 진아 생각에 머리가 돌 지경이었다. 덕순이는 진아에게 매달리는 나를 욕하면서도 소식을 전해줬다. 추석에 사흘은 집에 있을 거란다. 진아를 만날 수 있는 기회를 꼭 잡아야 했다.

추석날 밤, 곧장 진아네 골목으로 들어섰다. 대문 너머로 보이는 사랑채에 불이 켜져 있고 안채 진아 방에도 불이 켜져 있었다. 담장을 돌아 진아 방 봉창 문이 가까운 곳에서 돌멩이를 던졌다. 불이 꺼졌다. 다시 던졌다. 창호지가 뚫어질 듯이 봉창 문에 맞았으나 기척도 하지 않았다. 목소리를 낮춰 진아를 불렀지만 답이 없어 담장을 넘었다. 봉창 문을 두드리며 진아를 불렀다. 두 번 세 번 부르고 두드리자 진아가 목소리를 낮춰 그냥 가

라고 했다. 나는 그럴 수 없다며 얘기 좀 하자고 애원을 했다. 진
아는 또렷한 목소리로 다시는 찾아오지 말라고 했다. 나는 잠깐
말을 못 했다. 진아가 왜 이럴까. 온몸에 힘이 빠졌다. 한참을 서
있다가 내일 밤 나리섬에서 만나자 하고 담장을 넘어 나왔다. 뜻
밖에 덕순이가 서 있었다. 본체만체해도 바짝 따라붙었다.

"차인 거야."

"뭐?"

"진아는 네 상대가 아니야. 공부도 잘하고 집도 부잔데 네가
가당키나 해? 정신 차려."

"진아가 정말 좋아했어. 너도 알잖아."

"그때는 그때고. 너하고 수준이 같아?"

"수준?"

"그래, 미안하지만 수준이야."

"너까지 꼭 그런 말을 해야겠어?"

"이제 끝났다고. 바보야."

수준? 나도 알지만 헤어질 순 없어. 진아는 눈만 뜨면 비쳐 드
는 나의 햇살이야. 내 희망이라고. 획 돌아서며 덕순이에게 한
마디 했다. 나한테 신경 꺼라.

진아가 가져가지 않은 쪽지를 갖고 나리섬으로 갔다. 쪽지 글
을 외워주면 진아 마음을 돌이킬 수 있을 거야. 쪽지보다 더 멋
지게 할 수도 있어. 나보다 내 글을 더 좋아하던 진아였으니까.

낮은 무덤도 절벽을 치는 파도도 귀를 기울이게 들려주겠어. 몇 번을 외우고 고쳐 외워도 진아는 오지 않았다. 둘이 붙어 앉았던 바위가 달빛에 희멀건 했다. 뜬금없이 머슴들 말이 떠올랐다. 계집애들은 먼저 눕히는 게 임자여. 까짓 거 책임지면 되재. 바위에 재킷을 펼쳤다. 달빛 받은 재킷이 포근해 보였다. 꼭이 진아가 와서 누울 것만 같아 흥분이 되었다. 진아야 오기만 해. 내가 너를 책임질게. 내 뼈가 어스러져도 너를 책임질게. 진아야. 제발 와 줘. 밤이 이슥하도록 진아를 기다렸지만 절벽 치는 파도소리만 묵직할 뿐 진아의 그림자도 나타나지 않았다. 쪽지를 찢어 바다를 향해 던졌다. 바람 탄 쪽지는 반딧불처럼 날아가며 내 마음까지 찢었다.

덕순이는 도시 여자가 되어 고향을 다녀갔다. 나더러 공장 다니면서 야학에도 다닐 수 있다고 했지만 도시에 나가고 싶지 않았다. 송충이는 솔잎을 먹고살아야지. 도시로 나간 동생 덕분에 아버지 천식이 나아지고 있고, 막내가 공부를 곧잘 해서 집안의 희망이라는 게 생겼다. 동생은 나에게 검정고시 공부를 할 수 있게 해 주어 중학교 과정을 마쳤다. 이제는 머슴살이도 않고 방위병으로 복무하며 고등학교 과정을 공부 중이다.

그녀보다 먼저 나리섬으로 가서 바위에 앉았다. 노을은 여전히 붉었다. 머슴들 말만 믿고 재킷을 펼쳤던 순간이 떠올라 쿡쿡 웃었다. 내가 책임진다고 진아를? 멍청한 자식. 딱 붙는 셔츠에 청바지를 입은 그녀가 노을을 가르며 왔다. 일어서지 않았더니 바짝 붙어 앉았다.

"검정고시한다며?"

대답을 얼버무리니 팔짱을 끼고 잘했어한다. 그때나 지금이나 당찬 건 여전하다. 나는 퉁명스럽게 말문을 열었다.

"할 말이 뭐야?"

"할 말? 아, 우리 발 구르며 놀았던 거 기억나? 절벽 치는 파도에 맞추느라 엄청 힘들었잖아."

절벽 치는 소리에 맞춰 맹세도 했건만. 맹세 얘기는 할 수가 없는 모양이다.

"인디언 춤이더라고. 우리 너무 멋지지 않았니?"

"다 지난 일이지."

추억은 그대로 두자며 목소리를 낮췄다.

"노을은 왜 저렇게 예쁜 거야."

그녀가 내 어깨에 머리를 기댔다. 가슴골이 살짝 보이는 셔츠에 눈길이 갔다. 칡꽃과는 다른 성숙한 여인의 냄새가 났다. 긴 머리가 날려 내 얼굴을 스칠 땐 온몸으로 전류가 흐르는 것 같았다. 쿵쾅 치는 가슴을 주체할 수 없어 어깨를 빼려는데 그녀가 입술을 덮쳤다. 달을 베어 문 듯 혀가 뭉클했다. 그녀의 혀에 감전된 나는 셔츠 속으로 손을 집어넣어 가슴을 움켜쥐었다. 그녀의 비명을 들은 것 같기도 했다. 아랫도리로 전류가 왕창 쏠렸다. 우직한 팔로 그녀를 감아 눕힌 순간 눈앞이 번쩍했다. 이건 아니지. 그녀가 일어나 옷매무새를 고쳤다. 나는 타다만 욕정으로 팔을 잡아채려다가 그녀의 냉소에 주춤했다. 아무 짓도 할 수 없는 도도한 냉소였다. 목석처럼 서 있었다. 그녀가 내 어깨를 퉁 치고 가버리자 오랫동안 앓던 노을병이 사라졌다. 잘 가라. 이제야 너를 보낸다.

길손 이귀주

차 노인이 대문을 쾅 닫고 들어오며 바깥을 향해 목소리를 높였다.

"제 노모가 죽어가는 게 내 탓인가. 왜 하필 우리 집이냐고. 간난이 어미는 대문 밖에 소금 뿌려라."

바깥에서 목이 멘 남정네의 목소리가 몇 번 더 들리다가 잠잠해졌다. 필시 이웃의 누군가가 차 노인에게 양식을 구하러 왔다가 거절을 당하고 가는 모양이었다. 오죽하면 이 댁까지 왔겠냐마는 어림 반 푼어치도 없는 일이었다.

중리 차 부잣집이라면 그쪽을 보고 오줌도 누고 싶지 않다고 할 정도로 욕심 사나운 노인네로 소문이 나 있었다. 혹여 가난한 이웃들이 양식이라도 꾸러 올세라 언제나 척을 두고 살았다. 심지어 걸인들이 기웃거리지 못하게 하느라 대문을 여느 집보다 더 높이고 쪽문까지 달아걸었으니, 그 댁의 인심이 어떠했을지 짐작이 가고도 남았다. 그런 사실을 알지 못하는 길손들은 동리 첫 집인 차 노인댁 대문을 곧잘 두드렸다. 이웃에게 야박한 차 노인이지만 유독 길손에게만은 호의를 베풀었다. 이유인즉 그들에게서 이야기 듣는 것을 좋아해서였다. 이야기의 대가로 끼마다 찬을 달리하며 손님방에서 묵어가게 했다. 하물며 낯선 이가 길을 물으면 우물물이라도 마시게 하여 이야기를 들으려고 했다.

높은 담이 둘러 쳐진 차 노인댁은 사랑채에 차 노인방과 손님방이 있고 이어 머슴방 두 개가 있는데 머슴방은 사랑채 마루로는 오를 수 없게 방문이 따로 나 있었다. 안마당으로 들면 사랑채 아궁이를 사이에 두고 두 개의 곳간이 있고 마당 건너 마주 보이는 곳에 안채가 있었다. 안채와 부엌을 사이에 두고 부엌방과 장독대가 있으며, 그 앞에 우물이 있어 일하는 찬모의 모습이 사랑채에서 훤히 보였다. 안채를 돌아가면 곳간이 있고 이어 디딜방앗간과 뒷간이 있었다. 뒷간 중간에 흙벽을 세우고 입구를 달리하여 여인들과 남정네들이 따로 드나들게 했다. 우물곁으로는 감나무 두어 그루와 대추나무가 있고 마당가를 따라 헛간과 마구간과 돼지우리와 닭장이 있었다.

넓은 집에는 차 노인 내외와 반벙어리 천서방댁 모녀만 살아 적적할 정도였다. 집에는 방물장수만 들일뿐 제사 때 외에는 친척들의 발길도 마다했다. 차 노인은 두 딸만 두어 일찌감치 시집을 보내고 대를 이을 자손이 없어 전전긍긍했다. 양자를 들이자니 그 집에 논배미라도 떼어줘야 할 것 같고, 후처를 두자니 할멈의 불같은 성미가 걸리는 데다 식솔이 늘면 양식을 축낼 게 여간 고민스럽지 않았다. 그러던 차에 금쪽같은 아들을 얻어 회춘을 하듯 신명에 젖어 살았다.

농사는 천서방이 지었으나 병이 들어 일찍 죽었다. 먼 친척뻘인 가난한 차서방을 머슴으로 들여 농사를 짓게 했다. 세상이 변해 머슴에게 새경을 줘야 하는지라, 차서방이 식솔들을 데리고 들어오려는 걸 식솔 수만큼 새경을 깎겠다고 하여 양식 축내는 일을 막을 수 있었다. 찬모인 천서방댁은 반벙어리이긴 해도 집안일하는 데는 크게 어려움이 없었다. 여섯 살 난 간난이와 젖먹이 아들이 있으나 젖만 먹일 뿐 품에서 키우지는 못했다.

차 노인은 늘그막에 얻은 아들 보는 재미에 몸이 성치 않은 데도 안채를 들락거렸다. 그날도 안채에서 저녁상을 물리고 사랑채로 건너가며 찬모를 불렀다. 차 노인은 불편한 몸을 간신히 비단 장침에 기댄 채 헛기침을 몇 번 하고는

"간난이를 방물장수에게 딸려 보낼 터이니 그런 줄 알아라."

찬모는 마른하늘에 날벼락이라도 맞은 듯 화들짝 놀라 양손을 내저었다.

"간내이 아이 우 간내이 아이."

"부잣집 여식 몸종으로 보내는 것이니 아무 염려 말고."

안주인은 간난이가 네댓 살 때부터 식충이라며 눈엣가시처럼 여겼다. 방물장수에게 딸려 보내 버릴 거라는 말을 입버릇처럼 하더니 기어이 차 노인을 구슬린 듯했다. 설마 하던 찬모는 죽을 죄라도 지은 사람처럼 납작 엎드려 싹싹 빌었다. 차 노인은 노기를 띠며 그 집에 가면 쌀밥 실컷 먹여줄 거고 나이 차면 시집도 보내줄 터이니 청승 떨지 말라고 했다.

찬모는 안채로 구르듯 건너갔다. 안주인은 돌배기 아들을 어르다가 들이닥친 찬모를 노려봤다. 찬모는 안주인에게 손이 발이 되도록 빌며 간난이를 보내지 말아 달라고 매달렸다. 안주인은 엄한 말로 이번 장날 방물방수가 오는 대로 딸려 보낼 터이니 그런 줄 알라고 했다. 웅얼거리던 찬모의 울음이 점점 커져 방바닥을 두들기며 통곡을 했다. 놀란 아기가 울음을 터뜨리자 요망한 년이 금쪽같은 아들을 울린다며 나가라고 호통을 쳤다. 안주인은 간난이를 보내고 영감을 구슬리어 찬모도 내보낼 궁리를 하던 터라, 눈물 타령에 마음이 동할 리가 만무했다.

찬모는 부엌방으로 돌아와 간난이를 끌어안고 눈물을 쏟았다. 아들도 빼앗긴 데다 딸과의 생이별을 생각하니 가슴이 무너졌다. 간난이를 끌어안고 지아비가 죽었을 때처럼 통곡을 했다. 하늘도 무심하시지. 간난이 아베만 살았어도 이 어린것을 남의 집에 보내지 않을 텐데. 어쩌다 모진 병에 걸려 일쩍 세상을 떠났을꼬. 약 한 첩 지어주지 않던 차 노인 내외를 원망하며 한탄하는 소리가 땅이 꺼질 지경이었다.

이귀주는 어둑해져서야 중리 첫 집의 대문을 두드렸다. 어린 계집아이를 앞세우고 호롱불을 든 아낙이 대문을 열어주는데 눈물을 훔친 듯했다. 길손인데 날이 저물어 하룻밤 묵어갈 수 있는지 여쭤봐 달라고 했다. 사랑채에 기별을 하기도 전에 차 노인이 방문을 열며 들어오시라고 했다.

"어르신, 하룻밤 신세를 지겠습니다."

"그러시구려. 식전이면 저녁도 드시고."

계집아이가 아낙의 치마꼬리를 붙잡고 방물장수가 아니라며 툴툴거렸다.

"방물장수를 기다렸구나."

"네. 방물장수가 쌀밥에 고깃국 많이 먹을 수 있는 집에 데려다준다고 했어요."

아낙이 당황해하며 계집아이의 등을 떠밀어 부엌으로 들어갔다.

이귀주는 손님방에 들어 봇짐을 내려놓고 장대에 탕건과 두루마기를 벗어 걸었다. 방안은 단출했다. 벽장에는 무명 솜이불 한 채가 들어있고 낡은 단서에는 등잔과 겉장이 떨어져 나간 서책 두어 권이 놓였다. 윗목에는 길손이 여럿 묵어갔음을 말해 주

는 반질반질한 목침 두 개가 있었다. 웅얼거리는 소리에 방문을
여니 아낙이 저녁상을 들여놓고 망이 망이라며 먹는 시늉을 했
다. 잘 먹겠네. 눈자위가 불그레하니 수심 깊은 얼굴을 숙이고
나갔다.

쌀알이 듬성듬성한 보리밥에 배추 된장국과 무장아찌, 콩자
반과 시금치나물이 다였다. 부잣집답지 않은 찬이었다. 주먹밥
으로 점심을 때운 터라 허겁지겁 밥을 먹었다. 숭늉에 가라앉은
누룽지까지 다 먹고 나니 시장기가 가셨다. 방문을 열고 건너편
부엌방 마루에 걸터앉은 아낙을 불렀다. 알아듣지 못했는지 연
신 행주치마로 눈물을 찍어냈다. 이귀주는 호롱불에 비친 아낙
을 한참이나 보고 있었다. 반벙어리지만 젊기도 하거니와 동그
스름한 얼굴에 눈매가 선한 게 여간 고운 인물이 아니었다. 더
큰 소리로 부르자 그때서야 상을 받아 들고 부엌으로 들어갔다.
이귀주는 아낙의 뒷모습을 물끄러미 바라보았다.

'무슨 수심이 저토록 깊은고?'

차 노인은 봉창에 눈을 대고 있다가 길손 눈이 찬모를 좇는 것
을 알아차렸다. 방문을 열고 문턱에 팔을 걸치며 이귀주를 바라
봤다. 눈이 마주친 이귀주가 저녁밥을 잘 먹었노라고 했다.

"어디서 오셨소?"

"김포에서 한양 가는 길인데 날이 저물어 신세를 지게 되었습
니다."

"저녁상을 제대로 봐 드렸나 모르겠구먼."

"예, 시장했는데 잘 먹었습지요."

"찬모가 꼴은 그래도 손맛은 좋소. 음!"

"예, 입맛에 꼭 맞더이다."

차 노인은 길손이 혹여 찬모에게 눈독을 들이지나 않는지 요모조모로 눈을 굴렸다.

"오다가다 들은 이야기는 없소?"

"가을걷이가 끝나 선지 들녘이 횅하더이다."

"그럴 테지. 얘깃거리가 생각나거든 들려주시구려."

"별스런 이야기가 없구먼요."

"그럼 주무시오."

차 노인은 이야기를 해줄 게 없다는 말에 섭섭하고 부아가 나서 볼멘소리를 하고 방문을 닫았다. 공으로 길손을 들일 수는 없지. 하다못해 장돌뱅이 얘기라도 하고 가야지. 내일 조반 전에도 이야기를 해주지 않는다면 그냥 보내야겠다고 마음을 먹었다.

이귀주는 종일 걸어선지 자리에 들자마자 잠이 들었다. 삼경이 지났을까. 뒷간에 갈 요량으로 마당으로 내려섰다. 노인방에서 홀쩍이며 웅얼거리는 아낙의 소리가 들리고 노인의 헛기침소리가 울음을 끊었다. 이 야심한 밤에 노인의 방에서 젊은 아낙이 울다니. 옛말에 종년 간통은 누운 소 타기라더니. 아니나 다를까. 노인이 아낙을 끌어들여 재미를 보는 듯했다. 그 와중에 아낙이 웅얼거리는 것으로 보아 필시 무슨 근심을 들어 달라는 것 같은데 노인이 꿈쩍도 않는 것 같았다. 이귀주는 어젯밤 수심 깊은 아낙의 얼굴이 떠올랐다. 그냥 지나칠 수가 없어 헛기침을 두어 번 했더니 노인방이 잠잠해졌다.

　몇 해 전, 찬모의 지아비인 천서방이 병으로 죽은 지 열흘쯤 되던 날 밤이었다. 찬모가 뒷간에 다녀오는 길에 차 노인의 사랑채로 끌려들어 갔다. 차 노인은 찬모의 입을 틀어막으며 굶주린 짐승처럼 앞섶을 풀어헤치고 속곳을 찢었다. 비명도 지르지 못하는 찬모가 발버둥을 쳤지만 도리어 차 노인의 욕정만 채워 주는 꼴이 되었다. 얼결에 당한 찬모가 고개도 못 들고 옷가지를 챙기자 얼른 나가라고 손짓을 했다.

　망연자실한 찬모는 아침저녁으로 지아비 재를 올리는 부엌방으로 가지 못하고 디딜 방앗간으로 가서 주저앉았다. 아무리 종이로서니 지아비 탈상도 하기 전에 몸을 더럽혔으니 죽어 마땅했음이라. 서까래에 매달린 디딜방아 손잡이에 새끼줄을 걸어 목에 감았다. 죽어야지, 죽어야 하고말고. 죽어서는 또 어떻게 간난이 아버지를 볼까. 혼자 남을 간난이는 어떻게 될까. 어린 딸에 생각이 미치자 서둘러 새끼줄을 풀었다. 간내이. 우 간내이. 어떻게 하늘을 보고 살끄나. 소리 내어 울 수도 없는 찬모는 디딜방아에 머리를 찧고 앙가슴을 치며 절통해했다. 그날부터 차 노인은 안채 동태를 살펴가며 찬모를 끌고 들어갔다. 간난이에게 엿가락이며 문어 다리가 물린 날이면 영락없이 차 노인에게 욕을 보았다.

천서방에게 재를 올릴 염치도 없는 찬모는 천근 같은 근심을 안고 하루하루를 살았다. 안주인이 알게 되면 쫓겨나거나 맞아 죽을지도 모를 일이었다. 대낮에 끌려들어 간 날, 오일장에 다녀오던 안주인에게 들키고 말았다. 머리채가 잡힌 채로 마당에 내동댕이쳐졌다. 차 노인은 서슬이 시퍼런 할멈을 피해 사랑방 문을 닫아걸었다. 꼴에 기집 년이라고. 천서방 간 지 얼마나 되었다고 서방질이여. 진작 네년부터 내쫓았어야 하는 것을 불쌍하다고 두었건만 내 집안에서 서방질을 해? 그것도 내 영감 하고. 찬모는 머리채가 뽑히고 부지깽이로 얻어맞아 만신창이가 되었다. 비록 죽을 만큼 얻어맞았지만 더는 차 노인에게 욕을 보지 않을 것 같아 마음이 놓였다. 안주인도 패악질에 지쳐 상것들이나 하는 욕을 퍼부으며 들어갔다. 찬모는 몸을 추스르고 우물물을 마시려다가 물비린내로 토악질을 했다. 먹은 것도 없건만 한번 터진 토악질은 속을 훑듯 했다. 하늘이 무너져도 일은 해야 하는지라 물먹은 솜같이 처진 몸으로 밥을 지었다. 여느 때 같으면 구수한 밥 냄새에 입맛이 돌고도 남았을 터인데 또 토악질이 났다. 얼마나 맞았으면 밥 냄새가 다 역할까. 토악질을 해대다가 넋을 놓고 말았다.

"이 이르 이 이르 어쩌 어쩌."

찬모는 두렵기가 그지없었지만 안주인이 출타한 틈을 타 차 노인 방문을 두드렸다. 차 노인은 찬모가 제 발로 걸어 들어온 것에 더한 구미가 당겨 앞섶이 불쑥한 젖가슴을 움켜 쥐며 달려들었다. 찬모가 짐승 같은 소리를 지르며 뿌리치자 누구한테 감히 대드느냐며 뺨을 때리고 발길질을 했다.

"종년 주제에 어딜 감히."

찬모는 차라리 이참에 낙태가 됐으면 하면서도 손은 배를 감쌌다. 그때서야 차 노인이 태기가 있느냐고 물었다.

"이 이르 어쩌. 이 이르."

"아무 염려 말거라."

찬모는 차 노인의 염려 말라는 말에 일말의 기대는 했으나 안주인의 불같은 성미에 정녕 쫓겨나고 말 것만 같아 오금이 저렸다. 이른 아침, 안주인이 다른 날 같지 않게 쌀과 고깃국거리를 더 내어왔다. 받아 들고 영문을 몰라 하니.

"쳐 죽일 년."

이제야말로 죽겠구나 싶어 어깨를 움츠리며 눈을 꾹 감았다.

"간난이년 주지 말고 네년이나 처먹어. 아들 못 낳으면 그날이 네년 제삿날인 줄이나 알아."

안주인의 노기가 누그러진 게 태기 때문임을 알았지만 도무지 입맛이 없고 토악질만 더해 기진맥진했다. 언제 쌀밥에 고깃국을 먹을 일이 있겠는가마는 안주인의 불화살 같은 눈총에도 도무지 먹히지가 않았다. 차 노인은 할멈의 앙칼진 잔소리는 콧등으로 들으며 새끼줄에 엮인 굴비를 부엌방에 넣어주기도 했다. 간난이 가졌을 때는 고깃국 냄새만 맡아도 환장할 것 같더니 무슨 조화인지 식은 보리밥에 동치미만 입에 당겼다. 삼신할미가 대 이을 자손 없는 집에 아들을 점지해 주느라 그런 것인지. 찬모는 새벽마다 장독대에 정화수를 떠 놓고 아들을 점지해 달라고 빌고 빌었다.

안주인은 간난이가 날로 얼굴이 피어나는 것을 보고 지어미 고깃국을 뺏어먹어서라고 또 방물장수 타령을 했다. 그럴 때마다 간난이는 쌀밥에 고깃국 많이 주느냐고 되물어 안주인의 화를 돋우었다. 그래 이년아. 찬모는 태기가 벼슬이라 그나마 간난이라도 잘 먹일 수 있으니 안 먹어도 배가 불렀다.

찬모는 태동을 느끼면서 진심으로 아들 낳기를 바랐다. 간난이와 다른 징조가 있을 때마다 삼신할미께 물었다. 떡두꺼비 같은 아들 주셨지요? 아들만 낳으면 간난이를 남의 집으로 보내지 않을 수도 있고 안주인의 구박도 덜 하리라는 기대를 하면서, 장독대에 정화수 떠 놓고 비는 일을 비바람 눈보라에도 아랑곳하지 않았다.

차 노인 내외는 찬모의 배가 불러오는 것이 큰 기쁨인 듯했다. 안주인은 아들만 낳아주면 쌀섬이나 줄 터이니 어디든 가서 살라고도 했다. 차 노인에게서 떼어내고자 하는 말이지만, 쌀섬이 생길 수 있다는 게 여간 기쁘지 않았다. 아들이면 당연히 차 부잣댁에 살아야지. 암 그래야 하고말고. 온통 아들 낳는 생각에만 사로잡혀 일을 어떻게 하는지, 하루가 어떻게 가는지를 모를 정도였다. 꿈은 반대라더니 계집애를 낳아 안주인이 엎어버리는 꿈까지 꿔 소스라치게 놀라 깨기도 했다. 안주인은 이미 아들로 점찍어 놓고 금줄에 붉은 고추를 엮어 안방 문설주에 걸어 놓았다. 기별할 산파도 정해놓고 해산날만 목이 빠지게 기다렸다. 집안일은 차서방네가 와서 도와주니 호사가 따로 없었다. 방물장수가 올 때마다 간난이를 보내버릴까 봐 마음을 졸였던 날 외에는 굴비에 양푼 밥을 먹어가며 몸조심을 했다.

정작 해산날이 다가오자 몹시 불안해졌다. 아들을 낳아야만 하는데 계집애면 쫓겨 날 판이라 기구한 팔자타령을 하기도 했다. 그 난리 통에도 태몽은 좋았기에 하루에도 열두 번씩 마음이 요동을 쳤다. 태몽인즉 맑은 웅덩이에 집채만 한 구렁이가 꼬리로 찬모의 바른쪽 뺨을 찰싹 치고 갔으니 영락없는 아들이지 싶었다. 어른들이 했던 것처럼 간난이를 붙들고 아들인지 딸인지를 물어보기도 했다. 눈치가 빠른 간난이는 선심을 쓰듯 제 어미 배를 쓸어가며 아들이라고 장담을 했다.

입추가 지나 바람이 소소한 날 아침에 해산기가 찾아왔다. 산파가 도착하고 얼마 지나지 않아 해산을 했다. 그토록 염원했던 아들이었다. 고추라는 산파의 말에 안주인이 반색을 하며 영감을 불렀다. 호들갑 떨지 말라는 차 노인의 목소리는 더 들떠 있었다. 우렁차게 울어대는 아들의 얼굴을 유심히 들여다보았다. 어쩌면 이목구비가 차 노인을 저토록 빼닮았을꼬. 아들을 점지해 준 삼신할미에게 손을 모아 빌다가 잠이 들었다.

깨고 보니 아들은 없고 미역국만 머리맡에 있었다. 덜컹 겁이 났다. 차서방네가 안주인이 데려갔다며 젖이 불면 젖 먹이러 들어오라고 했단다. 젖을 먹일 수 있으니 얼마나 다행한 일인지. 젖이 잘 나와야 했기에 끼마다 미역국에 밥을 말아먹어치웠다.

젖이 불어 안채로 들어갔다. 칭얼대는 아기를 건네는 안주인은 입을 앙다물고 도리질을 몇 번이나 했다. 젖을 먹이는 동안에 아기와 눈을 마주치지 말라는 거였다. 어쩌다가 고개가 숙여져 아들을 볼라치면 버선발로 툭툭 찼다. 찬모는 아들의 꿀컥 꿀컥 젖 넘기는 소리 듣는 것만으로 만족해야만 했다. 젖을 다 먹이고 나면 매정스레 뺏어가며 얼른 나가라는 눈짓을 했다. 아들이 제법 자라니 안주인은 찬모와 눈이라도 맞출세라 얼굴을 들이밀어 까꿍 거렸다. 찬모는 배 아파 낳은 아들과 눈 한번 제대로 맞추지도 못하는 처지에 기가 막혔다. 부잣집 아들로 살아야 한다고 백번 여기면서도 눈에 밟혀 괴롭기가 그지없었다. 젖을 떼니 안주인이 약속한 쌀섬은커녕 또다시 보리밥에 김치 가닥만 먹는 신세가 되고 말았다.

차 노인은 아들이 돌잡이를 할 즈음 중풍을 맞아 반신불수가 되었다. 그럼에도 찬모를 불러들여 추행을 하며 괴롭혔다. 안주인은 찬모가 또다시 영감 방에 불려 다니는 걸 알고 길길이 날뛰었으나 고집을 꺾지 못하자, 간난이년 주둥아리에 밥 들어가는 꼴을 더는 보지 않겠다며 영감을 구슬려 방물장수가 올 날만 기다렸다.

자식들을 한꺼번에 잃게 될 찬모는 명치가 끊어지는 아픔을 안고 삼경이 지날 즈음 차 노인 앞에 엎드려 눈물을 쏟았다. 차 노인은 찬모의 눈물 타령엔 아랑곳 않고 손을 덜덜 떨어가며 앞섶을 헤집었다. 할멈의 청도 있었지만, 간난이 고것이 영악해서 아들의 출생을 떠벌릴까 보아 방물장수한테 딸려 보내는 것에 승낙을 해준 터였다. 찬모의 절박함이 하늘에 닿을 듯해도 추행은 멈추지 않았다. 마침 손님방에 든 이귀주가 헛기침을 하는 바람에 찬모도 차 노인도 숨을 죽였다. 두어 번 더 헛기침이 들리자 차 노인은 짐짓 길손더러 들으라는 듯이 큰소리로

"간난이 어미는 이제 나가 보거라."

했다. 찬모는 아들까지 낳아주었는데도 차 노인의 마음을 돌릴 수 없어 처절히 울며 나오다가 이귀주와 눈이 마주쳤다. 찬모도 여인네라고 길손한테 들켜버린 게 민망해서 쥐구멍에라도 숨고 싶은 심정이었다. 후다닥 마당을 가로질러 가는데 이귀주가 따라와선 찬모의 팔을 잡았다.

"무슨 연고인지 모르나 너무 염려 말게."

찬모는 이귀주의 발치에라도 엎드려 간난이를 보내지 않도록 해달라고 간청하고 싶었지만 길손이 무슨 수로 차 노인을 설득하랴 싶어 뿌리치고 들어가 버렸다. 이귀주는 머쓱하니 돌아설 수밖에 없었다. 주위가 고요하니 머슴방에서 새끼 꼬는 소리가 사르륵사르륵 들렸다. 방문 앞에서 나직이 들어가도 되는지를 물었다. 머슴은 문을 열어주고 새끼 뭉치를 밀쳐 자리를 만들었다.

"노인방에서 아낙이 울고 나오던데 무슨 연고인지 물어봐도 되겠는가."

"참으로 딱한 일이지요. 찬모가 아무리 울고불고 해도 까딱도 않을 어른이라. 쯧쯧."

차서방은 그간의 일을 대충 말해주었다. 찬모가 차 노인의 아들까지 낳아주었건만 찬모 딸인 간난이를 몸종으로 보내려고 방물장수가 오는 날만 기다렸는데 내일이 오일장이라 찬모가 저토록 절박하게 매달리는 거라고 했다.

"차 노인의 아들까지 낳았다고?"

"종년 팔자지요."

"딸애는 아직 어리더구먼."

"여섯 살이긴 해도 남의 집 몸종으로 보내기에는 몸집이 작지요."

128

"참으로 애석한 일이로군."

"별수 있남요."

차서방은 안주인이 간난이를 먼저 내보내고 찬모도 쫓아낼 심산인 것 같다고 했다. 이귀주는 아낙의 딱한 사정을 듣고 나니 측은하기가 그지없었다. 어떡해서든 방도를 찾아볼 요량으로 생각에 잠겨 아침까지 마당가를 거닐었다. 마침 아낙이 차 노인의 조반을 내어 갔다. 수심은 더욱 깊고 수척해져 금방이라도 쓰러질 듯 위태해 보였다. 차 노인이 봉창으로 바깥의 동태를 살피는지 잔기침이 잦았다. 민망해하는 아낙도 도움이 되고 싶어 하는 이귀주도 알은체를 못하고 지나쳐 갔다.

이귀주는 조반을 내어오면 아낙을 붙들고 무슨 방도라도 찾아보려 했으나 부엌으로 들어간 아낙이 좀체 조반을 내어 오지 않았다. 이제나저제나 조반을 기다리다 보니 중찬 때가 다 되어 갔다. 시장하기도 하고 이상스럽기도 하여 차 노인 방에 대고 조반이 아직 나오지 않는다 하니 방문도 열지 않고

"저녁밥에 잠자리까지 내어 주었소만 나는 아직 그 대가도 받지 못했구먼. 조반까지 먹겠다니 너무 염치없는 거 아니오?"

"무엇을 해야 대가를 치를 수 있는지요?"

"어젯밤에 일러주지 않았소."

그때서야 어젯밤에 차 노인이 '얘깃거리 있으면 들려주고 가시구려.' 했던 말이 기억났다. 그럼에도 당최 얘깃거리는 떠오르

지 않고 아낙의 수심 어린 얼굴만 마음을 어지럽혔다. 그러다가 무릎을 탁 치고 차 노인 방문 앞에 섰다.

"어르신, 얘깃거리가 생각났습니다."

"그래요. 들어오시구려."

"시장기를 들고 들려드려도 될는지요."

차 노인은 찬모더러 서둘러 조반을 갖다 주라고 했다. 능구렁이 같은 노인네. 어제와 별반 다르지 않은 찬이지만 시장기를 채우니 분도 누그려 들었다. 이대로 떠나버리면 그만이겠지만 아낙의 근심을 들어주겠다고 약조를 한 터라 그럴 수도 없었다.

"어르신."

"들어오시구려."

들어서고 보니 어제 방문을 열고 내다보던 모습과는 달리 중풍을 맞은 흔적이 컸다. 한쪽 눈도 기울고 처진 입술에서는 침이 흘러 연신 수건으로 훔쳤다. 비단 장침에 기대앉은 품새도 여간 불편해 보이지 않았다. 그나마 방문을 여는 쪽은 멀쩡해서 길손에게 체면을 세웠던 것이다.

"병환 중이신가 봅니다."

"그렇소."

저 몸에 욕정이라니. 이귀주가 봐도 역겨운데 젊은 아낙은 오죽하랴. 욕을 보면서도 차 노인의 마음을 돌리지 못한 아낙의 절박함이 자신의 일인 양 작심을 하고 마주 앉았다.

"그래, 어떤 이야기를 들려주시겠소."

"예전에 상여가 나가는 걸 봤습지요. 그런데 사자의 양손이 관 밖으로 나와 쫙 벌려져 있는 게 아니겠습니까. 하도 이상해서 탁발 스님을 붙들고 물어보았지요."

"왜 그렇다고 하던가요."

"공수래공수거라고 합디다."

"공수래공수거라니."

"사람이 날 때 빈손으로 왔으니 갈 때도 빈손으로 가는 거라고 죽은 이가 말하는 중이라고 하더군요."

"그 양반은 가난하게 살았던가 보구먼."

"그 고을의 부자였답니다. 그런데도 식솔들에게 박하지 않고 이웃이나 걸인들에게도 아주 후했다고 합니다."

"어험, 그래서요."

"사람이 재물을 이승에서 제 아무리 많이 가졌어도 저승으로 갈 때는 아무것도 가져갈 수 없다는 뜻이라더군요."

"그렇긴 하지만. 사람이 어찌 욕심이 없을 수가 있나."

"그 어른은 평생을 베풀고 살아도 곳간이 축나지 않았다고 합니다."

"어째 그럴라고."

"하늘이 도와 해마다 수확이 풍요로웠다더군요."

"하늘이 도왔으니 그러했겠지."

"하늘도 감복한 것이지요."

"어험."

"어르신이나 저나 하늘이 감복할 일이 무언지 생각해 봐야겠습니다요."

차 노인이 눈길을 돌리며 무어라고 혼잣말을 중얼거리다가 하루 더 묵어 갈 것을 청했다.

"날은 넉넉히 잡고 왔습니다만 어인 일로?"

"그 이야기를 몇 번 더 들었으면 하오."

"그리 하리다."

차 노인은 그 이야기가 귓가에 쟁쟁해서 길손을 하루 더 머물게 하고 이귀주는 덕분에 아낙의 근심에 방도를 찾기 위한 날을 벌었다. 저녁 밥상엔 구운 조기와 고깃국이 올라왔다. 차 노인의 반응이 좋은 걸로 보아 어떤 수가 생길 것 같아 밥맛도 좋았다. 밥상을 물리는 이귀주가 아낙과 눈을 마주쳤다.

"너무 염려 말게나."

머리를 주억거리며 간내이라고 웅얼거리는 아낙이 너무도 처연해서 또 안심을 시키고 말았다. 상을 드는 손이 애처로워 살며시 손등을 잡았다. 주저앉을 듯 휘청거리던 아낙이 눈물을 떨어뜨렸다. 이귀주는 발등이라도 깰 것 같은 아낙의 눈물에 이대로는 갈 수 없노라 다짐을 했다.

저녁상을 물린 차 노인이 이귀주를 불렀다. 이귀주는 공수래공수거 이야기를 더 오지게 들려줬다. 차 노인은 몇 번이나 그 말을 되뇌다가 내일 중식 때도 들려주고 가라고 했다. 이귀주는 넌지시 느껴지는 바가 있으시냐고 물었다. 차 노인이 얼굴을 바짝 들이대며 말을 건넸다.

"댁이 보기에 내가 어떻게 하면 하늘이 감복할 것 같으이까?"

"어르신, 더 부자가 되고 싶어 그러시는지요?"

"예끼, 여보시오. 공수래공수거라 하지 않았소."

"네, 그럼 이렇게 해 보심이 어떠할는지요."

"무슨 방도가 있소?"

"두어 가지 묘안이 생각났습니다. 한 가지는 어르신께서 내일 조반 전에 대문을 활짝 열어놓으시는 겁니다."

"아니, 단번에 비렁뱅이들이 몰려올 터인데."

"어르신이 그들에게 적선을 베푸는 게 하늘이 감복할 일 아니겠습니까."

"하, 그러기는 하겠소만 비렁뱅이들이 좀 많아야지."

"약소하게 베풀어서야 어찌 하늘이 감복하겠는지요."

"어험, 또 한 가지는 뭐요?"

"식솔들을 잘 거둬야 할 듯합니다."

"식솔이라야 간난이 모녀뿐인데 뭘 잘 거두라는 거요?"

"우연히 듣게 되었습니다만 어린 간난이를 어디로 보낼 참인 것 같습디다."

"그야, 고것이 많이 처먹기도 하거니와 그래야만 할 일이 있소."

"간난이가 똘똘해서 몇 살만 더 먹으면 바깥 일손 들이지 않아도 될 성싶더이다."

"무슨 신통한 방도라도 있는 줄 알았더니. 어험!"

"말 못하는 짐승도 새끼가 없어지면 밤을 새워 울부짖지 않습니까. 천륜을 끊는 일인데 간난이 모녀는 오죽하겠는지요."

"종년 팔자가 다 그런 거 아니오."

능청을 떨며 눈길을 피하는 차 노인에게 이귀주가 바짝 다가 앉았다.

"찬모는 어린 간난이 생각에 눈물로 지새느라 일인들 제대로 하겠는지요. 소인 생각에는 대들보에 목이라도 멜 듯합니다."

"예끼, 여보시오. 무슨 그런 험한 말을."

"낙심이 크면 그럴 수도 있지요."

"낙심이 길지는 않을 걸세."

"아낙이 간난이 말고 낙이라고 할 일이 또 있는지요."

"그런 게 있소. 그런데 댁은 간난이 모녀한테 왜 그렇게 마음을 쓰시오?"

"그야, 인지상정 아니겠습니까."

"그것뿐이오?"

"길손이 그것 말고 뭐가 더 있겠는지요."

"어험!"

이귀주는 더는 간난이 모녀를 두고 왈가왈부할 수가 없어 밖으로 나왔다. 부엌문에서 얼굴을 내민 아낙이 금방이라도 울음을 터뜨릴 듯 이귀주의 답변을 기다렸지만 못 본 체하고 얼른 방으로 들어갔다. 차 노인이 봉창으로 쏘아보고 있을 게 틀림없는데다 그나마 내민 묘수가 깨질 수도 있기에 조심을 해야만 했다. 다음 날 조식을 들자마자 차 노인 방 앞에서 짐짓 서둘러 떠나야 할 것 같다며 인사를 했다. 차 노인이 방문을 열고 이야기는 더 해주고 가야지 약속이 틀리지 않느냐며 노기를 부리는 바람에 마지못한 척 들어가 앉았다.

"다른 이야기도 해드릴까요?"

"그럴 거 없소. 그 이야기만 해 주시오."

이귀주는 아예 방바닥이 관 속인 양 반듯하게 드러누워 양손을 쫙 벌렸다. 차 노인이 고개를 내밀어 이귀주의 모습을 보고 멈칫했다. 이귀주는 천천히 일어나 앉으며 그 어른의 유족들뿐만 아니라 머슴들까지 소리를 높여 곡을 하고, 조문객들의 수는 점점 늘어 길을 메웠으며, 걸인들은 살아생전의 어르신을 침이 마르도록 치하하며 상여를 따랐다고 했다. 관에서 양손을 내놓은 사자를 보고 공수래공수거라고 했다는 말을 할 때는 영험한 표정까지 지으며 스님의 말투를 흉내 냈다. 차 노인은 흐르는 침을 닦는 것도 잊은 채 몇 번이고 고개를 끄덕거렸다. 이귀주가 매 눈을 뜨고 심기에 변화가 있는가 하여 표정을 살피는 중에 바같이 소란스러워졌다.

　간난이가 방물장수가 왔다고 야단이 났다. 방물장수의 꿍꿍
이를 모르는 간난이는 이번에야말로 쌀밥에 고깃국을 실컷 먹을
수 있는 부잣집으로 데려다줄 줄 알고 들떠서 겅중거렸다. 차 노
인이 안채로 들어가려는 방물장수를 불러 마루에 앉게 하고 찬
모더러 먹을 것을 내오라고 했다.

　"하이고 어르신, 오늘은 해가 서쪽에서 뜨겠습니다요."

　헛기침을 몇 번 하던 차 노인이 이귀주에게 이제 가보시구려
했다. 방정맞은 방물장수 같으니. 다 된 밥에 재를 뿌리는구먼.
이귀주는 어떡해서든 아낙의 근심을 들어줘야 했지만 그럴 기회
도 잡지 못하고 방물장수의 설레발에 방을 나와야만 했다. 아낙
이 피죽도 못 얻어먹은 얼굴로 삶은 고구마를 내왔다. 방물장수
는 아귀가 미어터지도록 고구마를 먹어치우더니 안주인께 긴히
드릴 말씀이 있다며 안채로 들어가려 했다.

　"이보게, 간난이는 보내지 않겠네."

　"어르신."

　방물장수도 이귀주도 화들짝 놀라 귀를 의심하며 어르신을
불렀다. 찬모가 부엌문 뒤에서 보고 있다가 눈치를 채고 구르듯
사랑채 앞에 엎드렸다.

　"어르신, 이미 부잣집 여식 몸종으로 보내기로 약조가 다 되

었습니다요."

"인지상정이라 어쩔 수가 없네그려."

차 노인은 그 말을 하고 방문을 닫아버렸다. 방물장수는 안절부절못하다가 안주인을 부르며 안채로 들어갔다. 방물장수가 부잣집 여식 몸종으로 보낼 거라는 건 순전히 헛말이었다. 간난이를 늙은 어미와 병든 아들이 사는 오두막에 보내어 수발을 들게할 참이었다. 방물장수는 간난이를 어디로 보내건 상관이 없었다. 오로지 약조했던 사례금을 받지 못할까 봐 전전긍긍하며 자신의 노고를 치하하느라 안주인을 붙들고 늘어졌다.

이귀주는 차 노인의 심기 변화에 탄복이 절로 나왔다. 사랑채앞에 엎드려 웅얼거리며 눈물을 쏟는 아낙을 도닥여주고 싶은마음이 굴뚝같았지만 차 노인의 심기를 건드려서는 안 되었다. 떠날 채비를 하고 사랑채 앞에 섰다. 그때서야 아낙이 이귀주에게 몇 번이나 허리를 굽히고는 암탉이 병아리를 품듯 간난이를끌어안고 부엌방으로 들어갔다.

방물장수의 얘기를 들은 안주인이 사랑채로 나오며 노기가충천한 목소리로 영감을 불렀다.

"영감, 왜 이러는 것이오. 나하고 한 약조를 잊었소?"

"인지상정이오."

"지금 저 종년이 불쌍해서 그러는 거요?"

"내일 아침 일찍 대문을 열어놓으라 하시오."

"그건 또 무슨 말씀이오?"

"걸인들이 오거든 후히 주라 하시구려."

"영감, 어디가 또 아프시오?"

"금쪽같은 우리 아들을 위한 일이니 그리하시오."

안주인이 금쪽같은 아들을 위하는 일이라는 말에 입만 벌리고 서 있었다. 이귀주는 하늘을 올려다보며 너털웃음을 웃고는 사랑채를 향해 하직 인사를 했다.

"어르신, 만수무강하십시오."

차 노인이 방문을 열며 또 들르시게 했다. 대문을 나서는 이귀주는 아낙에게 마지막 인사도 못 하고 가는 것이 못내 아쉬웠다. 이제 간난이를 내보내는 일은 없겠으나, 차 노인이 아낙을 욕보이는 일만은 차마 꺼내지를 못했으니 여간 마음이 착잡하지 않았다. 아낙의 팔자소관으로 돌려야 할 일인지. 터덜터덜 동네 어귀를 벗어나 수수밭 가를 걸어가는데 뒤를 쫓아오는 발소리가 들렸다. 아낙이었다. 눈물 자국이 채 가시지도 않은 얼굴에 웃음기를 머금고 뭔가를 싼 보자기를 건넸다.

"간내이, 고마 고마."

이귀주는 고맙다고 몇 번이나 머리를 조아리는 아낙에게 잘 살라고 일렀다. 수심이 걷어진 아낙이 처음 봤을 때보다 더욱 고와 보여 손을 덥석 잡았다. 바르르 떠는 아낙의 손길이 느껴지자 가슴을 채우는 연민을 주체할 수 없어 끌어당겨 안았다. 젊은 아낙의 살냄새가 마음을 어지럽혔다. 놀란 아낙이 빠져나가려고 꿈틀거렸으나 아낙의 젖가슴이 닿은 몸은 주체할 수 없는 힘에 전율했다. 몹쓸 연민 같으니. 심정 같아서는 후처라도 들이고 싶지만 그럴 주제도 못 되는지라 잡은 물고기를 놓아주듯 팔에 힘을 풀었다. 아낙이 귓불을 붉히며 잰걸음으로 달아났다. 또 들리리라. 이귀주는 아낙이 보이지 않을 때까지 바라보다가 돌아섰다. 스산한 가을바람에 수숫대가 우수수 흔들렸다.

나쁜 소녀들

두 명의 인턴이 왔다. 얼굴이 갸름하고 앳된 남자 인턴과 힙합 가수 같은 여자 인턴이다. 문성준이라는 남자 인턴이 애교 섞인 목소리로 인사를 하다가 눈이 커진다. 실장이 예상보다 어려 보이고 한국인 같지 않은 외모 때문이리라. 차은주라는 여자 인턴이 자기소개를 하다가 나와 눈이 마주쳤다. 선연히 기억나는 그녀의 눈빛이 달라지기 시작했을 때 내 본연의 업무에 임했다.

"교육실장 김여진입니다. 헤어 살롱 드 스토리에 오신 걸 환영합니다."

음악에 맞춰 몸풀기를 하고 친절과 섬세함으로 손님에게 응해야 하는 태도를 강조하며 구호를 외쳤다.

아침 친절이 온종일! 온종일!

인턴 배정을 했다. 원장님 곁에 남자 인턴을 붙이고 여자 인턴은 진 디자이너를 도우며 시니어의 지시를 받게 했다. 카운터에서 예약 손님을 점검하고 여자 인턴 신상 카드를 들여다봤다. 차은주! 치커뜬 눈이 무섭던 계집애. 볼우물만큼 예쁘게 살지 않던 차은주를 여기서 만나다니. 내 키가 큰데 적잖이 놀란 듯했다. 167㎝의 키는 허수아비 같던 아빠의 DNA다. 내 키가 폭풍처럼 자랄 때 은주는 내 곁에 없었으니 놀랄 수밖에. 나 역시 예상치 못한 만남에 손바닥이 얼얼해진다.

은주에게 날마다 나뭇가지로 손바닥을 맞았다. 다섯 살 때부터였지 싶다. 이유는 선생님 놀이였다. 선생님처럼 눈을 치커뜨며 숫자를 셀 줄 모른다고 때리고, 빨리 따라오지 못한다고 때리고 선생님보다 앞서간다고 때렸다. 손바닥 내. 다섯 대야. 나뭇가지로 맞은 손엔 푸르스름한 멍이 가실 날이 없었다. 집이 가까우면 눈물을 닦아주고 달래어 들여보냈다. 아빠에겐 잘 데리고 놀아줘서 고맙다는 칭찬까지 들으면서.

"여진아, 선생님 놀이 재밌지? 내일은 다른 거 가르쳐 줄게."

차 인턴은 손님을 진 디자이너 자리에 앉혀주며 친절을 다했다. 그 와중에 나를 흘깃거린다. 내가 아는 척하지 않는 데다 자신이 아는 척할 수도 없는 상태가 몹시도 불편한 모양이다. 나도 이 상황을 어떻게 해야 할지 난감하긴 마찬가지다. 기억하고 싶지 않은 상처들이 영상처럼 떠오르는 게 여간 곤혹스럽지 않다.
앵벌이를 시키던 아빠까지.

　아빠는 오빠와 내게 종이 목걸이를 걸어주며 앵벌이를 시켰
다. 날마다 세 살배기 남동생을 오빠에게 업혀서 땡땡이시장으
로 부천역으로 보냈다. 오빠는 멀쩡한 엄마가 아프다며 도와달
라고 했다. 나는 사람들에게 종이 목걸이를 보여주며 손을 내밀
었다. 엄마가 아프구나. 어쩌니. 쯧쯧. 처음 동전을 받고 얼마나
신이 나든지. 못 본 척하고 지나치려는 사람을 빠짝 따라가거나
옷자락을 잡아끌기도 했다. 아주머니들은 놓치지 않았다. 시장
에서도 전철에서도 혀를 차며 동전을 주는 사람은 아주머니들이
었다. 아빠가 오며가며 눈알을 부라리면 더 불쌍한 시늉을 했다.
다른 앵벌이들한테 돈을 빼앗길 뻔한 일도 있었지만 그때마다
키 큰 아빠가 나타나 보호해주었다. 아빠는 일부러 점심을 굶겼
다. 배가 고프니 도와달라는 말이 절로 나왔다. 벌이가 좋은 날
엔 붕어빵도 먹을 수 있었지만 그렇지 못한 날엔 아빠한테 쥐어
박혔다. 왜 이것밖에 못 했냐고. 더 불쌍하게 굴라고. 동생을 꼬
집어서라도 울리라고 했다.
　아빠는 날마다 술을 마시고 툭하면 엄마를 때렸다. 나는 무서
워 울기만 했지만 오빠는 용감했다. 오빠는 아빠 다리를 붙잡고
선 엄마더러 빨리 피하라고 소리를 질렀다. 매번 패대기가 쳐졌

지만 엄마가 맞는 걸 보고 있지는 않았다.

"아빠가 죽어버렸으면 좋겠어."

"나도. 아빠가 앵벌이 잘 못한다고 맨날 때려."

"뭐라고?"

"야, 말하지 말랬잖아."

엄마는 늦은 밤까지 남의 식당 일을 하느라 우리가 앵벌이 하는 걸 몰랐다가 오빠를 다그쳐서 알아냈다. 아빠한테 잔소리를 하고 사정을 했지만 소용이 없었다. 동네에서는 우리를 앵벌이 가족이라 불렀다. 애들은 우리를 따라다니며 오늘은 어디서 앵벌이 하냐고. 아빠 술값 벌어야 하니 앵벌이 많이 하라고 놀려댔다. 오빠는 얼굴이 벌게져서 욕을 하고 흙투성이가 되도록 싸웠다. 시장에서는 우리를 모르는 사람이 없어 미움만 샀고, 전철에서도 역무원한테 쫓겨나기 일쑤였다. 아빠는 오빠더러 애들 데리고 다니며 뭐 했냐며 이 뺨 저 뺨을 때리고 걷어찼다. 언제부턴가 오빠는 죽여 버릴 거라는 말을 자주 했다.

"오빠, 누구를?"

"그런 새끼가 있어."

차 인턴은 손님에게 무시무시한 볼우물을 패며 뾰족한 입술을 달싹거렸다. 손바닥을 맞아야 할 이유를 또박또박 꺼내던 입술이 익숙해 보인다. 손님에게 목 가운을 두르느라 나를 등지고

섰다. 너의 뒤통수도 무서웠던 거 아니? 차라리 싫었으면 견딜만
했을까. 그런 네가 내 앞에서 눈치를 보다니. 인생 참 묘하다. 너
도 버티는 거겠지. 아니면 내 과거를 까발려서 망신을 주고 싶거
나. 뭐든 다 해봐. 이젠 당하지 않아. 나는 이제 앵벌이도 좀도둑
도 아닌 너를 교육시키는 실장이거든.

　우리 집 두 집 건너에 은주네가 살았다. 엄마아빠는 없고 할
머니가 은주 언니와 은주를 키웠다. 할머니는 니 애미년이 팔자
가 쎄서 애비가 일찍 죽었다는 말을 입에 달고 살았다. 어째서
둘 다 애비는 안 닮고 팔자 쎈 니 애미년만 쏙 빼닮았냐고 욕을
퍼부었다. 은주 언니는 아빠가 일찍 죽은 게 자기 탓이냐고 대들
었다. 엄마가 집을 나간 건 은주 때문이라며 동생을 때렸다. 네
가 엄마를 쏙 빼닮아서 할머니가 우릴 미워하는 거야. 보조개가
똑같잖아. 재수 없게. 은주는 할머니와 언니가 싸울 때마다 집을
나와 나를 불러냈다. 나는 키가 큰 은주를 언니라 불렀다. 욕도
잘하는 언니가 좋아 곧잘 따라다녔다. 나뭇가지를 주워 든 날 손
바닥을 펴보라고 하더니 딱 때렸다. 장난이라 했지만 장난이 아
니게 아팠다. 너도 네 엄마를 닮아서 맞는 거야. 재수 없게. 날마
다 때렸다. 때릴 때마다 화를 내고 소리를 질렀다. 이유는 많았
다. 지나가던 사람이 야단을 치면 선생님 놀이한다고 둘러댔다.
그때부터 은주와 나 사이엔 선생님 놀이가 때리는 이유가 되었

다.

언니인 줄 알았던 은주와 같은 해에 초등학교 입학을 했다. 은주는 친구들끼리 놀 때는 끼워주지 않다가 집에 올 때만 나를 불렀다. 심부름시킬 게 있다나. 문구점 가서 머리핀 좀 사 와. 예쁜 걸로. 돈은? 다음에 줄게. 나 돈 없어. 그럼 훔쳐 오든지. 벌칙도 있었다. 요구하는 걸 훔쳐 오지 못하면 손바닥 세 대. 뭐든 가져오면 한 대. 들키면 종아리 세 대란다. 머리핀을 훔치고 과자를 훔쳤다. 열쇠고리를 훔친 날 가게아주머니에게 붙잡혔다. 쥐새끼 같은 계집애라며 쥐어박히고 쫓겨났다. 그날도 은주는 종아리를 때리고 볼우물을 패며 내일은 다른 데로 가보라고 했다. 학교 앞 문구점이며 동네 가게는 내 손을 타지 않은 곳이 없을 정도였다. 숙제는 못 해도 은주에게 줄 건 훔쳐야 했으니까. 그런 내 손버릇을 재미있어하며 점점 요구가 커졌다.

"돈 좀 빌려줘. 2천 원."

물건 훔쳐다 주는 건 재미없다나. 앵벌이하다 숨긴 동전을 갖다 바치면 "천 원짜리 없어? 아니면 2천 원." 천 원짜리를 손에 쥐여주지 않는 날은 또 손바닥을 맞았다. "내일은 꼭 가져와." 날마다 앵벌이를 해도 은주 몫을 숨기기는 쉽지 않았다. 천 원짜리 받는 걸 아빠가 놓칠 리가 없었으니까. 내일을 걱정하지 않는 날이 없었다.

오빠가 아빠한테 앵벌이 하지 않겠다고 대들었다. 아빠는 무지막지하게 때렸다. 쓰러져있는 오빠 얼굴에 연탄재를 집어 던지고 담배를 꺼내며 나더러 연탄집게를 가져오라고 했다. 그 틈에 오빠가 달아났다. 하루가 가고 이틀이 가도 오빠는 돌아오지 않았다. 엄마는 날마다 아빠한테 악을 썼다. 나가려면 당신이 나가라고. 나흘 만에 오빠가 거지꼴이 되어 집에 왔을 때 아빠는 때리지는 않고 욕설만 퍼부었다. 그날로 앵벌이는 끝이 났지만 내 고민은 더 커졌다. 은주에게 줄 돈은 어떻게 구하나. 나 혼자 앵벌이를 할까. 오빠한테 들키면 그날로 죽음이다. 잠을 설쳐가며 궁리한 끝에 반 친구의 돈을 훔치기로 했다.

체육시간이었다. 운동장에서 화장실 가는 척하고 교실로 들어왔다. 당번이 엎드려 자고 있어 눈여겨 봐둔 친구의 손지갑에서 돈을 빼냈다. 3천 원. 잽싸게 운동장에 가서 애들과 뒤섞였다. 종례가 끝나도 그 애는 지갑을 확인하지 않았고 나는 은주에게로 가며 2천 원을 팬티 속에 감췄다.

"2천 원 필요한데. 그래도 뭐. 빈손보다는 낫지. 내일은 꼭 2천 원."

거의 한 달 동안이나 애들 지갑에 손을 댔다. 꼬리가 길었든지 반장한테 들켜 선생님들과 학생들이 지나다니는 복도에서 무릎을 꿇은 채 손을 들고 벌을 섰다. 제대로 걸렸나 보네. 그럴 줄 알았어. 선생님의 체벌과 애들의 비웃음에도 불구하고 그 짓을 멈출 수 없었다. 체벌보다 비웃음보다 더 싫은 게 은주의 폭력이었으니까. 왜 그토록 애들 지갑은 눈에 잘 띄는지. 선생님은 그럴 때마다 부모님 모셔오라고 했다. 대답은 곧잘 했지만 엄마아빠에게 한 번도 말하지 않아 매를 맞았다.

중학교 배정이 달라지면서 은주에게서 해방되는 줄 알았으나 은주의 요구는 더 집요했다. 초등학교 때와는 다르게 돈의 액수가 커져 내 계획도 달라져야만 했다. 저녁 늦게까지 남의 식당에서 일하는 엄마의 지갑에 손을 댔고 아빠 짓일 거라고 거짓말을 했다. 도둑질만큼 거짓말도 느는지 엄마는 그 말을 믿었고 아빠에게 화를 냈다. 아빠의 진실은 엄마를 설득시키지 못할 정도였으니 나는 눈도 깜짝하지 않고 종종 엄마를 속여먹었다.

차 인턴이 내 앞을 지나며 고개를 빳빳이 들었다. 과거의 꼬봉 앞에서 기죽을 수는 없다는 거겠지. 나도 너도 의식하지 않으려 해도 과거가 떠오르지 않을 수 없지. 네가 기억하는 마지막 그날이 나를 오늘에 이르게 한 날이고.

중1. 나보다 머리통 하나는 더 큰 은주에게 나는 공주 앞의 시녀처럼 무릎을 구부렸지. 살짝. 다소곳하게 살짝. 귀싸대기를 맞아가며 맹훈련을 했지. 다시 또다시. 잦은 상납이어도 보상 따위는 없었지. 점점 더 군림하며 노예처럼 부렸지. 어쩌다가 눈을 마주쳤다고 네 패거리들에게 머리채를 잡혔지.

"눈깔아. 어따 대고."

입술화장이 진한 동네 언니들 앞에선 너도 나처럼 시녀가 되더라. 아주 살짝 무릎을 구부리며. 나보다 더 잘하데. 다소곳하게. 너도 상납 중이었니?

그해 겨울 방학, 상납하는 짓을 하지 않는 계기가 생겼다. 그날은 은주 패거리들한테 맞고 은주한테 양손이 질근질근 밟혔지만 내 인생의 터닝 포인트가 된 날이었다.

나는 틈만 나면 돈 훔칠 곳을 찾아 두리번거렸다. 지역아동센터 선생님이 교탁에 가방을 넣어두고 자리를 비웠다. 생선 훔치는 고양이마냥 지갑을 훔쳐 화장실로 갔다. 은주에게 주고도 남을 돈이 들어 있었다. 돈을 빼서 점프 주머니의 뜯어진 곳으로 밀어 넣고 지갑은 맨 안쪽 화장실 변기 뚜껑 속에 살짝 걸쳐 뒀다. 물을 한 번만 내리면 떨어지겠지만 왠지 물에 젖게 하고 싶지는 않았다. 점심시간이 지나자 선생님이 우리를 모아놓고 지갑을 잃어버렸다고 했다. 애들이 나를 지목했지만 나는 언제나처럼 아니라고 펄쩍 뛰었다.

"얘들아, 지갑은 가져가도 좋아. 돈도 안 돌려 줘도 돼. 거기엔 내가 너희만 할 때 돌아가신 우리 엄마 사진이 있어. 그 한 장밖에 없는데 다시는 우리 엄마를 볼 수 없으면 너무 슬플 것 같아.”

선생님은 손으로 코끝을 누르며 눈물을 주르르 흘렸다.

“그 사진만 돌려주면 좋겠어. 부탁이야.”

몇 번이나 코를 훌쩍이고는 교실을 나가려다 말고 우리를 돌아봤다.

”대신 일주일 내내 피자 사줄게.”

애들은 누구 때문에 피자 실컷 먹게 생겼다며 비아냥댔다. 나는 이미 뻔뻔해졌기에 애들의 비아냥거림쯤은 아무렇지도 않았지만 엄마도 없는 선생님이 가여워 보였다. 사진만은 돌려드려야 할 것 같았다. 집으로 가는 척하다가 화장실로 가 변기 뚜껑을 열었다. 지갑이 그대로 있었다. 지갑만 몰래 두고 나오려고 교실 문을 열었다. 선생님이 기다렸다는 듯이 나를 반겼다. 엉거주춤 지갑을 건넸다. 이제는 맞을 차례였다. 손바닥을 펴고 눈을 꼭 감았다. 선생님은 사진을 돌려줘서 고맙다고 했다. 왜 안 때릴까. 돈을 내어놓을 때까지 기다리는 걸까. 점프에서 주섬주섬 돈을 꺼내 교탁에 올려놓았다. 얼굴이 화끈거렸다.

“돈은 가져. 사진만 돌려받기로 했잖아.”

선생님은 또 코를 훌쩍이며 사진에 입을 맞추고 품에 꼭 안았다. 나는 기어들어 가는 목소리로 잘못했다고 했다. 선생님이 돌아서 울었다. 나도 눈물이 핑 돌았다. 남의 것을 훔친다는 게 잃어버린 사람을 얼마나 슬프게 하는지를 알 것 같았다. 친구들 돈과 캐릭터들, 문구점, 가게에서 훔친 것들이 줄줄이 떠올랐다. 밤늦도록 일하는 엄마 돈을 훔치고 아빠 짓이라고 거짓말했던 일까지. 미안하고 부끄러웠다. 돈을 쥐여 주려는 선생님 손을 뿌리치고 뛰쳐나왔다. 그날 나는 빈손으로 은주에게 갔다.

"이젠 상납할 수 없어. 남의 것 훔치지도 않을 거야."

은주는 비웃었고 패거리들은 내 머리끄덩이를 끌어다 은주 앞에 무릎을 꿇렸다.

"양손 바닥에 펴."

은주는 운동화로 내 손을 질근질근 밟고 짓이겼다.

"여진아, 안 하던 짓 하지 마. 다쳐."

패거리들이 달려들어 때리기 시작했다. 걷어차고 짓밟고 아픈지도 모르는데 비명이 터졌다.

"이제 됐어. 내일은 마음이 달라질 거야."

그들이 떠나고 나는 더욱 결심을 굳혔다. 누구에게도 부끄러운 짓 하지 않을 거야.

그 주간 센터 반 애들은 아무도 티 내지 않고 피자를 맛있게 먹었다. 선생님이 미리 애들 입막음을 한 것 같았다. 나는 도둑질할 때보다 더 은주에게 대담해졌다. 은주 패거리들이 다음날도 그다음 날도 나를 끌고 공터로 갔지만 맞는 게 겁나지도 않았다. 며칠 뒤 은주는 작전을 바꿨는지 패거리들을 다 보내고 혼자 남았다. 때리지는 않고 내 손을 꼭 잡았다. 한 달간만 더 도와 달란다. 저도 누군가에게 상납을 하는 게 분명했다. 내게 삥을 뜯어야 상납을 하는 건데 그 줄이 끊기니 큰 문제였겠지. 너도 상납의 고통이 어떤 건지 이제 알겠네. 그에 따른 폭력까지도. 나는 싫다며 돌아섰다. 뒷덜미를 잡아챌 줄 알았으나 그러지 않았다. 그날로 나는 은주에게서 해방이 되었다.

센터 선생님은 그 사건 이후로 내게 더 친절했다. 내 가방에 생리대가 든 예쁜 파우치를 넣어놓기도 했다. 당시 내게 생리대보다 더한 고민은 없었다. 내가 또 남의 물건에 손을 댄다면 생리대를 훔치지 않았을까. 다른 애들처럼 예쁜 파우치에서 생리대를 꺼낼 수 있다는 게 얼마나 행복하던지. 선생님이죠? 뭐가? 맞잖아요. 뭐가? 게임을 하듯 탐정을 하듯 나는 캐물었고 선생님은 잡아뗐다. 요즘 여진이 무슨 좋은 일 있나 봐? 나는 센터에만 가면 웃었던 것 같았다. 선생님이 그때 애들 앞에서 야단을 쳤더라면 나는 더 나쁜 애가 되지 않았을까. 아찔하다.

은주는 동네서 마주칠 때마다 아무 말은 않고 볼우물을 패며 웃기만 했다. 소름이 돌도록. 소문에 또 다른 애를 노예처럼 부리며 삥을 뜯는다고 했다. 얼마 뒤 폭력으로 고발당해 소년원에 잡혀갔다는 소문이 났고, 은주네가 이사를 간 뒤 지금까지 만난 적이 없었다.

나는 정보고등학교를 다니며 센터 선생님이 소개해 준 미용실에서 알바를 했다. 손놀림이 섬세하고 체득 능력이 좋단다. 꿈

의 시작이었다. 졸업을 하고 규모가 큰 숍에서 인턴 과정을 마치
고 다시 이곳으로 왔다. 원장님은 카운터를 맡길 정도로 나를 신
임했다. 실장이 되기까지 최선을 다했다. 금전에 투명했고 성실
했고 매사에 철저했다.

　2주째, 차 인턴이 지각을 했다. 죄송하다며 웃음으로 얼버무
리려다 내 눈빛에 웃음을 감췄다. 잔인하던 예전의 볼우물이 얼
비쳐 인상을 썼다. 지각하시면 안 됩니다. 술 냄새, 담배 냄새가
훅 났다.
　"차은주 인턴님 오전엔 손님 맞지 마세요."
　토요일이라 예약 손님 이외에도 손님이 줄을 이었다. 바빴지
만 차 인턴에겐 업무를 주지 않고 청소만 맡겼다. 진 디자이너가
예민한 반응을 보였지만 나와 문 인턴이 발 빠르게 움직였다. 시
니어에게도 양해를 구하고 오후에서야 차 인턴을 투입했다. 기
분 나빠하는 기색이 역력했다. 쌩하니 먼저 퇴근을 했던 차 인턴
이 숍으로 들어왔다.
　"얘기 좀 해요."
　"하세요."
　"술 한잔하면서."
　"싫습니다. 얘기하세요."
　눈빛이 점점 사나워지다가 이내 표정을 바꾼다.

"다음에 할게요."

입술을 쪼개며 나갔다. 내가 자신을 갈구는 것으로 알았겠지. 나는 실장의 역할을 한 것뿐이다. 왜 늦었는지 안 봐도 뻔하다. 클럽에서 새벽까지 술 마시고 놀다가 늦었겠지. 지각이 한 번으로 끝나지 않으리라는 것도 알겠다. 지금까지 아슬아슬하게 지각을 면하며 버텨 온 것만도 다행이지.

오빠가 왔다. 직업군인으로 두 달에 한 번꼴은 온다. 아빠를 볼 때마다 이글거리던 눈빛이 아니어서 얼마나 좋은지. 오빠가 죽여 버리겠다고 벼르던 아빠는 오빠 입대하고 얼마 지나지 않아 간경화로 돌아가시고, 말썽 피우던 남동생도 직업전문학원을 다닌다. 엄마는 큰아들 먹인다며 삼겹살을 사 왔다. 모처럼 평안이 감도는 가족의 저녁 밥상이다.

"오늘 같은 날 네 아빠가 살아계셨으면 얼마나 좋았을까."

엄마 말에 오빠가 발끈했다.

"살았을 때 이런 날이 하루라도 있었나요?"

"아프실 때는 안 그랬잖니."

"몸으로 안 되니까 욕으로 했죠. 역겹도록."

"아직도 그랬을라고."

"엄마는 용서가 되세요? 그렇게 맞았으면서."

"오빠 그만해."

밥맛이 달아날 지경이다. 오빠는 아빠에게 대든 날 이후로 아빠라고 부르지 않았다. 장례 때도 눈물 한 방울 흘리지 않더니 대화에 끼우는 것도 싫은 모양이다. 불쑥불쑥 터트리는 오빠의 분노를 모르는 건 아니지만 엄마의 외로움이 느껴져 오빠를 달래야만 했다. 식사를 끝내고 오빠가 남동생을 데리고 나갔다. 아빠도 오빠의 저런 모습을 본다면 흐뭇해하시겠지. 잠을 못 이루시는 엄마를 뒤에서 안았다.

"엄마, 서운하세요?"

"식구니까 한 소린데 네 오빠가 저러네."

"내일 나 쉬는 날인데 아빠 납골당 갈까?"

"오빠는 안 가겠지?"

"시간이 필요할 거예요."

엄마의 한숨을 가슴으로 받으며 꼭 끌어안았다.

"엄마, 우리 내년에 베트남 가자."

"비행기 삯이 얼만데. 외할머니도 안 계시고."

"이모들 계시잖아."

"이제서 무슨 염치로."

베트남 사람인 엄마는 나이 많은 아빠와 결혼을 했다. 아빠는 건설현장 노동자였는데 간이 나빠지면서 일자리도 잃었다. 오빠와 내가 연년생으로 태어난 해 베트남에 계신 외할머니가 돌아가셨다. 엄마아빠는 베트남 가는 비행기는커녕 애들 분윳값 대기도 힘든 상황이었다. 엄마는 닥치는 대로 일을 하며 가난을 숙명으로 알고 살았다. 아빠의 폭력을 견디면서.

엄마가 말이 없어졌다. 우시는 걸까. 얼굴을 더듬으니 눈물이 만져졌다. 우는 소리조차 내지 않는 엄마의 눈물이 내 손을 적셨다. 마른 등에 얼굴을 묻었다. 등뼈 마디마다 엄마의 슬픔이 배여 가슴을 저몄다. 아빠도 엄마를 위한다는 오빠도 나도 동생도 엄마에게 눈물만 흘리게 했어. 이토록 깊고 슬픈 눈물만. 나라도 착했어야 했는데. 나라도.

문 인턴이 손님 안경을 떨어뜨려 밟을 뻔했다. 손님이 비명을 지르고 문 인턴이 쩔쩔맸다. 차 인턴이 잽싸게 안경을 집으며 호들갑을 떨었다. 손님이 괜찮다는 데도 문 인턴에게 주의를 주고 사과를 했다. 오버하기는. 과장된 목소리까지 귀에 거슬린다. 평정심을 갖는다는 게 얼마나 힘든 일인지를 새삼 느끼는 순간이다.

직원들과 한 달에 한 번 회식을 가진다. 그날도 고깃집에서 식사를 하고 노래방까지 갔다. 노래방에 들어서자마자 차 인턴이 마이크를 잡고 두 곡을 연달아 불렀다. 예상치도 못한 노래 실력에 모두들 감탄을 했다. 가수를 하라고. 아이돌 뺨치는 실력이라고. 그런 말에는 대꾸도 않고 캔 맥주 두 개를 순식간에 마셔버렸다. 원장님이 가시자마자 내 옆에 앉으며 맥주를 건넸다. 받아 놓고 노래를 부르는데 마이크를 뺐었다.

"김여진 실장님, 나 차은주예요. 왜 모르는 척하세요? 실장님 어렸을 때 내가 공부도 가르치고 했잖아요. 기억 안 나요? 아, 공부 못해서 나한테 혼 좀 났지. 아마?"

듣고 싶지 않아 돌아서는 순간 마이크로 내 머리를 쳤다. 순식간에 벌어진 일에 모두들 당황했다. 예상은 했지만 이토록 무모하게 나올 줄이야. 문 인턴이 막아서고 시니어가 내 머리를 감싸며 밖으로 밀어냈다.

"나 차은주야. 앵벌이 도둑년 주제에 누구 앞에서 실장 질이야?"

머리에 메추리알만 한 혹이 났다. 들어가 머리채라도 잡고 싶었지만 방법이 아닌 듯했다. 이성적이어야 해. 차은주에겐 더더구나. 정류장에서 한참이나 앉아 있었다. 언제 왔는지 문 인턴이 옆에 와 앉았다. 그대로 집에 가기도 뭣해서 근처 카페로 들어갔다.

"많이 아프셨죠. 엄청 세게 친 것 같은데."

"참을만해요."

"차 인턴이 왜 그러는지 모르겠어요."

"제게 유감이 많은가 봐요."

"악연인가요?"

"그렇다고 할 수 있죠."

"어쩐지. 그래도 폭력은 아니다."

"차 인턴과 같은 동네에 살았어요."

"공부를 가르쳐 줬다고."

"공부는 무슨. 날마다 손바닥을 때렸죠."

"어머, 왜 때려요?"

"선생님 놀이래요. 학생이 못하면 때리는 거라고."

"친구끼리요?"

"키가 커서 언니인 줄 알았어요. 지금은 내가 많이 크네요."

"차 인턴 나쁘다."

"앵벌이가 더 궁금하죠?"

"아니, 좀 놀래가지고."

"눈치챘겠지만 엄마는 베트남 사람이고 아빠는 한국 사람이에요. 아빠가 우리 삼남매에게 앵벌이를 시켰어요. 차은주가 그걸 알고 삥을 뜯었죠."

"내 주위에도 삥 뜯는 애들 있었어요. 나는 안 당했지만."

나는 술기운 탓인지 누군가에게 털어놓고 싶어선지 주절거렸다.

"나중엔 날마다 상납을 하게 했죠. 앵벌이가 적은 날에는 아빠한테 맞고 차은주한테도 맞았어요. 그러다가 남의 물건까지 훔치게 됐어요."

"상상이 안 돼요. 매사에 철저한 실장님이."

지역아동센터에서의 사건 이후로 차은주의 꼬봉 노릇을 하지 않게 되었다는 것과 남의 물건에 손대는 일을 하지 않은 얘기까지 했다.

"차 인턴을 다시 만난 게 벌 받는 건지도 몰라요."

"무슨, 지금 멋지게 사시잖아요."

"미안해요. 내가 술이 과했나 봐."

"저는 기분 좋은데요. 실장님 좀 무서웠거든요."

나이 어린 인턴 붙잡고 무슨 주접을 떤 건지. 헤어지자마자 후회가 되었지만 후련한 마음도 없지 않았다. 문 인턴이 여자처럼 싹싹해서 맘을 열었을까. 속내를 털어놓을 수 있는 친구였으면 좋았을 텐데. 씁쓸하기는 해도 나를 불편해하지 않는 친구 하나 얻었다고 생각하고 싶었다.

차 인턴이 결근을 했다. 원장님께는 몸이 아프다고 하고 무단 결근으로 처리하지 않았다. 왠지 그래야만 할 것 같았다. 퇴근 시간에 원장님이 불렀다. 어젯밤의 일을 다 알고 계셨다.

"괜찮아?"

"네."

"왜 병결이지?"

"죄송합니다."

더는 묻지 않았다. 나를 괴롭힌 상대가 차은주라는 사실도 아는 듯했다. 이번만이야. 알겠습니다. 인턴이 실장을 때린 사건이 보통 일은 아니지만 내 의견을 존중해 주었다. 차 인턴이 다음 날은 평소보다 일찍 출근을 했다. 내게 인사를 하는 둥 마는 둥 하고 청소를 하고 차 준비를 했다. 조회가 끝나자 원장님이 차 인턴을 불렀다. 바짝 졸아서 원장실로 들어가는 모습이 차은주 답지 않았다. 한참 후에 얼굴이 붉어진 채로 나왔다. 모두의 눈 치를 보며 내게 고개를 숙였다. 그 주간은 지각도 하지 않고 부지런을 떨었다. 또 몇 번의 회식이 있었지만 차 인턴이 술도 많이 마시지 않고 번번이 약속이 있다며 먼저 갔다. 인턴 과정을 잘 마치려고 조심하는 게 눈에 보였다. 나 역시 특별히 잘해주지는 않았지만 일부러 문제시하거나 지적 따위를 하지 않았다. 아니 못 본 척해줬다는 게 맞을 것이다. 6개월의 인턴 과정이 끝나고 모두의 박수를 받았다. 차 인턴이 나와 눈이 마주쳤다.

"하실 말씀 있으세요?"

"아아뇨."

퇴근하는데 차은주가 전화를 했다. 만나자고. 인턴 기간이 끝나기를 얼마나 기다렸을까. 한번은 이런 날이 있을 거라 여겼기에 근처 호프집에서 만났다. 볼우물을 깊이 패며 예전의 은주로 돌아가 있었다.

"너 키 크다. 앵벌이 시킨 니네 아빠가 큰 인심 쓰셨네."

"할 얘기가 뭐야?"

"너 보니까 옛날 생각이 나잖아."

이런 곳에서 나를 만날 줄 몰랐다고. 반갑긴 한데 기분은 엿같았다고. 앵벌이 꼬마가 내 상사 실장이 되어있을 줄 누가 알았겠냐고. 솔직히 같잖아서 머리통 까버리고 싶었다고. 남의 물건 훔쳐서 툭하면 벌 받고 혼나던 게 내 상사라니. 말이 되냐고.

"노예근성으로 아부해서 출세했니? 내 덕 아닌가?"

나는 얼굴이 달아오르고 화가 치밀었다.

"네가 시켰잖아."

"그건 아니지. 니네 아빠가 앵벌이 안 되니까 도둑질이라도 해오라고 내쫓았잖아. 다 들었어."

"그만해."

"너도 찝찝한 과거 듣기 싫지? 나도 그래."

"무슨 말이 하고 싶어?"

"이 바닥에 내 과거 아는 사람은 너뿐이야."

"나 그렇게 한가하지 않아."

"그래, 너는 나보다 먼저 손 씻었으니까."

"그만 좀 하지."

"아, 시팔. 인턴 기간 내내 죽을 뻔했잖아. 높으신 우리 실장님한테 또 찍힐까 봐."

"……"

"고맙다고."

술잔을 부딪치며 싱긋 웃었다. 은주의 급작스런 태도 변화에 내가 당황했다.

"상납 그 짓 못해 먹을 거더라고."

혼자 넋두리가 길어지더니 노래방에 가잔다. 싫다고 했더니 이젠 자기 머리통을 까버릴 차례라고. 밖으로 나오자마자 막무가내로 팔짱을 끼며 내 이름을 불렀다.

"여진아! 김여진! 헤어 살롱 드 스토리 김여진 실장님! 멋지다. 멋져!"

노래방으로 갔다. 나도 속 뒤집힌 김에 노래라도 실컷 불러버리고 싶었다. 은주는 장난기까지 더했다.

"문 인턴이 너 좋아하나 봐."

"까불지 말라고 해."

"사이보그 같아서 연민이 생긴대."

어쩐지 자주 연락이 오더라니. 문 인턴에게 한 넋두리는 내가 보여주지 말았어야 할 빈틈이었어. 핸드폰을 꺼내 문 인턴의 연락처를 지웠다. 은주는 힙합 가수 같이 랩도 잘하고 춤도 잘 췄다. 홍대 클럽에 왜 가는지 아냐고. 찐 맛 나는 그곳에 나를 꼭 데려가 주겠단다. 가수 이효리 노래에 죽이 맞았다. 몇 년 전의 노래까지 부르다가 bad girls를 주거니 받거니 불렀다. bad girls 가 은주였다가 나였다가 했다. 다툼이 일어날 노랫말은 아니건만 서로에게 손가락질을 해대며 bad girls에 열을 올렸다. 노래가 끝나기가 무섭게 또 눌렀다. 열 번도 넘게 부르지 않았을까. 충돌이 일어날 것처럼 감정이 격했는데 은주가 음악을 꺼버렸다.

"왜 꺼?"

나는 싸우고 싶었다. 욕설을 퍼붓고 머리끄덩이를 잡고 뒹굴며 누더기 같은 과거를 갈기갈기 찢어발기고 싶었다.

"bad girl은 나야."

"삥 뜯던 차은주답지 않게 왜 이래?"

"미안해."

"판 깨지마. 난 이제부터라고."

"오늘 만나자고 한 건 이 말이 하고 싶어서야."

고개를 돌려버렸다. 사과에 대한 거부가 아니라 눈물이 핑 도는 게 싫었고 자존심도 상했다. 은주답지 않게 진지해지며 마이크를 내밀었다.

"내 머리통 까버려. 죽여 버려도 돼."

마이크를 받았다. 깔끔하게 머리통 한방으로 끝내자고? 내가 당한 세월이 얼만데. 지난날의 고통들이 몰려들며 구역질이 났다. 화장실에 다녀오고 다시 마이크를 잡았다.

"내가 베트남 애여서 막 대했니?"

"내 불행을 너한테 푼 것 같아."

"그래, 내가 너 화풀이 똥개였지."

"내가 나빴어."

"너는 악질이야."

은주가 무릎을 꿇었다.

"이런다고 내 아픈 기억이 사라지지 않아. 나는 너한테 맞지 않으려고 온갖 나쁜 짓은 다 했어. 훔쳐서 맞고 훔치지 못해서 맞았어. 불쌍한 우리 엄마 돈도 훔치고 아픈 우리 아빠를 도둑으로 몰았어."

이렇게 쉽게 용서될 일이냐고. 내 유년이 벌레 먹은 배춧잎 같은데. 은주의 두 무릎을 꽉꽉 밟아버리고 싶었다. 차마 발을 내뻗지 못하고 아아악! 소리를 질렀다. 은주가 나를 끌어안으려 했다. 싫어! 마이크로 머리통을 쳐버렸다. 은주가 젖은 눈으로 웃었다.

"때려줘서 고마워."

"나한테 왜 그랬어? 왜 그랬냐고?"

은주가 무릎걸음으로 다가와서 내 손을 잡았다. 은주의 표정이 센터선생님 지갑을 건네며 용서를 구하던 내 모습 같았다. 잡힌 손을 빼지 못했다. 어쩌면 우리도 서로의 아픔을 끌어안고 살게 되지 않을까 하는 의구심이 들었다. 애증이 뒤엉킨 채. 운명처럼.

"너 꼬붕 짓 하느라 나는 어릴 적 추억도 친구도 없어."

"내가 친구 돼주면 안 될까?"

은주는 내 손가락 마디마디를 호호 불어주며 미안해했다.

"이렇게 예쁜 손을. 이렇게 귀한 손을. 손가락이라도 부러뜨렸으면 어떡할 뻔했어."

"나는 순간순간 피해를 입힌 누군가에게 용서를 빌어. 미안하고 죄송하고 부끄러워 견딜 수가 없어."

우리는 과거의 늪에서 빠져나오느라 몸부림을 쳤다. 노래방 기기는 혼자 흥얼대고 우리는 지쳐 늘어졌다. 서로 싸우지도 않았건만 머리는 물귀신처럼 헝클어지고 화장은 번져 못생긴 판다 같았다. 서로의 꼴을 보고 웃음이 터졌다. 그토록 꼴 보기 싫던 은주의 볼우물이 예뻐 보였다. 은주의 장난기가 또 발동한다.

"문 인턴 부를까?"

"싫어."

"벌써 불렀어."

"뭐냐고."

우리는 한 번도 해 보지 못한 사춘기 소녀 같은 웃음을 터트리며 나쁜 소녀들을 파쇄시켜나갔다. 나는 할 수만 있다면 다섯 살 손바닥을 맞던 순간에서부터 공중분해를 하고 싶었다.

교동이발소

그녀에게서 벗어나는 일은 외출이다. 할머니를 태운 휠체어가 현관문을 벗어날 때까지 그녀의 시선이 내 뒷덜미를 잡아채는 듯해서 조바심을 낸다. 외출을 즐기는 할머니 덕분에 오늘도 찻집 창가에 앉았다. 창 너머 화단엔 노란 소국이 소담스레 피었다. 할머니는 소국에 감탄을 하며 초롱 같은 목소리를 높인다. 감탄하는 품새가 영락없는 소녀다. 대추차를 시켰다. 할머니는 간호학교 기숙사 화단에 핀 소국도 저랬다며 추억을 꺼낸다. 아흔이 넘은 할머니의 학창 시절이 그려지진 않았으나 표정은 여느 때보다 풋풋하고 밝다.

할머니를 돌보는 요양보호사로 일한 지 4개월째. 나는 할머니 목소리가 나이답지 않게 낭랑해서 초롱 할머니라 부른다. 휴지로 손끝 닦는 버릇이 유난한 딸인 엽이 할머니와 산다. 할머니를 꼭 닮은 얼굴에 체격도 비슷하다. 엽이 할머니는 칠순은 된 듯한데 내가 할머니라고 부르는 걸 질색한다. 놀라워한다고 해야 할 것이다. 어떻게 부를까요? 하면 이름에 씨를 붙이면 되는 거 아니냐며 의아해했다. 무시하고 계속 할머니라고 불렀다가 매서운 눈길에 얼어붙고 말았다.

엽이 할머니와는 영역을 두고 사사건건 신경전이다. 내가 할머니 목욕시키고 걸레 빠는 틈틈이 화장실을 들락거린다. 푹신한 슬리퍼를 신고 유령처럼 스칠 때면 소스라쳐 놀라기가 일쑤다. 나는 감시 받는 느낌인데 할머니 말로는 그게 일상이란다. 주방을 내주지 않아 할머니 식사 준비는 않는다. 일을 덜기는 했어도 늘 신경이 곤두서 있어 할머니가 외출을 원하면 세 시간의 근무시간이 빠듯한데도 무조건 모시고 나온다.

할머니는 옆 테이블의 아기를 보고 눈을 떼지 못한다. 다리만 성하다면 금방이라도 다가가 안을 듯한 몸짓이다. 아기가 방긋이 웃자 어르는 소리가 점점 커진다. 아기엄마가 어색한 표정으로 감사를 표하고 아기를 고쳐 안았다. 눈길을 거두는 할머니 표정에 그늘이 진다.

"우리 둘째가 쟤만 했을 때 피난을 나왔다오."

아기를 자꾸만 넘겨다보며 피난 온 얘기를 꺼낸다.

"군인들이 피난 갈 준비를 하고 백석포구로 나오라며 집집마다 대문을 두드리고 다녔다오."

엽이네는 1·4 후퇴 때 황해도 연안에서 강화 교동으로 피난을 나왔다. 남편은 서른이 넘은 나이인데도 자원입대를 해서 남쪽으로 가고, 시어머니는 외아들이 전쟁에 죽을까 봐 치마끈을 동여매고 부대를 찾아 떠났다. 엽이네는 시누이와 두 아이를 데리고 피난민 틈에 끼었다. 피난 보따리래야 옷 보따리와 애기들 이부자리에 묻은 주먹밥이 다였다. 피난민들은 타고 갈 배가 없어 포구에서 추위를 견디며 이틀을 지냈다. 머리 위로 제트기가 쌕쌕 지나는 소리는 애어른 할 것 없이 오금을 저렸다. 군량미 실으러 온 미군 배를 타고 다음날 새벽 교동 아차섬에 도착했다. 상봉이라도 하듯 동네 주민들이 구경을 나왔다. 군인들이 피난민들을 아무 집에나 들어가게 했다. 주민들도 얼떨결에 부엌이며 창고를 내주고 먹을 것을 갖다주었다. 엽이네도 시누이와 애들을 데리고 남의 집 부엌에 자리를 잡았다. 부뚜막에 애기들을 눕히고 아궁이 주위에 웅크리고 앉아 몸을 녹이며 눈을 붙였다. 한낮이 되어 시누이가 보이지 않더니 밤이 되어도 돌아오지 않았다. 피난 올 때 가지고 나온 여비를 시누이가 몽땅 갖고 있었기에 여간 걱정스럽지 않았다. 피난민들이 있는 집들을 찾아다녔으나 찾을 수가 없었다. 친구와 고기잡이배를 타고 도망을 친 후였다.

"억장이 무너졌지요. 다른 사람들은 돈으로 먹거리를 바꿔 먹는데 나는 돈 한 푼이 없으니. 그년 생각하면 지금도 치가 떨린다오. 시어머니와 남편이 업둥이인 저를 그토록 위했건만. 조카들 목숨이 달린 돈을 어찌 다 가져가 버릴 수가 있어요. 그래?"

피난민 애들이 시렁에 보리쌀 삶아 놓은 거며 종자 고구마를 훔쳐 먹는 바람에 주민들과 다툼이 나서 죄다 타작마당으로 쫓겨나고 말았다. 졸지에 비렁뱅이가 된 피난민들에게 군인들이 반찬도 없는 주먹밥을 나눠주었다. 엽이네는 주먹밥이 먹히지가 않아 주민 집에 간장을 얻으러 갔다가 그럴 수 없는 괄시를 받았다. 연안 집에선 퍼다 버려도 표도 안 날 간장이건만 그까짓 간장 한 종지가 뭐가 그리 아까워서 그 난리를 폈는지.

"나라 탓이지. 내 탓이었나 원. 피난민들이 생굴이라도 까서 먹는다고 바닷가로 나갔다오."

엽이네도 굴을 까서 딸애에게 먹여가며 바지락을 파다가 물 드는 줄을 몰랐다. 일순간 주위를 둘러보니 사람들은 뭍으로 나가고 바닷물은 지척에서 출렁거리고 있었다. 덜컹 겁이 나서 딸애 손을 잡고 뛰기 시작했지만, 뱀처럼 스르르 밀려오는 물은 순식간에 발목을 적시고 종아리를 적셨다. 세 살배기 딸애는 허리께까지 물이 차서 손을 놓치기만 하면 떠내려갈 지경이었다.

"다리를 감는 바닷물이 그토록 무거울 수가 없었다오. 업은 애는 깨서 자지러지고 발을 제대로 떼지 못하고 끌려오던 딸애가 첨벙 엎어지고 말았는데, 등짝만 보이는 딸애를 잡아 일으킬 때 짐승 같은 울음이 터졌다오."

그 기억에 몸서리가 처지는지 전쟁만큼 흉악한 게 없다며 손사래를 쳤다.

"그래도 고마운 사람은 있습디다."

뭍에서 남정네가 소리를 질러가며 달려와서는 딸애를 덥석 안고 엽이네를 끌면서 나왔다. 사람들은 왜 바닷물이 들어오는 것도 몰랐냐며 핀잔이 쏟아졌다. 딸애는 새파랗게 질린 채 넋이 나가 있고 엽이네는 죄인이 되어 고개를 들지 못했다.

"세 식구가 덜덜 떨고 있는데 그 양반이 자기를 따라가자고 합디다. 그 마당에 염치가 어디 있습니까. 따라갔지요. 작은 이 발소였어요. 안쪽에 온돌방이 있더군요. 들어가서 몸을 녹이랍디다. 얼마나 고마워요. 여태껏 은혜도 못 갚고 살았네요. 교동 이발소였는데 지금도 있을는지."

엽이네는 뜨뜻한 온돌방에서 애들과 잠이 들어버렸다. 한잠을 자고 깨니 머리맡에 보리밥과 동치미가 놓여 있었다. 빈 젖을 빨다 잠든 애기 입에 씹은 보리밥을 넣어주니 눈도 뜨지 않은 채 맛난 거라도 받아먹듯 오물거렸다. 딸애 입에도 보리밥 덩이가 볼이 미어지도록 들어가는 걸 보고서야 남은 밥을 먹을 수 있었다.

"그날 밤에 군인들이 피난민들을 싣고 강화로 간다고 했어요. 이발소 양반한테 인사도 못 하고 피난 보따리만 챙겨 군인들을 따라갔지요."

강화에서 인천 가는 배는 삯을 내야 한다고 했다. 엽이네는 친정이 평택이라 거기까지는 가야 하는데 돈이 한 푼도 없어 두렵고 막막했다. 동네 사람을 만나 여비를 좀 빌려 달랬더니 돈이 없다며 매정스레 자르고 피난민 틈으로 사라져 버렸다. 피난 중에 누가 목숨 같은 돈을 빌려주겠는가. 할 수 없이 인천 가는 배는 타지 못하고 이발소로 되돌아왔다.

"그 양반이 잘 왔다며 이발소 일을 도와달라더만요."
엽이네는 이발소 청소를 하고 손님들 머리도 감겨 주며 지냈다. 말수가 적은 이발사가 쌀이 드문드문 섞인 보리쌀이며 김치를 가져다줘서 애들과 먹고살았다. 보름쯤 지났을까. 그가 엽이네 손을 붙잡았다. 손을 빼려니까 더 세게 잡았다가 놓으며 미안합니다, 했다. 엽이네는 돌아서는 그의 뒷모습을 바라보며 잡혔던 손을 만지작거렸다. 며칠 뒤 이른 아침에 얼굴이 까맣고 눈매가 매서운 여자가 여닫이문을 열어젖히며 목소리를 높였다. 이발소 안주인이었다.

"언제까지 여기 있을 거요? 우리 집 양반이 붙잡기라도 하던가?"
엽이네는 자존심도 상하고 그대로 있었다가는 더 험한 꼴을 당할 것 같아 애들을 데리고 나왔다. 여자의 앙칼진 목소리에 뒤도 돌아보지 않았으나, 그에게 인사도 못 하고 나온 아쉬움과 서러움에 발걸음이 무거웠다. 일한 대가라며 챙겨 준 돈으로 인천까지는 갔다. 거기서부터는 피난민 행렬에 끼어 무작정 걸었다. 군인 차를 얻어 타는 날도 있었다. 어쩌다가 문 열린 식당이 있으면 얻어먹기도 하고, 피난 간 빈집에서 잠을 자기도 했다. 주먹밥을 얻어 피난 보따리에 묻었다가 애가 울면 얼어서 부스러지는 밥알을 씹어 먹이고 딸애 배를 채워가며 평택 근처까지는 갔다. 딸애도 엽이네도 얼은 발에 물집이 생겨 잘 걷지를 못했다. 젖배가 곯아 목이 쉬도록 울던 애는 축 늘어져 잠만 잤다.

"등짝에 애가 지나치게 늘어지기에 내려 봤더니 숨을 쉬지 않아요."

"어머, 할머니!"

할머니는 가제 손수건으로 백내장이 있는 눈자위를 닦다가 젖배가 곯아서라며 고개를 떨어뜨렸다. 그 죄를 다 갚지 못해 아직도 사나보다고. 할머니 곁으로 가 등을 쓸어 주었다. 뼈만 앙상한 등이 흔들리며 흐느낌이 깊어진다. 아이 잃은 할머니에게 무슨 말이 위로가 될까. 아이를 묻어야 되잖습니까 한다.

"삽을 빌렸다오. 그 집 노인이 삽으로 뭐할 거냐고 묻기에 애가 죽었다고 했지요."

삽을 든 노인이 산기슭으로 가서 언 땅을 파고 아기를 묻어주었다고 한다.

"지가 두르고 있던 포대기가 관이 되었지요."

포대기가 관이 되었다니! 할머니는 눈앞에서 벌어진 일처럼 참담한 표정이다.

"흙이 포대기를 덮을 때 고꾸라졌다오."

할머니는 봉분도 없는 무덤 곁에서 실성한 사람처럼 중얼거리다가 울다가 했다고 한다. 노인이 다시 와서 고구마를 싼 보자기를 건네며 자꾸만 등을 떠밀어 보내더라고. 꽁꽁 얼어서 발도 제대로 떼지 못하는 딸애를 업고서 뒤를 돌아보고 또 돌아보며 떠나왔는데 천근 같던 발걸음을 어떻게 떼어놓았는지……. 거기가 어디쯤인지도 모른다며 눈물을 닦았다.

"친정에 도착했을 땐 딸애가 여러 날 설사를 했어요. 그 애마저 잃으면 내가 어떻게 산답니까."

딸애가 회복하기도 전에 할머니도 영양실조에다 탈진을 해서 거의 한 달여 사경을 헤맸다고 한다. 추운 겨울날 닥친 피난길에 자식마저 잃었으니 어찌 아프지 않을 수 있었을까.

"딸애가 훌쩍이며 엄마랑 같이 살 거라고 합디다. 식구들이 내가 죽으면 저를 고아원에 보낼 수밖에 없다고 했대요. 애가 한 발짝도 내 곁을 떠나지 않고 잠도 제대로 못 자는 거예요. 그 일로 친정 올케랑 심하게 다투고 부산 가는 피난 열차를 탔습니다."

"부산엔 연고가 있었나요?"

"남편이 총상을 입어 부산에 있는 병원에 있다고 기별이 왔어요."

"할머니, 혹시 그 딸애가 엽이 할머닌가요?"

"그 애가 저 불쌍한 엽이라오."

할머니는 남편이 입원한 병원에서 시어머니와 미안한 기색도 없는 시누이를 만나 거제동 판자촌에서 함께 살았다고 한다. 시어머니는 생떼 같던 손자는 죽여 놓고 아무짝에도 쓸모없는 계집애만 살려왔다고 엽이만 보면 눈을 부라렸단다. 시누이는 눈만 뜨면 어디로 가는지 나가버리고 당신이 생활비를 벌어야만 해서 고아원으로 출근을 했다고 한다. 엽이는 할머니 눈에 띄지 않으려 어디든 숨어버리고. 그 일로 방광염에 걸려 오랫동안 고생을 했는데 지금까지 강박증 증세를 보인다고 했다.

엽이 할머니와 셋이서 TV를 보고 있는데 갯벌 체험을 하는 장면이 나왔다.

"엽아 너 교동에 있던 이발소 기억하냐?"

"몰라요."

한 치의 망설임도 없다.

"우리가 피난 온 데라고 말했잖아."

"기억 안 난다고요."

"허긴, 네가 세 살 적이었으니."

"가보시게요?"

내가 물었다.

"피난 온 얘기를 하다 보니 죽기 전에 꼭 한번 가보고 싶네."

아들한테 말해 봐야겠다며 얼굴에 홍조를 띤다. 엽이 할머니도 웃음을 흘리다가 나와 눈이 마주치자 표정을 바꾸고 나가버린다. 할머니는 TV를 끄고 당신 남편 얘기를 했다.

일본 유학까지 다녀온 남편은 이러저러한 이유를 들어가며 직장마다 쉽게 그만두곤 했다. 열 재주 가진 사람 밥 빌어먹는다는 말이 틀리지 않았다. 큰소리쳐가며 옮겨 다니다가 제대로 된 직장을 갖지 못하고 평생 백수이듯 살았다. 엽이네 자존심도 남편 못지않았건만 현실에 굴복하며 자존심을 팽개쳤다. 중년까지 시골 보건소며 수영장 간호사로 전전하다 늙어서는 파출부까지 했다. 다행히 엽이가 아무도 없을 때면 밥도 하고 집안일을 했다. 몇 번의 칭찬이 약이 되었는지 식구들이 있어도 부엌일만은 계속했다. 잘하든 못하든 부엌일은 해서 다행이지만 사람들을 피하는 건 여전했다.

할머니가 앓아누웠다. 어디가 아픈지 도통 눈을 뜨지 않고 손사래만 친다. 병원에 가자고 해도 자고 나면 괜찮을 거라며 나더러 자꾸만 퇴근을 하란다. 죽을 쑤겠다고 주방으로 가니 엽이 할머니가 또 버티고 섰다. 죽을 쑤어야 한다니까 마지못해 쌀독을 가리키며 자리를 비켜준다. 죽을 쑤는 동안은 방안에서 나오지 않아 다행이지만 가스 불 세기와 죽 젓는 주걱의 움직임을 세고 있는 것만 같아 뒤통수가 후끈거렸다. 할머니께 죽을 먹이려고 애를 써도 안 먹겠다며 손사래를 쳤다. 강제로 일으켰더니 소리를 꽥 지르며 막무가내로 가란다. 상을 치우고 거실 벽에 기대앉았다. 깜빡 졸다가 이상한 느낌에 눈을 뜨니 엽이 할머니가 그림자처럼 스쳐서 화장실을 간다. 엄마가 아픈 줄은 알까.

"엽이 씨, 할머니가 편찮으신데 죽 좀 드시라고 해줄래요?"

들은 척도 않더니 방문을 열고 엄마 아파요? 한다. 멀쩡한 목소리에 놀랐다.

"괜찮아. 자고 나면 돼."

엽이 할머니는 내가 쑤어 놓은 죽을 푸르스름한 주발에 담고 간장을 얹은 상을 할머니 앞에 내려놓았다. 저래서 나더러 주방에 못 들어오게 했을까.

"죽 드세요."

그 한마디에 할머니가 기다렸다는 듯이 일어나 수저를 든다. 딸이 수발드는 것에 곧바로 치료가 된 듯하다. 딸이 화장실을 오갈 때마다 수심이 깊어지는 듯했는데 죽 수발 한 번으로 수심 몇 뼘을 길어 올렸는지 기분이 한결 좋아 보인다. 엽이 할머니 눈치를 봐가며 커피 물을 받아오니 할머니는 또 얘기나 하자며 손을 끌어 앉힌다. 아직도 피난 시절 얘기가 끝나지 않았다는 것이리라.

엽이네는 남편이 퇴원하자 단칸방에 나무 판지로 칸막이를 치고 살았다. 남편은 피난길에 아들을 잃은 데다 딸애마저 행동이 이상하니 술만 마시면 엽이네를 원망했다. 간호사가 어떻게 자기 새끼 하나도 간수하지 못했느냐, 엽이는 왜 저 모양이 됐냐고. 엽이네가 악에 받쳐 남편에게 대거리를 한 날 집을 나가버렸다. 시어머니는 집안에 며느리 잘못 들어서 망조가 들었다며 동네방네 외고 다녔다. 딸애는 그런 할머니 눈치를 보느라 더 숨어들고. 살림이 갈수록 어려워지자 시어머니가 시누이만 데리고 서울로 올라갔다. 남편은 몇 달 만에 집으로 돌아왔지만 취직을 하지 못했다. 그 와중에 엽이네는 애기를 가졌다.

"아들이 태어났다오. 그 애가 부산 사투리를 막 배울 즈음에 남편이 서울에 취직이 되어 올라오게 됐어요. 남편은 이삿짐 차에 타고 가고 나는 애들을 데리고 새벽 기차를 탔는데, 피난 때 잃은 애 생각이 납디다. 애들이 새근새근 자는데도 축 늘어지는 팔을 자꾸만 만져봤어요. 혹시나 온기가 없을까 봐서. 김밥이랑 삶은 계란을 먹일 때는 눈물이 줄줄 흘렀다오. 젖배를 곯아 죽은 애 생각만 하면 지금도 애간장이 녹아요. 남편 말이 틀리지도 않고. 내 죄가 크지요. 엽이도 그렇고."

나는 할머니와 정이 많이 들어 반찬을 만들 때마다 드실만한 것을 챙기게 되었다. 쌀알이 눈에 띌 만큼만 넣은 보리밥과 도토리묵 무침으로 도시락을 싸가기도 했다. 엽이 할머니 것은 따로 주방에 놓아두면 다음날 그릇을 씻어 내놓았다. 동짓날, 한 번도 해보지 않은 팥죽을 쑤어가느라 늦고 말았다. 현관문을 열어주자마자 눈도 마주치지 않고 쌩하니 돌아서던 엽이 할머니가 놀란 눈을 하고 욕실을 가리킨다. 늦은 게 미안해서 애교 섞인 말투로 할머니를 부르며 욕실 문을 열었다. 할머니는 수건을 무릎에 걸쳐놓고 한 손으로 쓸어내리고 있었다.

"초롱 할머니 뭐 하세요?"

"우리 애가 자요. 배가 고플 텐데 깨지도 않네."

가슴이 덜컹 내려앉았다. 며칠 전부터 눈을 떴는데도 꿈이 깨지 않은 것 같다고 하더니 이상 행동을 보인다. 치매 증세 같았다. 할머니를 안으려는 순간 내 뺨을 찰싹 때린다.

"이 망할 년."

"할머니, 저 양 선생이에요."

할머니는 나한테 물을 퍼부으며 온갖 욕을 해댄다. 갑작스런 행동에 당황했지만 말을 걸었다.

"초롱 할머니, 제가 시누이 같아요?"

"그 돈 갖고 와. 이년아!"

"앗!"

할머니의 손톱이 내 얼굴을 할퀴어 버렸다. 고양이한테 할퀸 듯 피가 비쳤다. 할머니 손가락은 바람 빠진 풍선 같은데 정신이 혼미해지니 응어리졌던 원망과 분노가 손톱으로 쏠린듯했다. 얼마나 한이 맺혔으면 내가 시누이로 보일까. 피난의 아픔을 고스란히 되씹는 듯하다. 중얼거림이 잦아들었다. 목욕을 시키고 옷을 갈아 입히니 언제 그랬냐는 듯 얌전해진다. 양 선생 고마워요.

눈이 내리는 휴일 아침, 할머니가 전화를 했다.
"네, 초롱 할머니."
"교동이발소 가는 버스 어디서 타요?"
할머니가 아닌 엽이 할머니의 다급한 목소리다. 교동이발소 가는 버스라니? 평소에 할머니가 푸념하듯 교동이발소를 가고 싶다고 한 말이 생각났다. 밖은 눈발이 날렸다. 이 궂은 날씨에 엽이 할머니가 할머니를 모시고 교동으로 간다는 게 아닌가.
"거기가 어디에요?"
"강화 터미널요."
"아니, 어떻게 거길 갔어요?"
내 목소리가 커지자 전화를 끊어버린다. 어쩌자는 것일까. 그들이 교동이발소를 찾아가는 건 불가능할 것 같은데 강화까지 간 것만도 놀라웠다. 강화터미널로 전화를 해서 두 사람을 찾아 부천 오는 버스를 태워달라고 사정을 했다. 막무가내로 교동이발소엘 가야 한다며 버틴단다. 할 수 없이 그곳에서 기다리게 하고 차를 몰았다. 간헐적으로 내리던 눈이 앞이 보이지 않을 정도로 퍼부었다. 이 무슨 황당한 일인지. 할머니와 지도를 펴놓고 교동도를 찾아본 적은 있었지만, 집충이인 엽이 할머니가 찾아 나설 줄은 꿈에도 몰랐다. 눈길에 가속을 해가며 도착하니 할머니는 휠체어에 앉은 채 졸고 있고 엽이 할머니는 원망스런 눈길로 째려본다. 왜 이제야 왔냐는 눈치다. 누가 누구를 원망해야 하는지를 모르니 어찌 상대를 할까. 할머니 앞에 앉아 무릎을 흔들었다.

"초롱 할머니 저 왔어요."

"아니, 양 선생이 여길 어떻게?"

"교동이발소 가시려고요?"

"오늘따라 쟤가 이 난리를 치는구먼."

엽이 할머니가 불퉁하게 끼어든다.

"가고 싶다 안 했소. 새벽에도 교동 가자고 난리를 쳐놓고선."

"내가 언제?"

"제가 모시고 갈게요."

두 사람을 차에 태우고 핸드폰으로 교동이발소를 검색했다. 대룡시장이란 곳에 교동이발소가 있었다. 실향민들이 고향을 잊지 못해 만들었다는 시장. 내비게이션을 따라 40여 분을 달려 시장에 도착했는데 아무리 돌아봐도 교동이발소가 보이지 않았다. 두 사람을 차에서 기다리게 하고 주변을 찾아보다가 좁은 골목으로 들어섰다. 휘어지는 길을 따라 단층의 작은 상점들이 나왔다. 건어물 가게와 국수 가게가 있고 더 들어가니 대통령 선거 벽보가 붙어있는 곳 옆에 교동이발소 간판이 보였다. 에어컨 실외기가 알루미늄으로 된 창틀 앞에 있어 수십 년의 시간이 공존하고 있는 듯했다. 먼저 들어가 볼까 하다가 할머니를 모시러 갔다. 엽이 할머니가 나를 밀치고 할머니를 휠체어에 태운다. 이곳이 당신 영역이라도 되는 듯 휠체어를 잡고 나더러 앞장을 서란다.

"할머니, 이 동네 기억나세요?"

"잘 모르겠네."

엽이 할머니가 교동이발소를 발견하고 휠체어를 멈췄다. 이발소 창밖으로 연통이 길게 나와 연기를 내뿜는다. 주위를 살피던 할머니도 교동이발소를 발견한다.

"아이고 세상에. 여기가 교동이발소구먼. 근데 워낙 오래돼서."

내가 문을 열기도 전에 할머니가 몸을 당겨 이발소 여닫이문을 활짝 열었다. 흰 가운을 입은 노인이 어서 오세요. 하다가 의아하게 쳐다본다. 할머니가 대뜸 말을 건넸다.

"이제야 왔어요. 많이 늙으셨네요."

"누구신지요. 저를 아시는지요?"

"저 엽이엄마에요. 어떻게 저를 몰라보시고."

나는 얼른 할머니 말을 끊고 잠깐 들어가서 말씀드릴 게 있다고 했다. 노인은 짐작 가는 게 있는지 휠체어 앞머리를 들어 올려 가게 안으로 들어가도록 도왔다. 가게 안은 영화나 텔레비전에서나 봄 직한 육십 년대 이발소 풍경이다. 나는 할머니로부터 들은 사연을 짧게 말하고 작은 소리로 치매증세가 있다고도 했다.

"그때 그분이라고요?"

노인은 반색하며 할머니를 소파에 앉히고 얼굴을 살폈다. 부친이 바닷물에 빠져 허우적대던 젊은 아낙과 아이들을 구해 이발소에서 며칠 살게 한 일이 있었다고 했다.

"인사도 못 하고 갔어요. 아주머니 눈치가 심상찮아서."

할머니는 말릴 새도 없이 그분과의 사연을 꺼낸다. 엽이 할머니가 민망한지 돌아섰다.

"할머니, 저는 그분의 아들이에요. 많이 닮았지요."

그때서야 당황한 할머니가 늙은 것이 망측한 소리를 했다며 어쩔 줄을 모른다. 노인은 그 당시 어머니가 아버지에게 잔소리를 몹시 퍼붓던 기억이 난다고. 지금 생각하면 과묵한 아버지가 좋아하실 만한 분이었다며 크게 웃었다. 그분과의 연정이 세월을 거스르게 할 만큼 깊었던 것일까. 할머니가 순간적인 착각이긴 했으나 왜 교동이발소에 오고 싶어 했는지 알 것 같았다. 할머니는 몇 번이나 망측한 소리를 했다고 하면서도 그분의 안부를 물었다. 오래전에 돌아가셨다니까 손수건으로 눈자위를 닦으며 아쉬워했다. 이제 가야겠다며 몸을 일으키려다가 노인을 빤히 쳐다본다.

"댁은 뉘시오?"

요즘 들어 부쩍 심해진 정신의 일탈, 치매 증세가 또 나타났다. 엽이 할머니 보고 웬 외간 남자를 끌어들였냐며 눈을 흘기고 주먹질을 해댄다. 교동이발소 얘기를 하고 피난 때 얘기를 해도 무슨 말인지 모르겠단다. 노인은 부친이 살아계셨으면 알아보셨을 거라며 몹시 애석해했다. 돌아오는 내내 할머니는 잠에 취해 있고 엽이 할머니는 휴지로 손끝 닦는 버릇을 잊은 듯 창밖만 응시했다. 집에 도착했을 때 할머니는 평상시 하던 외출로 알았는지 양 선생 고마워하고 누웠다. 엽이 할머니는 화장실로 들어가 문을 톡 잠가버린다. 하루 동안의 일이 까마득했다. 뭔가 큰일을 치른 것 같은데 헛일만 한 것 같아 맥이 풀렸다.

할머니가 쓰러졌다. 119 구급차를 타고 병원에 갔더니 담석증이라고 했다. 할머니는 가족들이 있는데도 나더러 같이 있어 주면 좋겠단다. 며느리도 사흘쯤 입원해야 한다며 부탁을 했다. 다음날, 할머니가 시술이 잘됐다며 초롱 같은 목소리로 반긴다. 휠체어를 밀고 나가 병원 화단에 핀 꽃구경을 했다. 초롱꽃을 보며 할머니 꽃이라고 했더니 예전엔 나도 이렇게 예뻤을까 한다. 이토록 멀쩡한데 왜 그날은 일순간에 착각을 하고 교동이발소를 잊어버렸는지. 그 기억을 끝으로 그분을 잊으려 했음인지.

밤이 되자 같은 병실 치매를 앓는 할머니가 자꾸만 엄마를 불렀다. 어느 세월 어디쯤에서 엄마를 찾는 건지 힘없는 목소리에 슬픔이 베였다. 할머니가 내게 속삭인다. 치매라 그러는 거라며 언제 엄마를 잃었는가 보다고. 가슴이 에이도록 엄마를 부르는 할머니를 또 다른 할머니가 지청구를 줬다. 엄마 없으니 자라고. 다른 사람들 잠 못 자게 왜 시끄럽게 구냐고. 그 말을 알아들었는지 잠잠해졌다. 할머니는 잠들지 못하고 누웠다 일어나기를 거듭했다. 3시쯤 되었을까. 할머니가 나를 깨웠다. 교동이발소에 애들이 밥 얻어먹으러 와서 자고 있단다. 빨리 가봐야 애들을 만날 수 있다고. 그건 아주 옛날 일이라고 해도 옷을 갈아입으며 서두른다. 애들이 다른 데로 가버리면 어떡하느냐고. 환자들을 다 깨울 것 같아 화장실로 모시고 나왔다.

"초롱 할머니, 제가 누구예요?"

알아보지 못하는 게 미안한듯하더니 대뜸 목소리를 높인다.

"당신이 누구든 나와 무슨 상관이야. 우리 애들이 당신 집에 자고 있다며. 그 애들만 보여주면 되잖아."

우리 집에 가는 게 그토록 싫다면 대문간에서 애들만 보고 나오겠단다. 당신 밥은 안 줘도 된다고. 얼마나 배가 고팠으면 거기를 갔겠느냐고 말을 할 때마다 울먹인다. 엽이 할머니한테 전화를 했다. 병원에 와야겠다니까 대답을 않다가 할머니가 엽이 씨를 찾는다니까 마지못해 알았다고 한다.

할머니를 모시고 로비로 내려왔다. 할머니는 애들을 보러 가야 하는데 택시가 왜 이렇게 안 오냐며 안달이다. 나를 설득하다가 야단을 치다가를 수차례 했을 즈음 엽이 할머니가 병원으로 들어왔다.

"네가 왜 왔냐?"

"저 오라고 했다면서요?"

"내가 언제. 우리 애들 보러 가자고 했지."

"애들 누구요?"

"엽이랑 막둥이."

"내가 엽이잖소."

"그래."

잠시 어리둥절해하더니 엽이 할머니를 보고 또 조른다.

"우리 애들 보러 어서 가자. 교동이발소에서 자고 있단다."

"엄마!"

"애들이 얼마나 배가 고팠으면 거기를 갔겠냐."

할머니가 울먹이며 엽이 할머니를 잡아당긴다.

"엄마, 왜 또 이러셔."

"좀 있으면 해가 뜰 텐데 우리 애들이 다른 데로 가버리면 어쩐다니."

휠체어 앞에서 엽이 할머니가 털썩 주저앉으며 묵은 체중을 토하듯 엄마를 부른다.

"엄마, 제발. 엄마."

할머니의 치맛자락에서 평생을 기생하며 살던 엽이 할머니의 인생이 무너지는 절규 같았다. 진정을 시킬 수가 없다. 병원 로비의 새벽을 벅벅 찢으며 엄마를 부르는 엽이 할머니를 물끄러미 바라보던 할머니가 나를 보고 눈짓을 해가며 속삭인다.

"저이도 엄마를 잃어버렸나 벼. 쯧쯧."

그렇게 정신을 놓았다 차렸다가를 반복하던 할머니는 얼마 지나지 않아 끝내 눈을 감고 말았다. 영정 앞에서 목이 잠긴 엽이 할머니가 꺼이꺼이 울고 있었다. 국화꽃 한 송이를 올려놓는데 울컥해졌다. 조문을 하고 엽이 할머니 옆에 앉아 엽이 씨하고 불렀다. 쳐다보지도 않으면서 나를 기다리기라도 한 듯 울음소리가 커진다.

"편안히 가셨다고 들었어요."

고개만 끄덕이며 손수건으로 입을 막는다. 오랜 정을 쌓은 사람처럼 엽이 할머니 손을 잡았다. 손이 의외로 통통하고 예쁘다. 놀라고 불편한지 얼른 손을 뺀다.

"장례식 끝나고 전화 한번 주실래요?"

내가 딱히 엽이 할머니를 만나 어쩌겠다는 건 아니지만 할머니를 봐서라도 한번은 그래야 할 것 같았다. 장례식이 끝나고 혹시나 하는 마음에 전화를 기다렸지만 오지 않았다. 장례식장에서의 작은 반응에 나를 신뢰한다고 여기다니. 보통의 사람이면 그럴 여지도 있겠지만 엽이 할머지 않은가. 기대를 접었다. 두어 달이 지났을 즈음 할머니댁 전화번호가 떴다.

"여보세요. 엽이 씨!"

"우리 집에 좀 와줘요."

엽이 할머니 전화에 흥분이 되었다. 줄 게 있단다. 짧았지만 한결 부드러운 말투다. 나에 대해 어느 정도 경계를 풀었다는 게 아닐까. 베이지색 얇은 실내화를 샀다. 오래 신어 앞코가 터진 유령 같은 슬리퍼를 본 후로 언젠가는 바꿔 주리라 생각을 했었다. 이제 혼자니까 자신의 발소리라도 들으면서 살기를 바라는 마음도 있었다.

"실내화 한 켤레 사 왔어요."

남으로부터 선물을 받아 본 적이 있기나 할까. 받지 않고 손가락으로 바닥을 가리킨다. 거기 놓으라는 뜻이다. 어떤 것도 직접 받아든 적이 없었기에 당연한 듯 실내화 봉지를 내려놓았다. 할머니 방문을 열어 준다. 방안 구조가 변했다. 할머니 장롱은 그대로인데 삼단 서랍은 없고 작은 행거엔 엽이 할머니 옷가지가 걸렸다. 내복 상자를 꺼내놓는다. 할머니가 입지 않고 두었던 내복을 내게 주는 걸까. 열어보았더니 털이 보송보송한 겨자색 스웨터다.

"초롱 할머니가 뜨신 거예요?"

"내가 떴어요."

설마 엽이 할머니가 나를 위해 떴을라고. 내 눈이 휘둥그레지자 엄마가 뜨다만 건데 당신이 마저 뜬 거란다. 색상도 예쁘고 어디 하나 엉킨 데 없이 쫀쫀하게 잘 떴다. 얼른 입고 엽이 할머니 앞에 섰다. 희미하게 웃는다.

"고맙습니다. 엽이 씨, 마저 뜨느라고 전화가 늦었나요?"

고개를 끄덕인다. 털스웨터만큼이나 가슴이 따뜻해진다. 서로를 경계하느라 소모전만 벌인 게 미안하고 안타까웠다. 정교한 솜씨에 놀라 혹시 떠 놓은 게 더 있는지 물어봤다. 옆방에서 큰 상자를 가져온다. 스웨터와 조끼 목도리 모자와 벙어리장갑 등이 차곡차곡 담겼다. 남자 조끼 앞섶은 다이아몬드 무늬 세 개가 새겨져 있어 명품 옷을 보는 듯하다. 엽이 씨가 다 뜬 거냐니까 엄마가 뜬 것도 있다며 멋쩍어한다.

"엽이 씨, 우리 이거 팔러 가요."

엽이 할머니는 빼앗듯이 옆방으로 들고 가서는 십여 분이 지나도 나오지 않았다.

"이제 저 갈게요. 스웨터 잘 입을게요."

내가 간다는 말에 박스를 도로 들고나왔다. 당신이 가는 뜨게방이 있단다. 나보다 한술 더 떴다. 이 엄청난 변화를 놓칠세라 주뼛거리는 엽이 할머니를 떠밀어 뜨게방으로 갔다. 가게에 걸

190

린 뜨게 옷들에 비해 한 치도 손색이 없었다. 엽이 할머니는 자꾸만 손을 만지작대며 고개를 들지 못한다. 내가 다이아몬드 무늬가 새겨진 조끼를 들고 자랑을 하자 뜨게방 여자 눈빛이 달라진다.

"털실만 사가더니 이렇게 잘 뜨는 줄 몰랐네."

불안해하던 엽이 할머니가 주문하면 바로 떠 줄 수 있냐는 말에 고개를 끄덕인다. 갖고 간 것들은 팔리는 대로 정산해주겠단다. 빨간색 여자 스웨터를 주문했다. 내가 뜨게방 여자에게 이제부터 엽이 씨라고 불러달라며 눈을 찔끔거렸더니 네 엽이 씨, 잘 부탁해요, 한다. 나는 털실 봉지를 들고 나서는 엽이 할머니의 팔짱을 슬그머니 끼었다. 예전 같으면 상상도 못 할 일이지만 팔에 힘을 준다. 서로가 어색하기는 해도 팔짱을 낀 채로 집까지 갔다. 이제 가겠다니까 들어오란다. 옷장에서 품이 크고 앞 단추가 달린 갈색 스웨터를 꺼내 놓는다. 양쪽에 주머니가 달린 남자 옷이다. 누구를 주려는 것일까, 설마 우리 남편?

"교동이발소 할아버지 드리려고."

수줍어하며 말꼬리를 흐린다. 아, 이토록 생각이 깊은 사람인 줄을 세상 누구도 몰랐다니. 할머니마저도. 집충이로만 알고 세상에 발 한 번 디딜 기회를 주지 않았으니, 저 아까운 인생을 어찌할까.

"교동이발소 같이 갈까요?"

엽이 할머니가 처음으로 이를 다 드러내고 웃는다. 양쪽 어금니가 빠지긴 했어도 박속같이 환하다. 저토록 환하게 웃을 줄 아는 사람이었다니! 타인과의 관계에서 오는 소소한 행복을 알았음일까, 내가 엄지척을 했다. 이제 사랑을 받을 줄도 알고 줄 줄도 알았으니, 세상사는 재미에 푹 빠지시기를. 치매 어머니를 모시고 교동이발소를 가듯 무모할지라도 부딪히며 살아가시기를. 겨우 매듭 푼 인생 다시 헝클어지지 않고 무늬 넣은 조끼를 짜듯 쫀쫀하게 살아가시기를. 평생 품어 보지 못한 순홍빛 연정도 품어보시기를.

분홍원피스

어둠이 내렸는데 준규가 왔다. 겨울 밭에 있던 야채들이라며 박스를 풀어놓는다. 시금치에 봄동이 한가득이다.

"매형은요?"

"야근이라 출근했어."

준규는 아버지 판박이라 한 겹 걷어 내고서야 편해진다. 두꺼운 팩이라도 한 것처럼 인상이 펴지지 않아 대면할 때마다 어색하다. 준규도 시간을 버느라 주변 얘기들을 늘어놓는다. 누나 집은 올 때마다 이사 온 집 갔다느니. 퇴근 시간대라 차가 막혔다느니,

"차 막히는데 뭣 하러 이 시간에 오니?"

"누나 드리려고 싣고 왔지요."

이번엔 할 말이 있어서 온 것 같이 뜸을 들인다.

"오늘 엄마 진료받았어요."

어떠냐고 묻기도 불편하던 차에 현관 벨이 울렸다. 오다가 시
켰다며 치킨에 맥주가 배달되었다.

"재발이라 어렵답니다."

유방암 치료를 받은 지 4년 만에 재발이 되었단다. 선뜻 할 말
이 없어 치킨을 집어 들었다. 얼마 남지 않았으니 뭐든 다 해드
리고 싶다고. 준규는 치킨엔 손도 대지 않고 술만 연거푸 마신
다. 빈속인지 이내 취했다.

"누나, 엄마 한 번만 만나주세요."

서로 눈 한번 선하게 마주친 적 없건만 자기를 봐서라도 손 한
번만 잡아주면 소원이 없겠단다. 자식을 셋이나 낳았지만 아직
도 호적엔 미혼인 엄마가 너무 불쌍하다며 말꼬리를 흐린다.

"누나하고 이러고 사는 것도 맘 아프고."

"당신이 자초한 일이야."

"알지요. 그래서 제가 부탁하는 거예요."

내가 그 여자를 모를까. 내가 간들 고마워하거나 미안해할 사
람이 아닌 것을. 녀석은 자기 엄마가 내게 용서라도 빌 줄 아는
지. 세상 사람 다 용서하고 살아도 그 여자하고는 그러고 싶지
않았다. 어림없는 부탁이지. 싫다고 딱 잘랐다. 그 말을 듣고도
언제나 깍듯하던 녀석이 응석을 부리듯 한다.

"누나가 우리 누나인 줄 몰랐을 때도 나는 누나가 좋았어요.

동그란 눈에 땋은 머리가 얼마나 예뻤다고. 그 모습이 다 어디 가고 이제 우리 누나도 늙었네."

"세월이 얼마냐."

"누나는 늙으면 안 되는데, 그러면 내가 더 미안하잖아."

"오늘따라 왜 그러니?"

"누나, 나는 아버지 손을 잡고 누나네로 가고 싶었어요. 그러면 누나가 슬퍼하지 않을 것 같았거든."

"내가 슬퍼 보였니?"

"누나, 나는 그때 본 누나의 모습을 평생 잊을 수가 없어요."

"그때가 언제야?"

"큰어머니 아파서 리어카에 실려 갈 때."

"……"

"누나가 우리 엄마 살려 달라고 풀쩍풀쩍 뛰었잖아."

준규는 울컥하는 나를 보고 손을 뻗었다. 손을 밀치고 울음을 삼키는데 분노가 일었다. 준규에게만은 분노도 원망도 하지 않을 줄 알았는데 그렇지 않은 데에 적잖이 놀랐다. 고양이 앞의 쥐 같은 준규를 보고 원망이 터졌다.

"그때만큼은 아버지가 올 줄 알았어. 동네 사람들이 기별을 했다니까. 오지 않았어. 왜였겠니? 네 엄마가 못 가게 했겠지."

준규가 고개를 떨어뜨렸다. 원망이 서릿발처럼 어린 나를 보는 것이 괴로운 듯했다.

"택시라도 불러줬어야지. 집이 멀기를 해? 돈이 없기를 해? 자기 자식을 둘이나 낳고 사는 병든 엄마를 리어카에 실려 가게 해? 그게 사람이 할 짓이야?"

"죄송해요."

"듣기 싫어."

"그때 큰어머니가 돌아가시지 않아서 얼마나 좋았는지 몰라요."

"누구들은 아니었겠지."

준규는 냉정해진 내 표정을 보면서도 작심을 한 듯 어릴 적 얘기를 꺼냈다.

나는 학교가 끝나고 집에 갈 때마다 작은누나를 몰래 따라다니곤 했다. 비 오는 날 샛강 징검다리를 건너갈 때는 달려가서 손을 잡아주고 싶었다. 누나는 키는 큰데 막대기처럼 말라 발을 잘못 디디면 물살에 떠내려갈 것만 같아 숨어 지켜보기도 했다.

"엄마, 작은누나 우리 집에 오라 하면 안 돼?"

"얘가 미쳤나, 여기가 어디라고."

"아버지가 우리 집에만 있잖아."

"이 녀석이 무슨 소리를 하는 거야."

"나도 다 알아."

"뭘 알아. 네가 안다고 뭐가 달라져?"

"큰어머니는 우리가 가는 거 싫어하지 않잖아"

"이제 가지 마."

"싫어. 큰누나 없을 때 갈 거야. 엄마도 작은누나 오라고 해 줘."

"안 돼. 계집애들이 나를 작은엄마라고 부르기나 하더냐?"

엄마는 누나들을 싸잡아 욕을 했다. 작은 계집애는 인사도 하지 않고 큰 계집애는 대놓고 째려본다며 싸가지 없는 년들이라고 했다. 큰누나는 나를 볼 때마다 우리 엄마 흉을 보며 시비를 걸었다. 귀에 대고 틀림없이 갈보였을 거라는 말까지 했다. 갈보가 뭔지 잘 몰랐으나 좋은 말은 아닌 것 같아 화도 났지만 누나에게 대들 수는 없었다.

우리 집에 올 리가 없는 큰누나가 목청을 높여 아버지를 불렀다.

"아버지, 엄마가 많이 아파요."

"야, 네 어미가 아픈데 왜 여기까지 와서 소란이야."

"우리 아버지도 되잖아요."

"네년이 어디서 아버지 타령이야?"

"엄마가 많이 아프니까 택시 불러 병원에 가야 되잖아요."

"네년들이 가면 되잖아."

"우리는 택시비가 없잖아요."

엄마는 큰누나를 업둥이인 주제에 어딜 와서 아버지 타령이냐고 빗자루를 휘둘렀다. 누나는 업둥이라는 말에 놀란 것 같았다. 내 눈치까지 봐가며 거짓말이라고 소리를 지르고 갔다. 엄마는 아버지에게 소리를 질렀다.

"왜 하필 이 동네로 기어들어 와서 소란을 피우고 살아야 되냐고?"

건넌방 문을 닫고 들어간 아버지는 엄마가 부엌으로 마당으로 들고 나며 화를 내도 꿈쩍도 하지 않았다.

"가기만 해봐. 끝장인 줄 알아."

나는 엄마 몰래 집을 나왔다. 어른들이 리어카를 끌고 가는데 작은누나가 리어카에 매달려 풀쩍풀쩍 뛰면서 울었다. 친척 아주머니가 누나를 붙잡았다. 누나는 신발이 벗겨지도록 발악을 했지만 리어카를 따라가지 못했다. 누나 미안해. 누군가가 내 목덜미를 잡아채어 끌고 갔다. 큰누나였다. 발길질을 하고 욕을 퍼붓고는 가버렸다. 큰누나는 정말 업둥일까. 큰어머니 집을 기웃거리다가 집으로 왔다. 아버지는 밥상을 받아놓고 어디 갔다 이제 오냐며 소리를 질렀다. 밥을 꾸역꾸역 퍼먹고 엄마가 설거지를 하러 나간 뒤 아버지에게 물었다.

"아버지는 왜 큰어머니 아픈데 가보시지 않아요?"

"시끄럽다."

"큰어머니가 죽었을지도 몰라요."

"죽기는 왜 죽어."

"이불에 싼 채로 리어카에 실려 가는데 작은누나가 풀쩍풀쩍 뛰며 울었다고요."

아버지는 어른들 일에 웬 참견이냐고 공부나 하라고 했다. 작은누나가 불쌍하다고 했더니 불같이 소리를 질렀다. 그 바람에 엄마가 들어왔다.

"준규가 뭐랬다고 그렇게 화를 내요?"

"숙제를 안 했다고 하잖아."

다행히 아버지는 내가 큰어머니 얘기를 했다는 말은 하지 않았다. 아버지의 마음을 조금은 알 것 같았다. 아버지도 큰어머니가 걱정이 되었지만 엄마 눈치가 보여 못 가보는 것에 화가 났다는 것을. 내가 엄마 몰래 아버지를 모셔갈 수는 없을까. 누나가 정말 좋아할 텐데. 그러기에는 내가 너무 작고 엄마도 무서웠다.

준규는 혼잣말처럼 늘어놓는 말에 내 마음이 동하기를 바랐을까. 술이 과했는지 술기운을 빌려선지 무릎까지 꿇으려 했다. 무슨 짓이냐고 소리를 지르니 겨우 고쳐 앉았다.

"아직은 아니야."

"그래요. 누나 맘 내킬 때 연락주세요."

체념하는 목소리에 힘이 빠졌다. 서운한 마음을 애써 접으며 말을 돌렸다.

"큰누나 소식은 없지요?"

"응."

"큰누나는 어쩌다가 업둥이가 돼 가지고."

"네 엄마가 업둥이라고 했다며?"

나는 그 여자 일이면 무조건 과잉 반응이다. 준규는 뭐에 들킨 사람처럼 움찔한다.

"어떻게든 알게 됐겠죠."

"그러긴 해. 내가 아버지 얘기를 들은 것처럼."

"데려왔던 절로 갔다니까 어디서든 잘 살겠죠?"

"그러길 바라야지."

"아버지 돌아가시고 엄마마저 도망가버렸을 때 우리들이 누나 집에 가서 살았잖아요."

"빚쟁이들이 호미 낫까지 다 가져갔는데 어떻게 너희들까지 맡길 생각을 했는지."

"빚쟁이들 때문에 어쩔 수가 없었대요."

"어쨌든 너희 엄마다웠어."

"그때 나는 엄청 좋았어요. 큰어머니도 누나도 우리를 구박하지 않았잖아요."

"속으로 얼마나 미워했는지 아냐?"

"티 내지 않았잖아요. 착했으니까."

"야, 지나가는 개가 웃겠다. 내가 네 엄마하고 대판 싸울 때 봤잖아."

준규가 입을 다물었다. 그날의 일은 기억하고 싶지 않거나 자기 엄마 짓이라고 믿고 싶지 않아서겠지. 서로 대화가 궁해지자 비틀거리며 일어섰다.

"연락 기다릴게요."

외할아버지 집에서 머슴을 살던 아버지는 훤칠한 키에 인물도 좋고 부지런했다. 외할아버지의 신임을 받아 무남독녀인 엄마와 혼례를 올리고 데릴사위가 되었다. 집안에선 아들 낳기를 기대했으나 몇 해가 지나도 자식이 없었다. 급기야는 절에서 업둥이인 여자아이를 데려왔다. 업둥이에 샘이 났는지 얼마 지나지 않아 엄마가 나를 임신하게 되었다. 아버지는 외할아버지를 설득하여 논 판 돈으로 읍내에 잡화상을 크게 차렸다. 가게가 잘됐는지 내가 태어났을 때는 읍내서 여자까지 얻어놓고 두 집 살림을 했다. 이듬해에 그쪽에 아들이 태어나면서 우리 집에는 발길이 뜸해졌다. 외할아버지가 돌아가시자 당연한 듯 외할아버지 집으로 들어와 살았다. 가뭄에 콩 나듯이 들르는 아버지를 친척들이 억지로 엄마와 합방을 하게 해서 준이가 태어났다. 엄마도 친척들도 아들이 태어났으니 아버지가 돌아오겠거니 했다지만 그러질 않았다. 그쪽에 아들이 또 태어나면서 아예 발길을 끊었는데 그 아들이 시름시름 앓다가 죽고 몇 년 뒤 여자를 꼭 닮은 딸이 태어났다.

아버지가 사업에 실패하고 충격으로 돌아가시자 여자는 자식들을 우리 엄마에게 떠맡기고 도망을 가버렸다. 우리 집 두레상엔 여자의 자식들까지 조랑조랑 둘러붙었다. 두레상은 언제나 메뚜기 떼가 지나간 듯 김치 가닥 한 올도 남지 않았다. 엄마는 무슨 심정으로 그 애들을 거뒀는지. 한 번도 그들에게 험한 말을 하거나 눈치를 주지 않았다. 내가 동생 준이만 데리고 들어가 뭐라도 먹을라치면 도리어 야단을 치던 엄마였다. 다음 해 여자가 자식들을 데리고 갈 때 엄마는 준규를 꼭 안아주며 서운해했다. 준규는 엄마가 돌아가실 때까지 우리들 이상으로 잘했다. 엄마는 어버이날 카네이션 달아주는 자식은 가까이 있는 준규뿐이라며 뿌듯해했다. 논 서 마지기를 우리들과 상의도 않고 준규에게 주고 가셨다. 준규의 효도가 얼마나 지극했을까 싶어 우리들도 엄마의 유언을 따랐다.

내가 아버지의 실체를 안건 초등학교 3학년 때였다.

"엄마, 준규 아버지가 우리 동네서 제일 부자래."

엄마는 못 들은 척 말이 없는데 친척 아주머니가 한숨을 쉬며 혼잣말을 했다.

"어찌 준규 아버지만일까."

"그럼 누구 아버지도 되는데요?"

"아이고, 이것아. 네 아버지도 된단 말이다."

"우리 아버지요?"

"형님 왜 이러세요?"

"온 동네가 다 아는데 숨긴다고 숨겨져?"

나는 설마 하면서도 우리 아버지도 된다는 말에 마음이 들떴다. 사실이면 얼마나 좋을까. 엄마는 끝까지 말해주지 않았지만 나는 친척 어른들을 찾아다니며 사실을 알아냈다. 함께 살지는 않지만 아버지가 있다는 사실이 좋기는 했다. 가끔 길에서 마주칠 때도 있었다. 아버지는 왜 아는 척을 않는 걸까. 그런 아버지가 서운해서 눈시울이 붉어졌다.

학교 갔다 오는 길에 준규 아버지 아니 우리 아버지가 다가왔다. 금옥아하고 불러줄 것만 같아 기대를 했지만 나를 바라만 봤다. 주위를 살피더니 누른 종이에 싼 꾸러미를 내밀었다. 받아들자마자 가라고 손짓을 했다. 후다닥 집으로 와서 펼쳐보았다. 분홍원피스였다. 하얀 레이스가 달린 원피스가 너무나 예뻐 탄성을 질렀다. 새 옷 냄새도 얼마나 좋던지. 풍선껌 냄새 같기도 하고 깨끗 냄새 같기도 했다. 원피스를 입고 만화 속 공주가 된 것처럼 팔을 벌려 빙글빙글 돌았다. 뛰쳐나가 온 동네를 돌며 우리 아버지가 사 준 선물이라고 자랑하고 싶었다. 준규 아버지가 우리 아버지도 된다고 뻐기고 싶었다. 언니에게도 자랑하고 싶었지만 뺏어 갈까 봐 장롱 속에 꽁꽁 숨겨놓았다. 언니가 없을 때 원피스를 입고 엄마 앞에 나섰다. 엄마도 아버지가 준 걸 아는지 살짝 웃었다. 준규처럼 아버지라고 부르지는 못했어도 아버지와 나만 아는 비밀이 생겼다는 게 기분 좋았다. 아버지가 더는 내게 오지 않았지만 키가 훌쩍 자라도록 작고 낡은 원피스를 입고 다녔다. 아예 못 입을 때에는 장롱 속에 넣어 두고 아버지 생각이 날 때마다 꺼내 보곤 했다.

중학교 입학시험을 준비하며 친구들과 선생님께 과외를 받으러 간 날의 기억은 끔찍하리만큼 뇌리에 박혀 있다. 선생님이 공부 잘하는 애들만 불렀다고 친구들이 나를 데리러 왔다. 우리는 중학교에 대한 기대에 부풀어 선생님댁으로 갔다. 선생님이 나를 보자마자 의아스럽게 물었다.

"너 중학교 갈 수 있니?"

"네?"

"준규 아버지가 보내준다던? 너희 엄마는 못 보낸다고 하던데."

나는 활활 달아오르는 얼굴을 감싸 쥐고 뛰쳐나왔다. 중학교 가는 게 준규 아버지와 무슨 상관이야? 친구들 앞에서 창피를 당한 것이 억울해 미칠 것 같았다.

"엄마 나 중학교 못 가?"

선생님이 한 말을 쏟아내며 아버지는 왜 우리 식구들을 버렸냐고 펑펑 울었다. 엄마는 양말을 꿰매다가 아무 말도 않고 돌아앉아 버렸다. 아버지가 우리 집에 살지 않는 것이 그토록 나를 내동댕이칠 줄 몰랐다. 며칠을 울다가 아버지가 사준 원피스를 꺼냈다. 아버지는 우리 식구들을 버렸어. 나도 아버지를 버릴 거야. 그토록 아끼던 분홍원피스를 가위로 갈기갈기 잘라 잿더미에 파묻어버렸다. 우리에게 아버지는 없다고 마음에서 내어쳤지만 나를 바라보던 눈길이 생각나서 울음을 터뜨리고 말았다. 차라리 원피스도 사주지 말지. 그럼에도 한 번쯤은 우리 집에 오지 않을까 기대했던 마음이 중학교를 못 가면서 체념이 되었다.

나는 동네 언니를 따라 부산에 있는 양말 공장에 들어갔다. 낯설고 힘은 들었어도 돈을 모으는 재미를 알았다. 야학에도 다녔다. 그토록 입고 싶었던 교복도 입었지만 3학년까지 마저 다닐 수가 없었다. 엄마가 살아가는 힘이고 내 자랑인 준이를 고등학교에 보내야 했다. 차비도 아까워 집에도 가지 않고 기숙사에서만 뱅뱅 돌며 저축을 했다. 엄마는 책값이라도 보태겠다고 얼마 되지 않는 콩이며 깨를 팔아 돈을 모았다.

준이의 합격 소식을 듣고 집에 갔던 날. 엄마는 나를 보자마자 탄식을 했다. 자식 앞길에 보태겠다고 푼푼이 모은 돈을 몽땅 도둑맞았다고 했다. 그간에 무슨 일이 있었는지, 누가 왔었는지를 캐물었다. 며칠 전에 그 여자가 왔더라고. 애들 데려가고 집 앞을 지나쳐도 들어오지 않던 이가 눈물 바람을 하며 돈을 빌려 달래더란다. 명순이 중학교를 보내야 하는데 돈이 없어 염치불구하고 찾아왔노라고. 엄마는 준이 생각에 돈이 없다고 잡아뗐단다. 한숨을 들이쉬고 내쉬는 여자를 보내고 밭일하고 왔더니 온 방안이 헤집어져 있고 장롱 깊이 묻어 둔 돈주머니가 없어졌더라고. 틀림없이 그 여자 짓이야. 나도 못 간 중학교를 보내겠다고? 우리 엄마 돈을 훔쳐서? 이제 더는 못 참아. 붙잡는 엄마를 뿌리치고 그 여자 집으로 내달렸다. 교복 입은 명순이가 나를 보고 반색을 했다.

"언니 내 교복 어때?"

"시끄러워."

쏘아붙이고 가시 돋친 목소리로 여자를 불렀다.

"이봐요."

"이봐요 라니, 어른한테."

"우리 엄마 돈 내놔요."

"무슨 돈?"

"도둑년!"

"뭐 도둑년? 이년이 실성을 했나?"

"아버지 뺏어간 것도 모자라 우리 엄마 돈까지 훔쳐 가요?"

"이년이, 내가 훔치는 거 봤어? 봤냐고?"

"저 계집애 교복 사느라 훔쳐 갔잖아요."

여자는 욕을 퍼부어대고 명순이는 자기 엄마 도둑년 아니라고 울어댔다.

"설마, 우리 엄마 돈 훔쳐 산 교복인 줄 몰랐나?"

순간 여자가 내 뺨을 후려쳤다. 나는 엄마가 못한 분풀이까지 다하려고 성난 짐승처럼 손을 뻗어 여자에게 달려들려는데 누군가가 천둥같이 내 이름을 불렀다. 엄마였다.

"내가 너를 그렇게 키우더냐?"

"흥, 딸년한테 나를 도둑년으로 몰아놓고 무슨 개수작이야?"

여자는 더 기가 살아 딸년 싸가지 없게 잘도 키웠다고 엄마를 몰아세웠다. 말없이 돌아서는 엄마 뒤로 준규가 땔감을 짊어진 채 서 있었다. 엄마의 뒷모습이 작아졌다 커졌다 했다. 왜 그렇게 참고만 살았냐고, 왜 아직도 당하고만 사느냐고 화를 내고 싶었지만 엄마의 깊은 침묵에 끌려 집으로 왔다.

여자는 엄마더러 엄전한 척은 혼자 다하면서 자기를 도둑년 취급했다고 떠들고 다녔다. 엄마의 침묵에 대거리는 하지 않았으나 결코 용서할 수는 없었다. 여자를 대놓고 무시하는 것으로 복수를 했다. 어른을 보고 인사도 할 줄 모르냐고 야단을 치더니 언젠가부터 어이없도록 다정하게 대했다. 엄마 생각해서 집에 놀러 오라는 둥, 결혼식에 초대도 안 했건만 집안 어른들 눈치가 보여 가지 못했다는 둥, 준규가 엄마한테 잘 한다는 공치사는 빠뜨리지 않으면서. 엄마가 돌아가셨을 때 상주들이 많아서 남 보기에 좋았을 거라는 말까지 주워섬겼다. 지금도 고개만 까닥하고 지내지만 내 마음은 달라지지 않았다.

2년 전, 명순이는 아버지 제사를 자기네서 지낸다며 꼭 오라고 했다. 한 번도 간 적이 없건만 새삼스럽게 고집을 부렸다. 준이는 출장 중이라 혼자 억지춘향으로 갔다. 여자의 식구들이 다 모여 있었다. 나는 여전히 고개만 까딱하니 인사를 했다. 여자는 그 정도의 인사에도 반색을 하며 집안 어른 노릇을 했다. 나는 불편함을 누르며 소파에 앉았다가 스프링처럼 튕겨 일어섰다. 거실에 아버지 초상화가 걸려 있었다. 빤히 보며 화를 삭이고 있는데 명순이가 아쉬움을 잔뜩 담은 말을 했다.

"오늘이 아버지 제삿날이 아니고 생신이었으면 얼마나 좋았을까. 모처럼 금옥 언니도 왔으니."

"그러게 말이다. 오늘 너희 아버지 좋아하시겠다."

"아버지가 술만 취하면 언니 보고 싶어 했대."

"아버지 실컷 보고 가거라."

살았을 때 우리 집에 얼씬도 못하게 했으면서 이제 와서 실컷 보고 가라니. 우리 아버지라고? 언제부터? 간당간당하게 버티던 이성이 툭 끊겼다.

"이제 빼앗길 염려가 없나 보죠?"

일순간에 분위기가 싸늘해졌다. 더 있다가는 나를 감당할 수 없을 것 같아 나오려고 했다. 명순이가 꼭 이런 날 그래야겠냐고, 제발 그만 좀 하라고 소리를 질렀다. 여자는 그래 가라. 독한 년. 세월이 얼만데 아직도 그 타령이냐? 고 언성을 높였다. 그러니까 염장 지르지 말라고. 준규가 따라 나왔지만 돌아보지도 않았다.

미움으로 내 뼈가 삭는다 해도 용서할 수 없는 아버지. 돌아가신지가 오래됐어도 그들만의 아버지로 떠다밀며 살았건만 명순이 말이 명치를 건드렸다. 술만 취하면 나를 보고 싶어 했다니. 아버지 사진이 선명히 떠올랐다. 정말이세요? 이제 와서 왜 그런 말을 듣게 하세요? 어릴 적 나를 바라보던 아버지의 눈길이 느껴졌다. 분홍원피스까지 떠올라 눈물이 왈칵 쏟아졌다. 아버지, 소리 내어 불러본 적 없는 아버지라는 말이 튀어나왔다. 아버지, 술김에라도 오시지 그랬어요. 그 여자와 박 터지게 싸워서라도 오시지 그랬어요. 한 번쯤은 준이와 나의 아버지일 수도 있었잖아요. 기다림이 분노가 되도록 안 오시고 말다니요. 아버지. 베개가 젖도록 울었다. 장롱 속에 분홍원피스가 있었으면 좋겠어. 레이스 한 조각이라도. 아버지. 너무나 늦었지만 나를 보고 싶어 하셨다는 말을 아버지와의 해후라 여겨도 될까요?

나는 며칠을 고민하다가 전화기를 들었다. 여자에게 안부 말고 무슨 할 말이 있을까. 아버지 기일 후에 한 번도 대면한 적 없었지만 준규 생각해서 벨을 눌렀다. 명순이가 여자를 바꿔 주었다.

"네가 웬일이냐?"

앙금이 있는 말투였다. 끊어버리지도 못하고 썩은 과일을 뱉어내듯 몇 마디 더 했다.

"건강은 어떠세요?"

"아직은 안 죽네."

아프다고 엄살을 부려도 갈까 말까 한 판에 정나미 떨어지게
했다. 이 정도도 며칠을 밤잠 설쳐가며 내린 결단이건만 비아냥
거림만 샀다. 사람 성격이 그리 쉽게 바뀔 리가 있나. 인연이 끝
난다 해도 상관이 없는데 왜 이토록 불편한 관계는 끊어지지 않
는 건지. 전화벨이 울렸다. 준규겠지. 받지 않았더니 대여섯 번
쯤 울리다가 끊어졌다. 통화하는 것도 이토록 불쾌한데 찾아가
봐야 좋을 리가 없지. 준규 바람과는 다르게 내가 여자의 손을
잡아줄 일은 없을 듯싶었다.

지방에 사는 아들이 출장을 와서 모처럼 집안에 온기가 돌았
다. 입 짧은 아들 먹을거리 챙기느라 날마다 분주했지만 행복했
다. 남편은 아들 덕에 끼마다 진수성찬이라며 볼멘소리를 할 정
도였다. 아들이 내려가고 다시 일상으로 돌아온 날 준규가 다급
하게 전화를 했다.

"누나, 엄마가 위독해요. 빨리 와줘요."

이런 날이 올 줄 알았지만 이렇게 빨리 올 줄은 몰랐다. 옷을
갈아입고 나서며 생각이 많아졌다. 그 여자에 대해 꿈에도 생각
해 본 적 없는 용서라는 단어가 떠올랐다. 용서하러 가는 건 아

니지만 뭔가에 끌리듯 병원으로 갔다. 명순이가 흰 천이 덮인 침대에 매달려 까무러지게 울었다. 준규가 내 손을 잡고 눈물을 쏟았다.

"누나, 조금만 더 일찍 오시지."

"언니는 이제 속이 시원하지?"

명순이는 내게 달려들듯이 말에 날을 세웠다.

"이제야 왜 왔어? 그토록 미운 우리 엄마 죽은 거 확인하려고?"

"엄마가 말은 못 했어도 눈을 두리번거리는 게 누나를 찾는 것 같았어요."

준규의 목메인 말이 내 가슴을 짓눌렀다. 숨을 거둘 때까지 정말 나를 기다렸을까. 사과받을 순간도 용서할 순간도 놓쳐버린 듯 곤혹스러워졌다. 순식간에 원망의 대상이 된 나는 염치없는 사람처럼 아무 말도 하지 못했다.

준이는 나보다 의연했다. 내 등을 다독여가며 상주 노릇을 했다. 작은어머니라고 부르는 모습도 자연스러웠다. 준규가 우리 엄마를 큰어머니라고 부르듯이. 준이가 언젠가부터 불편해하지 않는 것은 알았지만 작은어머니라고 부르는 줄은 몰랐다. 마음을 열지 못하는 누나도 이해하고 여자도 이해한다는 준이를 내가 이해해야 하는 건지. 준이는 준규 명순이처럼 여자의 자식 같고 나는 이방인처럼 겉돌았다.

출근을 하듯 장례식장에 갔다. 상주 옷을 입지는 않았지만 늦은 밤 집에 왔다가 새벽같이 가서 빈소에 있었다. 말 한마디도 하지 않고 저들의 손 한 번 잡아주지 않으면서. 염하는 모습도 지켜봤다. 당신은 죽었어도 예쁘시군요. 아버지를 차지할 명분 한번 대단하십니다. 원망은 여전했건만 납골당에 안치되는 순간까지 따라다녔다. 준규의 애원하는 눈빛에도, 명순이가 나를 끌어안고 울어대도 아무런 감정이 일지 않고 말도 나오지 않았다.

며칠을 장례 치를 때의 모습으로 지냈다. 잠을 자도 잔 것 같지 않고 먹어도 먹는 것 같지 않았다. 먹지 않았다는 게 맞을 것이다. 준이가 다녀가도 준규와 명순이가 전화를 해도 할 말이 없었다. 남편은 병원 가서 링거라도 맞으라고 했지만 아무것도 하고 싶지 않았다. 무심한 나날을 보냈다. 잘 참아주던 남편이 짜증을 냈다.

"제발 정신 좀 차려. 그만큼 미워했고 그만큼 치렀으면 됐잖아."

그 말마저 아득했다. 담 밖에서 하는 소리처럼 무심히 들렸다. 나는 가만히 있는데 남편이 지쳐갔다. 나중에는 욕을 하든지 울든지 하라고 다그쳤다.

남편이 내 생일이라며 꽃다발을 사 왔다. 무심코 받아 든 꽃에서 여자의 장례식장 냄새가 났다. 불에 덴 것처럼 화들짝 놀랐다. 목구멍에 걸려있던 밥알 같은 말이 튀어나왔다.

"편히 가세요."

장례식 내내 뱉어내지 못한 말인 듯했다. 터져 나온 말에 눈물이 핑 돌았다. 후회의 눈물 같았다. 말문을 닫고도 나를 기다린 눈길을 받아주지 못한 후회. 평생 나를 기다렸다는 걸 알았기에 후회마저 아팠다. 잿더미에 묻어버린 분홍원피스 조각이라도 찾고 싶은 심정처럼. 철갑으로 둘러쳤던 감정들이 흙더미 무너지듯 무너졌다. 장녀답게 마지막 인사를 했다.

"동생들 잘 챙기며 살게요."

페르소나

천적을 방어하듯 가면을 썼다. 의도적인 습관을 성격이라 우기며 가면 놀이에 열중이다. 순전한 사랑마저 외면해야만 성격에 걸맞은 놀이가 되는 양, 사랑의 늪에서 허우적대느라 향방을 잃는다.

한 달 만에 문자가 왔다.

"연원, 내일 점심 같이해."

"선약 있습니다."

"그럼 저녁 먹을까?"

"선약 투."

"늦게라도"

"나는 아직 전원을 대면할 준비가 안됐습니다."

한 번만 봐주란다. 답하지 않았다. 나를 스퀴시 벽 정도로 대하는 것 같아 더 화가 났다. 그냥 넘어갈 수가 없어 문자를 보냈다.

"뭐가 그리 쉽지요. 나는 새벽부터 정신 줄을 놓았어. 신발을 어떻게 신어야 하는지 모를 만큼 허둥댔다고. 이 사랑이 떠나가면 살아갈 이유가 없어서라고? 차라리 술김에 그랬다고 말하지 그랬어요. 전원을 대면할 마음이 도무지 안 생깁니다. 무작정 찾아오면 나를 우습게 여기는 걸로 알겠습니다."

한참을 답이 없었다. 내가 무슨 일에든 흔쾌했던 터라 강경한 거절에 충격을 받은 듯했다. 목숨 걸 만큼 사랑했었다고. 그런 말마저 받아줄 사람이 나라는 거잖아. 꼭 그렇지만은 않다면 어쩔 건데. 나는 빗장을 채우듯 마음을 닫았다.

"알겠소. 기다리리다."

전원과는 십여 년 전 음악동호회에서 만났다. 여러 사람들과 합석한 자리였는데 어느 날 불쑥 다른 모임에 같이 가자고 했다. 파트너끼리 가는 자린데 나랑 갔으면 한다고. 아니 나여야만 한다나. 남자들의 접근이 늘 이런 식이라 당연히 거절을 했다. 일 핑계를 대면서. 그 후로 이따금 좋은 음악을 핸드폰으로 보내오면서 연락이 오갔다. 둘이 따로 만난 적은 없지만 제법 친해져 모임에선 자연스레 같이 앉게 되었고 말도 쉽게 텄다. 서로 학원장의 장자를 떼버리고 전원 연원이라 부르기로 했다. 나이는 내가 두 살 위라 누나 타령을 해가며 친숙해졌다. 꽁지머리를 묶어 바람기가 다분해 보였으나 순수했다. 쉽게 접근해오는 남자들과는 달라 은근히 같이 있는 시간을 즐기기도 했다. 전원도 동호회 사람들에게 정말 좋은 친구를 만났다고 자랑이었다. 나는 헛다리 짚는 거라고 응수를 하면서도 왜 친구만이냐고. 그 이상도 가능한데 눈이 삐었냐고. 여자를 보는 눈이 그것밖에 안 되느냐고 너스레를 떨었다. 나는 그를 만날 때마다 차마 인정하고 싶지 않은 뭔가를 감지했다. 동시에 두려움도 일었다. 가면을 고쳐 쓰며 연출된 행동에 습관이 붙기를. 습관이 성격이 되어 굳어지기를 갈망했다.

'날 떠나지 못하는 거 다 알아. 이제는 와줘.'

정말 나는 전원을 떠나지 못한 걸까. 그의 문자 한 줄에 가슴이 두근대고 일이 손에 잡히지 않았다. 그럼에도 단번에 답하지 못하고 어정어정 시간을 보냈다. 내 다짐과는 다르게 목이 메도록 반가웠지만 보상을 받고도 싶었다. 저녁이 되어서야 연락을 했다.

'7시 페르소나.'

'7시 페르소나에서 봅시다'로 썼다가 예전에 친근했던 관계가 아닌듯해서 '만나요'로 고쳤더니, 지금의 무거운 감정이 없는 것 같아 감정이 실리지 않는 단문을 써 보냈다. '그럽시다'로 답이 왔다. 이런 대화 자체가 서로 어울리지 않지만 그에 맞춰 답이 온 것이다. 만나기로 한 시간이 다가온다. 차를 타고 갈 수도 있었으나 걸어가기로 했다. 퇴근하는 이들이 바람을 일으키며 스쳐 갔다. 분주한 걸음들인데 속내를 감추는 내 걸음은 자꾸만 느려졌다. 내가 화를 내고 사과를 받고 할 관계란 게 어떤 의미일까. 전원은 나를 모르고 나는 전원을 방만하면서.

전원 주변엔 여성들이 많았다. 누구든 따뜻하게 대해주는 성품 때문일 것이다. 딱히 연애를 하는 건 아닌데 사춘기 소년마냥 문자를 주고받느라 밤을 새웠노라고 자랑이 잦았다. 언젠가는 정말 눈이 번쩍 띄는 운명 같은 여인을 만났다고 상기되어 그에 걸맞은 음악을 만들어 들려주기도 했다. 여인들을 구슬꿰미처럼 엮어 놓고 나에게 관리를 부탁하는 맹추 연애박사다. 언제나 그랬듯 실속 없는 연애일 거라는 짐작을 하고서 그의 연애를 부추겼는데 이번엔 예사롭지가 않았다. 겉핥기 사랑 같지가 않아 내 시선에 날이 섰다.

그녀는 기타 수강생이란다. 주남저수지를 배경으로 그녀의 뒷모습을 찍은 사진을 보여준다. 왜 하필 주남저수지래? 전원과 자주 갔던 장소여서 언짢았지만 쿨해야 했다.

"실루엣은 괜찮네."

"그렇지?"

"예뻐?"

"묘한 매력이 있어. 우수에 젖은 듯해."

"그 여자 단수가 높은가 보네. 벌써 우수 연출도 하고."

"왜 깎아내리기부터 해?"

"불륜이야?"

"나는 아니지."

"나쁜 여자?"

"약간은."

"잘해 봐. 당하지 말고."

"당하다니. 내가 연애 고순데."

"등신, 다른 여자들이랑 데이트했던 곳밖에 갈 줄 모르면서 고수는커녕 하수 중에 하수다."

그녀와의 만남이 잦아지면서 나와는 소원해졌다. 차를 마시다가도, 밥을 먹다가도, 택시를 타다가도 먼저 가야 한다며 핸드폰을 귀에 대고 떠났다. 거짓말까지 하면서 올무에 걸려든 새처럼 푸드덕거렸다. 그럴 수 있지. 내 남자가 아니니까 탓할 일도 아니지. 헛한 감정을 누르며 갓 연애를 시작한 동생을 바라보는 누이의 심정으로 흔쾌히 보냈다. 주변의 모든 여자들을 제쳐 버린 듯 그 여자 얘기만 했다. 감춰지지 않는 게 사랑이라는 걸 여실히 드러내면서.

"그렇게도 좋아?"

"빨러드네."

"같이 살지 그래."

"그럴 여자는 아니고."

"이번엔 제대로 당하겠네. 우리 등신."

티는 안 냈지만 가슴에 연속 펀치를 맞은 듯 먹먹해졌다. 예전에는 그러려니 하고 잘도 넘겼는데 좋아 죽을 지경이라는 표정을 더는 보고 있을 수가 없어 일어섰다. 내가 뭐라 할 이유는 없지만 불쾌한 것만은 사실이었다.

"벌써 가려고?"

"느끼해서."

"내 연애가 왜 느끼해?"

"시궁창 쥐새끼들 같기도 하고."

"무슨 말이 그래?"

횡하니 나와서 차를 탔다. 막 출발을 하는데 그가 손짓을 하다 말고 핸드폰을 꺼냈다. 그녀에게서 연락이 온 거겠지 했는데 나한테 걸었다. 한번 만나보면 내가 달리 봐줄 거란다. 정말 매력 있는 여자라나. 음악성도 깊어 잘 통할 거라고. 나와 왜 통해야 하는지도 모르는 등신이 자랑을 하고 싶어 안달이 났다.

내게 군이 그녀를 소개해주겠다고 하는 그가 어이없지만 피할 일도 아니라서 마산 창동 불종거리에서 셋이 만났다. 전원 말대로 묘하게 우수가 깔린 미소를 지었다. 연출하는 것 같진 않은

데 연민을 부르는 미소였다. 목소리엔 물속 같은 울림이 있고 고 전영화에서 본 듯한 미모에 젊기까지 했다.

"말씀 많이 들었어요."

"저를 여자가 아니라고 제쳐두던가요?"

"너무 좋은 친구시라고."

"전혀요. 전원장 인생에 태클 거는 쌈닭이에요."

"왜 그래. 처음 본 사람한테."

이전의 여성들과 다르다는 건 확실했다. 차림은 허술하나 이 미지는 화려했다. 열등감을 느끼게 할 정도의 미모에 우수까지 겹쳐 묘한 매력을 자아냈다. 어디서 본 표정 같기도 했다. 전원 은 입이 헤벌어져 다물 줄을 몰랐다. 이 정도의 여자라는 듯 나 와 눈이 마주칠 때마다 자랑이 입가에서 들썩였다.

그녀는 의아하도록 착한 티를 냈다. 전원이 고개를 돌리며 피 식 웃는데도 표정 하나 바꾸지 않고 남편 얘기까지 했다.

"전원은 나쁜 여자 좋아하는데."

"저기, 선생님과 저는."

나한테 불륜은 저지르지 않고 아가페 사랑만 한다고 말하고 싶은 건가. 전원은 나와 그녀의 대화가 아슬아슬한지 불종거리 구경이나 하잔다. 그녀는 내가 들릴락 말락 하게 속삭이며 액세 서리 가게서 뭔가를 열심히 골랐다. 그 틈에 나는 빠른 걸음으로 그들과 멀어졌다. 전원과 팔짱이라도 껴버릴 걸 그랬다는 한심한 생각을 하며 골치가 아프도록 우수 속에 숨은 나쁜 여자의 실체를 더듬었다. 그가 상처받고 말 것 같은 예감이 들었지만 지금으로선 내 말을 들을 것 같지 않았다.

괘씸하게도 그에게선 연락이 없더니 밤늦게 그녀로부터 문자가 왔다. 등신, 내 연락처는 왜 가르쳐줬는지. 나까지 끌고 들어가 뭔 재미를 보겠다고.

"선물 사고 돌아보니까 안 게시더군요."

대꾸하지 않았더니 잠시 뜸을 들인 후에 또 연락이 왔다.

"선생님은 혼자 갔을 거라며 그럴 분이라고 하셨어요."

"무슨, 그런데 웬일로?"

"언니라고 불러도 될까요?"

"언니요?"

너무나 놀랐다. 시궁창 암쥐의 교성 같은 소리인 언니라는 말을 듣는 순간 독소가 온몸에 퍼져서 벌떡 일어나 앉았다.

"인상도 너무 좋으시고 선생님이 믿는 분이시라."

"저는 그 단어가 불편합니다."

"아네, 죄송합니다. 친하게 지내고 싶어서요."

"그럴 사이는 아닌 것 같으니까 서로 씨로 부르죠."

"제가 그러기에는 나이도 어리고 예의가 아닌 것 같아서요."

"저는 막 자려던 참입니다만."

"아네, 실례했습니다."

언니라는 말을 듣는 순간 전 남편의 여자 표정이 그랬다는 것을 깨달았다. 내 인생에 그토록 속절없는 호칭인 언니를 들먹이다니. 남편의 여자와 데칼코마니처럼 스며있는 우수에 노예가 된 그를 보는 일만도 고통스러운데 언니라니. 누구든 나를 언니라고 부르는 여자들에겐 추호도 너그러울 수가 없었다. 내게 언니라는 단어는 악의 종자일 뿐이다. 그녀를 멀리하거나 아주 가까이서 밟아주고 싶어졌다.

그 후로 그녀와는 만날 일도 없고 전화도 없었다. 두 사람의 연애는 소문으로 들었다. 둘이서 불종거리를 쏠고 다닌다느니, 지인이라도 만나면 일부러 팔짱을 낀다느니, 전원 블로그에 둘이 여행 간 사진이 도배를 한다느니. 질투 어린 소문은 스타들의 스캔들만큼이나 무성했다. 나와는 학원장 모임에서 차 마시는 정도이고 어쩌다가 만나면 핸드폰 중독자처럼 눈을 떼지 못했다.

"미쳤군."

"맞아, 미쳤어."

말끝마다 흘리는 웃음은 음흉스러워서 구역질이 날 정도였다. 솔로인 전원이 연애하는 게 뭐가 문제라고 내가 이토록 진저리를 칠까. 어느 날은 그녀를 원장 모임에 데려가도 되겠냐고 물었다. 음악 전반에 박식하고 기타에 재능도 있다나. 빤히 쳐다만 봤더니 좀 봐달란다.

"무엇을?"

"연애 많이 해봤지만 이런 경우는 처음이야."

"누가 뭐래?"

"벌레 씹은 얼굴을 하잖아."

"언제 신경 썼어?"

"연원이 안 봐주면 누가 봐줘. 당분간만. 응?"

"유효기간이 있나 보네."

"몰라. 그냥 미치겠어."

소문은 일파만파 퍼지고 나와 그다지 친하지 않은 지인들까지 전화를 해서 전원을 염려했다. 난들 무슨 방법이 있는 것도 아닌데 나에게 소문을 물어다 주며 충고를 해줄 사람이 나라는 것을 콕 집었다. 사람이 망가져 간다나. 원생들에게도 소홀하고. 술이 깨어 있는 날이 없다고. 그러던 시기에 술에 취한 그녀에게서 전화가 왔다. 내게 속절없는 단어인 언니라는 호칭까지 써가며.

"언니, 오늘 선생님하고 싸웠어요."

"많이 취했네요."

"같이 살자고 하잖아요. 어이없게."

"왜 어이가 없죠?"

"언니도 참, 가정은 지켜야 하잖아요."

"가정? 그런 게 있었나요?"

천연덕스럽기는. 전원이 말하는 나쁜 여자의 실체가 이런 걸까.

"네, 언니가 아는 대로 불륜이에요. 도둑 사랑이죠. 쾌락에 빠져버린 아찔한 사랑. 세상에 드러낼 수 없는 사랑이 얼마나 달콤하냐면."

"끊겠어요."

"언니, 잠깐만요. 제가 하고 싶은 말은 이게 아니에요."

"뭐죠?"

"떠나게 할 거예요. 영원히."

작정한 듯 먼저 끊어버렸다. 싸가지 없기는. 누구를 떠나게 해? 전원은 아닌 것 같고. 남편? 가정을 지킨다잖아. 그러면 나? 왜 내게 그런 말을 하지? 나를 적수로 여기나? 적수를 향한 질투? 어느 한순간도 속내를 드러낸 적 없건만 그녀의 촉에 당한 것 같아 몹시 불쾌했다. 쉽게 잠을 못 이루고 뒤채다가 설핏 든 잠결에 시궁창 생쥐 소리를 듣고 말았다.

남편의 여자는 우리 아들 유치원 교사였다. 유치원이 남편 사업장과 인접해 있어 출근길에 아이를 데려다 주곤 했는데 몇 개월 후부터 그 여자가 남편의 사무실에서 일을 하게 되었다. 남편이 상의를 해서 그러라고 했고. 그녀는 나를 언니라 부르며 집에도 자주 오고 외식도 같이하며 친인척처럼 친근하게 지냈다. 그러던 차에 그녀가 입덧을 했다. 나는 연애하는 것 같지도 않더니 웬일이냐며 결혼하냐고 물었다. 사랑하는 사이긴 하지만 당장 그럴 상황이 못 된다며 우울해했다. 그 남자를 내가 한번 만나보겠다고 하자 손사래를 쳤다. 때가 되면 다 말해주겠다고. 어떤 때를 말함인지 궁금했지만 더는 묻지 않았다.

그녀가 직장을 그만두고 소식이 뚝 끊기더니 어느 날 할 얘기가 있다며 동네 카페에서 만나자고 했다. 나는 먼저 와 있는 그녀에게 반색을 했다. 임신 탓인지 얼굴이 까칠하고 불안해 보이기까지 했다. 결혼은 언제 하냐고 했더니 알 수 없는 웃음을 살짝 비치고는 나를 한참이나 봤다.

"사장님 아이예요."

내가 말귀를 알아듣지도 못했는데 제대로 실마리를 잡은 듯 쏟아냈다. 둘 다 첫눈에 반했다고. 나를 생각하지 않을 수 없었지만 사랑은 걷잡을 수 없이 깊어졌다나, 남편이 나와는 이혼을 하겠다고 했단다. 그런데 배는 불러오고 그때가 언제일지 몰라 나를 찾아왔다고.

"날더러 그걸 믿으라는 거야?"

"언니, 죄송해요."

"그 알량한 언니로 나를 안심시켜놓고 뒤통수를 쳐?"

"헤어질 수 없어요. 아이도 낳아야 하고."

내가 벌떡 일어나자 따라 일어나며 언니를 재차 불렀다. 그녀의 뺨을 연거푸 때렸다. 얼굴을 감싸 쥐며 언니를 부르는 그녀에게 입 닥치라고 소리를 질렀다. 언니. 엄마를 대신할 것 같은 그 온화한 단어가 내 가슴을 산낙지 토막 내듯 난도질을 했다. 어떻게 카페를 나와 어디를 헤맸는지. 내 가정이 거푸집처럼 무너지는 소리만 들은 듯했다. 그날부터 남편이 귀가하지 않았다. 회사로 찾아갔지만 출장 중이라고 했다. 며칠 뒤 편지 한 통이 왔는데 기가 막히게도 나를 볼 면목이 없어서란다.

남편에게 분노를 표출할 새도 없이 나를 언니라고 불렀던 그녀의 목소리가 시궁창의 암쥐같이 찍찍거렸다. 결국 신경정신과에 입원을 했다. 친정어머니가 사위를 책망하고 많이 설득했겠지만 그는 돌아오지 않았다. 언니 소리가 안 들릴 때쯤 퇴원을 했는데 병과로 인해 아들마저 뺏기고 말았다. 오늘까지 살 이유도 없었건만 살아온 세월이 놀라울 정도였다. 아들은 고등학생이 되면서 자주 찾아왔다. 유학을 갔다 와서 나와 살겠다고. 가망 여부를 떠나 말이라도 고마워서 꼭 안아줬다.

그녀에게서 사과 문자를 받았다. 술김에 실수한 것 같다고. 불쾌한 감정이 가시지 않는데 전원은 그녀의 얘기를 하고 싶을 때만 연락을 했다. 참으로 가여운 여자란다. 우울증으로 죽을 수도 있다고. 그러니까 나더러 잘 좀 대해주면 좋겠단다.

"내가 왜?"

"얘기하고 싶어 해. 여자들만의 고통을 나누고 싶은가 봐."

"분명히 해두겠는데 나는 싫어."

"그러지 마. 나 봐서라도. 응?"

전원의 여자가 학원으로 찾아왔다. 수척한 얼굴에 수심까지 얹었다. 둘만 있는 것이 어색해서 커피 끓이는 시간을 끄는데 전원하고 소곤소곤 통화를 하며 눈물을 훔쳤다. 커피잔을 놓으며 마주 앉았다.

"무슨 일로."

"남편이 제 속옷을 다 잘라버렸어요."

"들켰나요?"

"그런 것 같아요."

남편과는 잠자리를 안 한 지 3년이 넘었단다. 그녀는 성이 절정을 이루는데 만족을 못해서 우울증에 걸렸다고. 술을 먹고 오는 날이면 애무로 몸을 달궈놓고는 밤새 혼자 술을 마신단다. 점점 초라해져 가는 남편이 안쓰럽기도 하다고. 어제는 쓰레기통에 속옷이 갈래갈래 잘라져 있는 걸 발견하고 두렵기까지 했단다. 그녀가 씁쓸하게 웃었다. 웃음 끝에 어리는 우수. 결코 나이 어린 여자가 연출할 수 없는 슬픈 미소. 전원이 넘어간 지점이 여기였을까. 속눈썹에 걸린 젖은 우수가 죽음이라도 부를 듯 우울해 보였다. 나는 동그마한 어깨를 안아줘야만 할 것 같은 모성애가 꿈틀댔다. 그렇게 당하고도 몹쓸 연민에 휘말리다니. 눈길을 피했다.

"헤어지려고요."

"누구와?"

"누구긴요."

전원이겠지만 민망하리만치 빠른 질문을 던지고 말았다. 나는 왜 전원이기를 바랄까. 누구와도 사랑할 수 없고 사랑하지 않겠다고 다짐하고 살아온 세월에 전원을 들여놓고 뭐 하자는 건지. 그럼에도 그녀가 헤어지겠다고 한 말은 거부할 수 없는 후련함이었다. 그녀의 고민이 내 고민의 해결책이라면 받아들일 일일까.

두어 달쯤 지났을까. 그녀에게서 전화가 왔다.

"선생님이 점점 스토커가 되어가요."

"어떻게요?"

"날마다 집 근처에 와 있어요. 남편도 있고 아이도 있는데 막무가내예요."

"서로 애달파했던 것 같은데요."

"그래도 제 입장을 생각해줘야 하는데 자기 입장만 내세워요."

"좋으면 그럴 수 있겠죠."

"언니가 좀 말려주세요."

잠깐 진저리가 쳐졌다. 남편 여자의 고민을 듣는 듯했다. 나는 엄마처럼 언니처럼 따뜻한 밥까지 해먹여가며 다독여주었지. 두 사람에게 속절없이 당하는 줄도 모르고 내 아이를 데리고 동물원에 갈 때도 도시락까지 싸주며 고마워했으니. 냉정해졌다. 그녀가 간간히 부르는 언니라는 호칭을 차분히 난도질하며 불륜에 처방을 내리는 상담자가 되어 갔다. 가정의 소중한 등불을 밝혀주다가도 평생에 그런 사랑이 또 오겠냐며 부럽다고 부추겼다. 그녀는 애달픈 목소리로 전원과의 사랑은 죽음처럼 강렬해서 헤어지고 싶지 않지만 밤낮을 가리지 않고 불쑥 나타나는 바람에 롤러코스터를 타는 것 같다고.

"언니 꼭 부탁해요."

그놈의 언니. 불륜 유지를 위해 나를 파수꾼으로 세우겠다니. 발정 난 암고양이가 따로 없어. 차라리 들켜버려라. 침대에 몸을 던졌다. 그들에게 죽음처럼 강렬한 사랑의 진원지는 뭘까. 불륜의 극치일까. 베개를 안고 몇 번을 뒤챘다. 나도 누군가와 사랑을 할 수 있다면 죽음처럼 강렬할까. 남자의 가슴을 더듬듯 베개를 더듬었다. 운동으로 다져진 근육질이 만져지는 듯 눈이 감겼다. 언니! 남편의 여자가 시궁창의 암쥐같이 언니를 불러 화들짝 놀라 눈을 떴다. 그새 꿈을 꿨던 것이다.

시궁창을 복개하듯 마음을 닫고 민망한 연상을 지우며 트라우마 같은 신념을 되뇌었다. 아무도 사랑하지 않아. 더는 사랑 따위로 상처받지 않는다고. 가면 쓴 습관으로 성격을 만든 쿨한 여자. 그게 나라고. 또 방어로 자기암시를 했지만 시험대 위에 올려진 느낌이었다. 솔직하지 못한 속내가 저울을 기울었다. 그들의 갈등이 내 신념을 흔들어대고 있는 걸까. 그를 우정으로 묶어놓고 베개를 더듬는 한심한 여자여서 괴롭다. 구멍 숭숭한 가면은 언제까지 버텨 주려나. 한동안 둘 사이가 잠잠하더니 내가 정신 줄을 놓고 만 사건이 터졌다. 11월의 꼭두새벽. 전원이 어눌한 소리로 전화를 해서는 내게 마지막 메일을 보냈단다.

"무슨 소리야?"

"연원 내 부탁 들어줘. 마지막으로 그 여자와 통화하게 해줘."

"마지막이라니?"

"목소리 한 번만 듣게 해줘."

"내가 갈게."

"아니, 오지 말고."

혀가 꼬부라져 말이 어눌했다. 술 때문이겠지. 119를 부르고 차를 몰았다. 어떻게 운전을 했는지 구급차와 거의 동시에 도착했다. 승강기가 올라가는 동안 그에게 전화를 했으나 받지 않았다. 그녀도 받지 않았다. 사람을 살려야 되지 않느냐며 문자를 보내고 집에 들어갔다. 그가 화장실 앞에 널브러져 있는 것을 구급대원들이 응급처치를 했다. 거실엔 소주병과 상비약 상자가 쏟아져 있었다. 남은 조제약이며 약이란 약은 다 먹어버린 듯했다.

응급실에서 위세척을 하고 나서도 그녀를 불러달라며 졸라댔다. 그녀를 향한 사랑이 죽을 만큼이라는 거였다. 어이없는 사정에 아이를 달래듯 해놓고 그녀에게 문자와 전화를 거듭했다. 겨우 전화를 받긴 해도 냉정하기 그지없었다. 나는 용서를 바라는 가해자처럼 절박하게 사정을 했다. 이럴 때를 매정하다고 하는 건가. 사람이 살고 죽는 것도 그 사람의 몫이란다. 그 사람? 선생님은 어쩌고. 사랑했었다고. 그거면 된 거 아니냐고. 이별도 겪어야 하는 거라고. 나쁜 년. 전화를 끊자마자 문자가 왔다. '언니, 그 사람 돌려줄게요.' 너무나 놀라 핸드폰을 떨어뜨릴 뻔했다. 돌려주다니. 전원을? 내 속을 다 안다는 거잖아. 우리 둘을 갖고 놀기라도 했다는 건가. 그 여자의 사랑법은 깔끔하기도 한데 순정을 바쳐버린 전원은 저 꼴이라니.

의사는 며칠간 계속된 숙취에 우울 증세가 겹쳐 저지른 일인 것 같단다. 실연으로 우울했겠지만 목숨까지 걸 일인가. 나이는 폼으로 먹었나. 이런 등신! 맹추! 가슴이 저몄다. 커튼을 치고 그의 얼굴에 뺨을 갖다 댔다. 기척도 안 했다. 입술을 겹쳤다. 입술이 벌어진 틈으로 술 냄새가 나는 데도 싫지가 않았다. 혀로 그의 까칠한 입술을 적셨다. 사랑해요. 알아요? 환자복 단추 하나를 풀었다. 가슴에 삐죽이 나온 털을 손바닥으로 쓸었다. 오랫동안 차지하고 싶었던 내 남자의 가슴이었다. 전은성 씨! 나는 이제 당신 앞에서 가면을 벗고 싶어요.

간호사가 전은성 씨를 부르며 커튼을 젖히다가 멈칫했다. 내가 몸을 추스르기도 전에 주사를 맞힌다며 태연해졌다. 밖으로 나와 벤치에 앉았다. 날씨가 내 기분만큼이나 우중충했다. 핸드폰으로 메일을 읽었다. 그녀가 떠나버려 삶의 의미를 잃었단다. 내가 메일을 볼 즈음에는 다 끝난 뒤였으면 좋겠다고. 기가 막혔다. 내게 이토록 잔인하다니. 얼마나 오랫동안 벤치에 앉아 있었는지 한기가 느껴졌다. 보호자라곤 나밖에 없으니 광대처럼 또 가면을 쓰고 그에게로 갔다. 깨어 있었다.

"전화 안 받아?"

"응."

"문자도?"

"응."

그녀를 불러주지 않는 내가 원망스러운지 눈길도 주지 않고 돌아누웠다. 등짝을 패버리고 싶었지만 그대로 앉아 있었다. 여전히 그녀에게서는 연락이 없는데 발소리에 귀만 기울였다. 오후가 되어도 연락이 없자 마지못해 퇴원을 했다. 죽을 끓여서 마주 앉았으나 전화기만 만졌다. 내가 가겠다니까 그러란다. 화가 명치를 밀어 올렸다. 나는 선 채로 폭풍처럼 따졌다.

"왜 마지막 메일을 내게로 보냈어? 다 읽기 전에 끝났으면 좋겠다니. 그게 할 소리야? 나한테는 그렇게 잔인해도 돼? 마지막 메일이면 그 여자에게 보냈어야지. 그래야 복수라도 하고 죽는 거잖아."

"……"

234

"죽고 싶으면 또 죽어. 이제 나한텐 전화도, 그따위 메일도 날리지 말고. 수면제 사다 줘? 아니면 연탄불이라도 피워줄까?"

횅하니 나와 버렸다. 밤바람이 온몸을 헤집듯이 파고들었다. 양팔로 찬바람을 훑어 내리며 그와의 관계도 훑어 버렸다. 멀찌감치 지나가는 사람의 일을 본 듯, 그런 사람의 소문을 들은 듯, 구경꾼의 자리에 있는 나를 발견했다. 냉정함과 거리감이 전원과의 관계로 형성되는 듯했다. 애인으로 인해 자살시도까지 하고도 돌아보면 내가 있을 줄 아는 남자. 그에게서 받은 상처는 예상보다 컸다. 이젠 가라. 나도 철저히 잊어주마.

매일이 바빴다. 콩쿠르 나가는 학생들에게 집중하느라, 영화 목록을 만들어 밤새워 보느라 피곤이 누적되기도 했다. 그가 별로 궁금하지 않았다. 끊어진 인연에 연연해하지 않는 내가 놀랍기도 했다. 위장술에 능한가. 어느 날 새벽 그에게서 문자가 왔다. '날 떠나지 못하는 거 다 알아. 이제는 와줘' 화를 내도 될 만큼 잘 살아줘서 고마웠다.

7시 페르소나.

거울을 봤다. 질끈 묶은 머리는 부스스하고 잠 못 잔 얼굴은 창백해 보였다. 화장도 안 하는 여자를 누가 좋아하겠냐고 핀잔주던 전원의 말이 떠올라 립스틱을 발랐다. 언제 발라봤는지 기억도 없는 붉은 립스틱이 생기를 돌게 했다. 나도 이럴 수 있지.

그러면서도 어색함을 견딜 수 없어 입술을 지우고 말았다.

그와 약속했던 불종거리 카페 페르소나가 가까워졌다. 가슴이 두근거렸다. 그는 병실 커튼 안에서 했던 나의 고백도 내 입술의 감촉도 모를 텐데 웬 설렘인지. 친구라는 철옹성으로 장난 한번 받아주지 않던 내가 자신의 가슴 털을 쓸어가며 했던 사랑 고백을 안다면 얼마나 어이없어할까. 페르소나. 나를 그에게서 철저히 방어하고자 선택한 카페. 페르소나를 코앞에 두고 머뭇거렸다. 이제는 페르소나를 떠나자고 할까. 나는 언제까지 이 광대 같은 짓거리에 묶여 있으려나.

그가 불렀다. 차를 타고 나가잔다. 시내를 벗어나며 주남저수지를 가고 싶었다고. 주남저수지는 갈 때마다 다른 스토리를 만들어주던 곳이었다.

그날 밤도 주남저수지 카페 연못가에 앉았다. 여름별이 총총하고 바람이 불었다. 커피 마시는 소리도 죽이면서 버들 잎새 부딪히는 소리에 귀를 기울였다. 가벼우면서도 높은 음인 라시라시라시라시. 소란스러운 듯하나 리듬이 고른 라시라시라시라시. 그가 그 소리 사이를 끼어들었다.

"우리 지금만 연인 하자. 저 소리에 키스하지 않는 연인은 없을 거야."

"근처에 개집이 있나 봐. 되게 낑낑대네."

그가 벌떡 일어섰다.

"내 말이 개소리로 들린다 이거지. 그래 똥개처럼 낑낑거려봤어. 제발 좀 유연하게 살아라."

남들이 보면 완연한 연인이나 둘 사이는 결코 연인이 못 되는 사이. 나는 침묵하고 그는 기분만 상해 돌아오고 말았다. 내 가면은 더욱 두터워지고 그는 애인 만들기 프로젝트라도 하는 것처럼 여자들과 데이트를 즐겼다. 차이거나 차거나를 거듭하면서. 나와는 불 켜진 창을 확인하듯 서로를 확인하는 관계만 유지했다. 그녀를 만나기 전까지.

주남저수지까지 갔다. 어느 땐가 달빛에 길과 물이 구분이 안 되어 저수지로 들어설 뻔했던 길을 걸었다. 상현달이 열어주는 길은 호젓했다. 작은 배가 물소리를 머금고 흔들렸다. 그가 나를 돌려세우며 키스를 했다. 녹여드는 키스는 온몸을 감전시켜버렸다. 내가 허락을 한 걸까. 아니 몸이 허락을 한 것 같았다. 가면이 벗겨진 듯 창피했다. 겨우 몸을 빼내며 무슨 짓이냐고 밀쳤다. 당황한 건 난데 전원이 의아해했다. 내가 원하기라도 한 것처럼. 달빛 내린 벤치에 앉았다. 여느 연인들처럼 또 어깨를 감쌌다. 조금 전의 일이 민망하기도 해서 가만히 있었다.

"미안했어."

"사과받아준단 말 안 했어."

"꿈인 줄 알았잖아."

"뭐가?"

"연원이었어. 내 입술을 적신 사람이."

"무슨 소리야?"

"연원 음성이 분명해. 사랑해요. 알아요? 했던 말."

"쇼를 하시네. 술이 덜 깨서 환청이 들렸든지."

나는 당황했지만 시치미를 뗐다. 도무지 낯 뜨거워 그 사람이 나였다고 내가 당신을 사랑해서였다고 말할 수가 없었다. 더 진실이게 하느라 그를 알코올 중독자의 흰소리로 몰아세웠다.

"정말 아니야? 아닌 척하는 거야?"

"나는 누구도 사랑하지 않아. 설사 사랑을 한다 해도 내가 그런 짓 못 하는 거 몰라서 그래?"

거짓을 말하면서도 내가 그를 사랑한다고 했던 순간이 꿈인 듯 아득했다. 그때 내가 잠깐 미쳤을까. 아니지. 그의 마른 가슴에 손이 데일 듯 사랑하는 게 맞아. 사랑해서 그의 입술을 훔쳤던 순간을 어찌 부정하겠어. 이 순간은 왜 그게 나라고 말하지 못하는지. 그의 키스에 녹아내렸으면서도 갈등조차 하지 않는 듯 몰아세웠다. 분명 후회할 텐데도. 얼마나 겹겹이 나를 싸맸으면 비집고 나온 사랑마저 쑤셔 넣고 말까.

그가 담배를 피워 물고 왔던 길을 되돌아갔다. 나는 들킨 가슴을 진정 시키느라 거리를 두고 걸었다. 주위는 한량하고 멀뚱한 달빛만이 그의 어깨에서 흔들렸다. 한참 후에야 전원이 담배 냄새를 풍기며 시동을 걸었다. 그의 담배 냄새이기에 이토록 구수한 것을. 운명일지도 모를 사랑을 받아들이지 못한다는 사실에 울컥했으나 눈에 들어오지도 않는 바깥만 응시했다. 불편한 침묵이 페르소나 앞에 오니 다소 나아졌다. 서로 슬쩍 웃고는 카페로 들어갔다. 문소리에 지인들 서넛이 일제히 우리를 봤다. 팔색조 같은 여자가 전원을 맞으며 호들갑을 떨었다. 얼른 그의 팔을 잡았다.

"나 먼저 갈게."

"그럴래?"

돌아서 나오기까지 천 길 낭떠러지로 발을 내딛는 것 같았다. 함께 하자는 여자들의 빈 인사가 등을 더 떠밀었다. 기꺼이 가 드리지요. 전원과는 아무 일도 없었던 거야. 우리 사이에 낯 뜨거운 사랑 따위가 어떻게 끼어들 수 있겠어. 사랑에 통달한 포주처럼 가슴을 툭 쳤다. 운명 같은 사랑 좋아하네. 향방 없이 걸었다. 나는 두려워. 누군가를 사랑한다는 게 두렵다고. 내 남자 측근의 여자들에게서 듣게 될 언니 소리도 죽을 만큼 싫다고. 차라리 잘됐어. 그를 사랑한 적 없는 것으로 하는 게 더 쉬워. 다시는 그를 혼란스럽게 하지 않으면 되는 거야.

멀리 간 듯한데 다시 카페 앞이다. 페르소나 푸른빛이 너무 밝아 그가 내 안에 있는 게 들킬 듯하다. 돌아서지도 들어가지도 못하고 서 버렸다. 발이 보도블록에 박힌 듯 꼼짝도 할 수 없다. 내 의지를 흔들어대는 사랑에 쓰러질 지경이다. 선택의 여지도 없는 듯하다. 나는 구멍 숭숭한 가면을 쓴 채 페르소나 상이 되고 만다.

『데이지꽃 면사포』를 읽고
－최숙미론

박희주(소설가)

1. 수필로서의 출발

시지프스는 지혜가 많은 인물이지요. 그는 그 지혜를 이용하여 신神마저 속입니다. 시지프스를 괘씸하게 생각한 신들은 바위를 굴려 비탈진 산 정상에 도착하면 굴러떨어지는, 그 바위를 다시 정상에 올려놓아야 하는 영원한 형벌을 내립니다. 끝이 보이지 않는 무용한 노동만큼 가혹한 형벌은 없다고 생각한 결정이었습니다. 올려놓으면 굴러떨어지고, 또다시 올려놓으면 굴러떨어지는. 그에게는 한순간도 쉴 수 있는 수평이 없었습니다. 불평과 불만도 용납될 수 없는 형벌. 그는 오늘도 정상을 향하여 바위를 밀어 올리고 있을 것입니다.

시지프스가 그토록 지독한 형벌을 내린 신에게 저항할 수 있는 유일한 방법은 형벌을 즐기는 것뿐이었습니다. 비탈진 산에 바위를 밀어 올리는 일을 즐긴다? 어려운 노릇입니다. 그것도 영원이라니! 이 시지프스의 형벌은 곧잘 소설 쓰는 일에 비유되곤 합니다. 다시 바위를 옮기기 위해 묵묵히 산 아래로 걸어 내려가는 시지프스는 밥과 내일이 보장되지 않는다는 것을 잘 알면서도 여전히 자판을 두들기는 소설가의 모습과 닮은꼴입니다. 그만큼 인내가 필요한 작업이 소설쓰기입니다. 그렇지만 그 열매는 고통스러웠던 만큼 달콤합니다.

이제 막 문단에 이름을 올려 독특한 문체의 수필집『칼 가는 남자』를 상재한 최숙미 작가에게 바위를 밀어 올리는 형벌을 아주 달콤하다 꼬드긴 장본인이 필자였습니다. 오십 대 초반의 늦은 나이에 맨땅에 헤딩하다시피 하여 엉겁결에 수필가가 된 그녀는 새로운 세상을 만난 감격으로 한껏 고무되어있는 상태였기에 이왕 쓰는 글인데 소설이라고 뭐가 다르랴, 별로 고민도 하지 않고 다시 한번 '엉겁결에' 소설가가 되는 길에 합류했을 것입니다.

인생은 한 번 뿐입니다. 그 인생은 '자기'를 찾아가는 과정이라고도 볼 수 있습니다. 그 자기는 좋아하는 것을 열성적으로 하고 있는 자신의 모습입니다. 여태까지 살아오면서도 몰랐던 자신의 본질을 찾아내는 도전은 실존의 확인으로서 실패든 성공이든 아름답습니다. 최숙미의 수필은 이목을 끌기에 충분했고 뒤늦게 문학을 하려는 이들의 전범이 되었지요. 소설가로서의 가능성도 엿보였습니다. 그러나 소설과 수필은 다르지요. 수필이 있는 것을 있다고, 없는 것을 없다고 정직하게 고백하는 작업이라면 소설은 있는 것도 없는 것처럼, 없는 것도 있는 것처럼 꾸미는 작업입니다. 다시 말해 소설은 감춰져 있는 것을 한사코 드러내려는 작업입니다.

허울 좋은 부잣집 맏며느리의 시부시집살이를 엉겅퀴에 비한다면 지나치다할까. 시아버지의 눈에 난 남편은 병환으로 일찍 세상을 떴다. 젊은 며느리는 자식 넷에 절망할 겨를도 없이 시아버지가 부리는 일꾼이 되었다. 시아버지는 머슴들도 다 내 보내고 손자들과 며느리만으로 천석 농사를 지었다. 손발 어느 한 곳 갈퀴가 생겨나지 않은 곳이 없었던 며느리는 그저 부농의 머슴일 뿐이었다. 시아버지는 하루도 거르지 않고 자전거를 타고 논밭 언저리를 돌며 감시를 했다. 며느리는 오늘도 일만 하노라고 모가지를 뽑아 들어 무언으로 보고해야만 했다. 시아버지에게선 가족이라는 애정을 가라지 한 톨만큼도 엿볼 수 없었단다. 야멸친 호통만이 엉겅퀴 갈퀴 되어 여인의 심정을 할퀴었다지 않은가. 부농을 이어 갈 자식을 잃은 두려움이 며느리를 머슴으로 몰아쳤을까. 여인을 짓누르던 버거운 시부시집살이가 억겁의 세월을 만들었다. (『평설로 읽는 대표 수필』에서 「엉겅퀴꽃」 부분)

이 수필의 한 부분에서도 소설적 이야기가 넘쳐납니다. 시아버지의 안타까움이 서린 감시와 염려, 청상靑孀이 된 며느리의 관습에 따른 무조건적인 인내와 그 심사, 이러한 사연들을 수필의 한 부분에 가둬두기에는 너무 아까워 보였습니다. 독일 시인 라이너 마리아 릴케가 그랬지요? 쓰지 않고는 못 배길, 도저히 쓰지 않고는 못 배기는 게 작가의 숙명입니다. 나만 아는, 나만 할 수 있는 이야기를 하지 않고는 죽어도 못 배길 그 충동이 순진한 수필가에게 일어나도록 뒷일은 생각지도 않고 필자는 무작정 부추긴 셈입니다. 그렇게 시작한 소설입니다.

필자는 그녀의 성장 과정을 낱낱이 지켜보았습니다. 잘 따라왔고 가장 모범적인 수강생이라고 할 수 있었습니다. 여덟 명의 소설 지망자 가운데 가장 먼저 작품을 선보인 이가 그녀였기 때문이지요. 그러나 그 첫 작품이라니! 수필에서는 얄팍한 내공이 간간이 드러나는 문장의 약점을 톡톡 튀는 문체로 덮고도 남아 문단 경력에 비해 대체적인 칭찬을 받았을지 몰라도 역시 소설은 수필과 달랐습니다. 그렇다고 포기하라 할 수는 없지요. 우선 태생적인 한계를 극복해야 했습니다. 이제는 책망하고 닦달하기 시작했습니다. 꼬드길 때는 언제고 닦달이라니? 그러나 여리게만 보이던 최숙미 작가에게서 독기가 뿜어져 나왔습니다. 비위도 상했을 겁니다. 욕심이 없는 작가는 좋은 글을 쓰지 못한다는 게 필자의 소견입니다. 최숙미 작가는 욕심이 많은, 형편없다는 소릴 죽기보다 싫어하는 소유자였습니다. 고개를 숙이고 묵묵히 산을 내려가는 시지프스의 모습이 보였습니다. 체념이 아니었습니다. 자신의 작품을 읽고 또 읽고, 고치고 또 고치고, 그러면서도 새로운 작품을 연이어 써대는 데 여념이 없었습니다. 남편의 사업을 뒷바라지하는 데도 소홀함이 없게 하는 한편, 사업장 한 구석에서 오로지 온전한 작품을 위하여 고민하고 매진하는 모습이 안 봐도 보였습니다. 그 결과 2018년『한국소설』신인상에 단편「교동이발소」가 당선되는 영광을 안았으며 이제 첫 소설집『데이지꽃 면사포』를 출간하기에 이르렀습니다.

2. 상처와 연민 그리고 화해

필자는 문학이 하나의 구원이라 생각하는 사람입니다. 소설가는 실현되지 못하는 내 삶의 가능성, 글로써 불가능해 보이는 것들을 가능케 하는 자기만의 세상, 나아가 독자와 함께 같이 웃고 울고 호흡하며 또 다른 세상을 만드는 사람입니다. 그것이 구원이 아닐까요? 더불어 작가는 구애됨이 없는 사람입니다. 자신의 글에 있어 어떤 것도 구애받지 않는, 도덕뿐 아니라 양심과 관습, 타인의 시선에도 구애받지 않아야 합니다. 그럴 때 용기는 필수항목입니다. 앞에서 태생적 한계를 지적한 것도 이 때문입니다.

소설집 『데이지꽃 면사포』에 수록된 아홉 편의 작품에 흐르는 키워드는 상처와 연민, 그리고 화해입니다. 등단작인 「교동이발소」의 화자는 요양보호사입니다. 그녀가 돌보는 이는 6·25 동란 때 황해도에서 피난을 내려와 구순의 나이답지 않게 목소리가 낭랑해서 초롱 할머니라 부르는데 휠체어에 의지하고 있습니다. 6·25때 곤란을 겪지 않은 이가 어디 있으랴만 초롱 할머니도 누구 못지않은 고초를 겪은 사연을 갖고 있습니다. 이 작품의 서두엔 초롱 할머니의 딸인 칠순의 엽이 할머니와 화자와의 갈등을 드러내어 작가가 하고자 하는 이야기를 암시하고 있습니다.

할머니를 돌보는 요양보호사로 일한 지 4개월째. 나는 할머니 목소리가 나이답지 않게 낭랑해서 초롱 할머니라 부른다. 휴지로 손끝 닦는 버릇이 유난한 딸인 엽이 할머니와 산다. 할머니를 꼭 닮은 얼굴에 체격도 비슷하다. 엽이 할머니는 칠순은 된 듯한데 내가 할머니라고 부르는 걸 질색한다. 놀라워한다고 해야 할 것이다. 어떻게 부를까요? 하면 이름에 씨를 붙이면 되는 거 아니냐며 의아해했다. 무시하고 계속 할머니라고 불렀다가 매서운 눈길에 얼어붙고 말았다.

화자는 엽이 할머니와 영역을 두고 사사건건 신경전입니다. 심지어 감시받는 느낌마저 듭니다. 하여 화자는 그녀와의 신경전을 피해 되도록이면 초롱 할머니를 태운 채 휠체어를 몰고 외출을 하지요. 초롱 할머니는 정신없이 떠나온 피난 시절, 첫 피난지였던 강화도 교동에서 일어났던 일을 잊지 못합니다. 남편은 자원입대를 해 남쪽으로 가고 젖먹이 아들과 세 살배기 딸 그리고 시누이와 함께였지요. 그런데 그때 여비를 갖고 있던 시누이가 사라져 버립니다. 그 여비는 피난살이를 하는 중에도 유일한 희망이자 의지였습니다. 오도 가도 못하고 꼼짝없이 발이 묶이게 되지요. 교동 주민들의 피난민에 대한 호의는 아주 잠깐이었습니다. 나중엔 제 것이 하나라도 없어질까 봐 눈에 불을 켠 상태였습니다. 그러한 상황에서 초롱 할머니는 먹을 걸 구하기 위해 젖먹이를 업고 세 살배기 딸을 걸려 갯벌에서 바지락을 캐 배고픔을 겨우 달랠 수 있었습니다. 산다는 게 욕이자 고통입니다. 하루는 밀물이 들어온다는 걸 깜빡하고 있다가 순식간에 차오르는 바닷물에 하마터면 세 식구 모두 죽을 뻔한 일을 겪게 되어 그 일을 떠올리면 지금도 오금이 저립니다. 딸아이의 손을 놓치기라도 했다면 그대로 파도에 휩쓸려 갈 순간에 기적처럼 나타나 그들을 구해줬던 이가 교동이발소 주인이었습니다. 추위에 옷은 흠뻑 젖고 아이들은 울어대는 최악의 상황에서 도움을 준 교동이발소 주인의 친절을 초롱 할머니는 결코 잊을 수가 없습니다. 더군다나 이발소 일을 거들며 한동안 지낼 수도 있었으니.

엽이네는 이발소 청소를 하고 손님들 머리도 감겨주며 지냈다. 말수가 적은 이발사가 쌀이 드문드문 섞인 보리쌀이며 김치를 가져다줘서 애들과 먹고살았다. 보름쯤 지났을까. 그가 엽이네 손을 붙잡았다. 손을 빼려니까 더 세게 잡았다가 놓으며 미안합니다, 했다. 엽이네는 돌아서는 그의 뒷모습을 바라보며 잡혔던 손을 만지작거렸다. 며칠 뒤 이른 아침에 얼굴이 까맣고 눈매가 매서운 여자가 여닫이문을 열어젖히며 목소리를 높였다. 이발소 안주인이었다.

"언제까지 여기 있을 거요? 우리 집 양반이 붙잡기라도 하던가?"

안주인의 힐난에 더 험한 꼴 보지 않으려 초롱 할머니는 허겁지겁 인천으로 나와 다시 피난민 대열에 동참하여 무작정 걷다가 아들을 잃고 가까스로 친정에 도착하였으나 딸까지 잃을 위험에 처하고 마는데, 엎친 데 덮친 격으로 할머니도 영양실조에다 탈진을 해서 거의 한 달이나 사경을 헤맵니다.

"딸애가 훌쩍이며 엄마랑 같이 살 거라고 합디다. 식구들이 내가 죽으면 저를 고아원에 보낼 수밖에 없다고 했대요. 애가 한 발짝도 내 곁을 떠나지 않고 잠도 제대로 못 자는 거예요. 그 일로 친정 올케랑 심하게 다투고 부산 가는 피난 열차를 탔습니다."

"부산엔 연고가 있었나요?"

"남편이 총상을 입어 부산에 있는 병원에 있다고 기별이 왔
어요."

"할머니, 혹시 그 딸애가 엽이 할머닌가요?"

"그 애가 저 불쌍한 엽이라오."

엽이 할머니의 근본적인 상처가 드러나는 대목입니다. 끊임
없는 허기, 밀려오는 바닷물에 대한 무서움, 그 어린 나이에 젖
먹이 동생의 아사까지 목격하고 엄마마저 죽을지도 모른다는 절
망감이 세 살배기가 겪었던 원초적인 상처였습니다. 그 상처는
아물지 않고 성장해서도 방안퉁수, 집충이로 나타납니다. 정상
적인 사회생활이 불가능했지요. 그 이야기를 들은 화자는 비로
소 엽이 할머니의 감시하는 듯한 태도와 경계심이 안타깝게 느
껴집니다. 그런데도 엽이 할머니는 초롱 할머니가 교동이발소에
대해 물으면 모르다고만 합니다. 그런 가운데 초롱 할머니가 치
매 증세를 보이기 시작하지요. 화자를 못되게 굴던 시누이로 착
각하여 욕을 퍼부으며 뺨을 때리고 할퀴고 물을 끼얹기까지 합
니다. 그런 할머니의 치매 증세를 눈치챘을까요, 엽이 할머니가
교동이발소 가는 버스 어디서 타느냐며 강화터미널에서 다급하
게 전화를 합니다. 평소에 할머니가 푸념하듯 교동이발소를 가
고 싶다고 한 말이 생각이 난 화자는 부랴부랴 차를 몰아 그들
에게로 갑니다. 눈 밝은 독자는 여기에서 오로지 자기밖에 모르

고 세상을 살고 있는 것만 같은 엽이 할머니의 엄마를 향한 안타까움과 사랑을 느낄 수가 있습니다. 이제 얼마 안 있으면 엄마는 치매로 인해 교동이발소에 대한 기억을 완전히 잊고 말리라는.

두 사람을 차에 태우고 화자는 교동이발소를 찾아갑니다. 거기에 도착하자 늙수그레한 노인이 그들을 맞습니다. 여기에서 초롱 할머니의 무의식이 발로합니다. 이제야 왔어요, 많이 늙으셨네요. 그 이발소의 노인은 피난살이 적 주인이 아니라 아들인데도 불구하고 오랜 세월 만나지 못한 연인을 대하듯 하지요.

노인은 반색하며 할머니를 소파에 앉히고 얼굴을 살폈다. 부친이 바닷물에 빠져 허우적대던 젊은 아낙과 아이들을 구해 이발소에서 며칠 살게 한 일이 있었다고 했다.

"인사도 못 하고 갔어요. 아주머니 눈치가 심상찮아서."

할머니는 말릴 새도 없이 그분과의 사연을 꺼낸다. 엽이 할머니가 민망한지 돌아섰다.

"할머니, 저는 그분의 아들이에요. 많이 닮았지요."

그때서야 당황한 할머니가 늙은 것이 망측한 소리를 했다며 어쩔 줄을 모른다. 노인은 그 당시 어머니가 아버지에게 잔소리를 몹시 퍼붓던 기억이 난다고. 지금 생각하면 과묵한 아버지가 좋아하실 만한 분이었다며 크게 웃었다. 그분과의 연정이 세월을 거스르게 할 만큼 깊었던 것일까. 할머니가 순간적인 착각이긴 했으나 왜 교동이발소에 오고 싶어 했는지 알 것 같았다. 할머니는 몇 번이나 망측한 소리를 했다고 하면서도 그분의 안부를 물었다. 오래전에 돌아가셨다니까 손수건으로 눈자위를 닦으며 아쉬워했다. 이제 가야겠다며 몸을 일으키려다가 노인을 빤히 쳐다본다.

"댁은 뉘시오?"

요즘 들어 부쩍 심해진 정신의 일탈입니다. 그런 초롱 할머니가 교동을 다녀온 후 쓰러져 정신을 놓았다, 차렸다를 반복하고는 끝내 눈을 감습니다. 화자는 장례식이 끝나고 두 달쯤 지나 엽이 할머니로부터 집에 좀 와달라는 전화를 받습니다. 자신을 잊지 않고 기억하고 있었다는 반가움에 설레어 찾아간 화자에게 엽이 할머니는 손수 뜬 스웨터를 선물합니다. 색상도 예쁘고 어디 하나 엉킨 데 없이 쫀쫀하게 잘 뜬 스웨터. 정교한 솜씨에 놀라 혹시 더 떠 놓은 게 있는지 물어보자 큰 상자를 내놓는데 보니 조끼, 목도리, 모자, 장갑 등으로 가득합니다. 거기에 한술 더 떠 교동이발소 할아버지 준다는 스웨터까지. 이 작품의 마지막 장면은 참으로 감동적입니다.

수줍어하며 말꼬리를 흐린다. 아, 이토록 생각이 깊은 사람인 줄을 세상 누구도 몰랐다니. 할머니마저도 집충이로만 알고 세상에 발 한 번 디딜 기회를 주지 않았으니, 저 아까운 인생을 어찌할까.

"교동이발소 같이 갈까요?"

엽이 할머니가 처음으로 이를 다 드러내고 웃는다. 양쪽 어금니가 빠지긴 했어도 박속같이 환하다. 저토록 환하게 웃을 줄 아는 사람이었다니! 타인과의 관계에서 오는 소소한 행복을 알았음일까, 내가 엄지척을 했다. 이제 사랑을 받을 줄도 알고 줄 줄도 알았으니, 세상사는 재미에 푹 빠지시기를. 치매 어머니를 모시고 교동이발소를 가듯 무모할지라도 부딪히며 살아가시기를. 겨우 매듭 푼 인생 다시 헝클어지지 않고 무늬 넣은 조끼를 짜듯 쫀쫀하게 살아가시기를. 평생 품어 보지 못한 순홍빛 연정도 품어보시기를.

나이야 어떻게 됐든 개인으로선 어찌할 수 없는 전쟁의 상처로 인해 속으로만 움츠러들던 엽이 할머니의 세상을 향한 첫걸음이 짠합니다. 그건 바로 몹쓸 세상에 대한 화해의 몸짓이 아닐까 싶습니다.

3. 겨울수선화 같은

눈을 감고 겨울수선화를 조용히 소리 내어 발음하면 노란 이미지가 떠오름과 동시에 괜스레 애달프게 느껴집니다. 수선화의 꽃말이 자기애, 자아도취라고 하지요. 차가운 바람이 부는 겨울 우물가에 핀 수선화를 보고 있으면 찬탄이 터집니다. 「겨울수선화」, 이 작품의 화자는 남편이 있는 유부녀입니다. 남편은 성욕이 너무 왕성하여 유산으로 병원에 다녀온 날에도 덤벼드는, 거부하게 되면 폭력을 서슴없이 자행하는 색정광이나 다름없는 남자입니다. 그의 노래 솜씨에 반하여 평생 동안 갈대의 순정을 불러 주리라 여겨 결혼했건만 엄청난 착각이었지요. 사는 게 치욕입니다. 후회는 아무리 빨라도 늦게 마련이지요. 한마디로 뒷북 인생입니다. 당연히 성공적인 부부관계일 수가 없습니다. 사랑이 지리멸렬하고 억지가 끼어든 결혼생활은 시도 때도 없이 다정하기만 했던 옛사랑을 떠올리게 하고 결국 이혼을 결심하게 만들지요.

아, 정말 미치도록 좋아하는 남자, 우섭이 있었습니다. 그 사랑은 아직도 유효합니다. 그렇지만 세상일이나 사랑에서도 맘먹은 대로 이루어지는 게 많지 않습니다. 이루어질 것 같다가도 마魔가 꼭 끼게 마련입니다.

오랜 망설임이 집념이 되었다. 허접스런 집념이건만 버려지지 않는다. 언젠가 한 번은 만나리라고 곱씹게 되는 여자. 그녀는 내 인생에서 손 가시랭이 같은 집념으로 가슬거린다. 꿈을 꿨다. 그녀가 남실대는 파도처럼 환하게 클로즈업된다. 내가 은연중에 기대했던 모습이 아니어서 몹시 언짢다. 별거까지 했으니 이제는 나보다 초라해 보이기를 바랐음이다. 못난 심사이기는 해도 진심이다. 그녀에게 받은 모멸감에 비하면 반감 축에도 못 든다.

그 마魔, 내 사랑의 훼방꾼은 친구인 신애였습니다. 사랑하는 남자, 우섭을 뺏어간 손 가시랭이 같은 친구입니다. 뺏어가도 곱게 뺏어가지 않고 내게 엄청난, 다신 떠올리기도 싫은 상처까지 안겼지요. 그녀만 생각하면 분통이 터지고 약이 올라 죽을 지경입니다. 이제 그들이 별거한 모양입니다. 나하고 아무 관계가 없는 사람의 행복하게 사는 모습도 괜히 심술이 나는 판에 신애와 우섭의 별거는 내게 다시없는 기쁨이자 희망이고 행복입니다. 남편은 해외 출장을 떠났습니다. 잦은 해외 출장에 동행하는 여인이 있다는 건 오히려 다행입니다. 남편이 없다는 것, 여행을 떠난다는 것, 더군다나 옛사랑을 볼 생각을 하니 룰루랄라 소리가 절로 납니다. 마산의 신애를 만나기로 해놓고 통영에 사는 우섭이를 만나러 가니 더욱 신이 날 밖에요. 애초에 만날 생각이 눈곱만치도 없었으니 신애를 바람맞히는 건 당연하지요. 여자를 '좋은'과 '나쁜'으로 구분한다면 화자도 '좋은' 축에는 못 들 것 같습니다.

신애를 만나면 우섭이는 내 남자여야 했다고, 네가 가지기엔 너무 선한 사람이었다고 퍼붓고 싶었다. 동생의 과외 핑계로 우섭이 짐을 옮겨 가던 꼼수를 내가 모를 줄 알았냐고. 우섭이에게서 나를 떼어 내려고 차 버린 남자를 내게 보낸 못된 계집애. 또 누구를 만나서 우섭이를 버렸느냐고. 눈에 핏발이 섰다. 세월이 이토록 흘렀건만 신애에 대한 감정은 그대로 되살아났다.

우섭인 화자가 간다는 전화에 깜빡 죽습니다. 우섭은 어부입니다. 그의 굴 양식장에서 서로의 처지를 잘 알고 있는 그들은 행복을 만끽합니다. 가리비를 따고 감성돔을 잡습니다. 그들은 오랫동안 꿈꾸어왔던 부부나 되는 양 나란히 어구를 들고 집으로 돌아와 그동안의 회포를 풉니다.

　매운탕을 데워 술을 마셨다. 3년 새에 병환으로 돌아가신 우섭이 부모님과 우리 엄마 안부를 물어가며 주거니 받거니 했다. 나는 술이 약한 탓에 이내 얼굴이 붉어지고 숨이 차서 앉아 있을 수가 없었다. 뒷문을 여니 비바람에 산대가 설정거렸다. 추녀 밑엔 흰 수선화가 몽우리를 맺은 채 늦겨울 비에 떨고 있었다. 쪼그리고 앉아 손으로 수선화에 뿌려진 비를 훔쳤다. 키가 작네. 응달이라서. 무릎 담요를 가져와 등을 덮어주었다. 그래도 꽃은 피니라. 그가 함께 쪼그리고 앉으며 내 머리를 감싸 안았다. 낮에 하던 손길이 아니었다.

둘 다 결혼생활만큼은 실패한 인생들입니다. 그 많은 세월 놔

두고 우섭인 그제야 속마음을 털어놓습니다. "순금아! 인제라도 내가 니를 지켜주모 안 되것나? 인제라도." 기다렸던 말입니다. 화자인 나는 감격하여 우섭의 수선화가 되겠노라 말합니다. 그러면서 앞으로 뒷북 인생은 살지 않을 거라 다짐합니다. 그 다짐에는 남편과의 이혼도 포함되지요. 아직 신애와 이혼 절차가 남은 우섭도 조만간에 깨끗이 정리할 거라며 나를 안심시킵니다. 그렇게 둘이 다시 시작하자는데 합의를 본 그때, 철대문을 뒤흔드는 소리가 들립니다. 눈치 빠른 신애의 습격입니다. 나는 서둘러 짐을 챙겨 들고 우섭의 집을 나섭니다. 뒤이어 온 신애의 문자는 이미 마음이 떠난 남자, 우섭이건만 나와 함께 지내는 건 죽어도 못 본다는, 못 먹는 감 찔러나 보자는 심보를 여실히 드러내네요.

　나는 우섭과의 내일을 위하여 이혼을 서두릅니다. 남편은 쉽게 이혼에 응하지 않다가 나의 확고한 결심을 알고 부질없다 생각했는지 도장을 찍습니다. 나는 지인의 소개로 갤러리에서 일을 하게 되는데 어느 날 우섭이 찾아와 날 데리러 왔다며 집 열쇠 꾸러미를 맡깁니다. 얼마나 오랫동안 기다렸던 일인가요. 계절병처럼 기웃거리던 기대가 무너질 때마다 그날의 다짐을 곱씹으며 함께 할 날을 기다려 왔습니다. 갑작스런 상황이 현실이 아닌 듯 망설여지기도 합니다. 그러나 나는 우섭일 믿습니다. 그런데 며칠 후 그가 전화로 몹시 곤혹스러워합니다. 다시 연락할 때까지 아무것도 묻지 말고 자기를 믿고 기다려 달라고. 열쇠까지 받았으니 그 정도도 못 기다릴까. 어느덧 두 달이 지나자 불안감이 확인을 부추깁니다. 갤러리도 그만둔 터라 그가 보고 싶기도 하고 불안감도 떨칠 겸 내려가 보기로 하는데.

　대문이 열려 있었다. 숨바꼭질이라도 하듯 얼굴을 빼꼼이 들이밀었다. 그가 휠체어를 밀고 나왔다. 휠체어엔 털모자를 쓰고 눈이 퀭한 여자가 앉아 있었다. 신애였다. 빼앗기듯 장화가 투득 떨어졌다. 퀭한 눈으로 나를 밀어내는 신애. 아파서라도 우섭이를 잡고 있는 신애. 나는 돌아섰다. 저들의 인연은 죽음이 갈라놓을 때라는 걸까. 아무려면 저 모습은 아니지 않나.
　차를 몰고 동네를 빠져나왔다. 백미러에 그가 보였다. 더는 달려오거나 손짓을 하지 않았다. 그곳이 내게 다가올 수 있는 최대한의 거리였을까. 구부러진 길 저편으로 그가 일몰처럼 가라앉았다. 손발에 감각이 무뎌지며 힘이 빠졌다. 현기증이 나더니 핸들에 엎드려졌다. 클랙슨 소리가 울렸다. 숨이 멎는 순간의 심전도처럼 무심하게.

　우섭과 나 사이에 낀 마魔는 좀처럼 사라질 줄 모릅니다. 이제 화자인 나에게 숙제가 남았습니다. 어떻게 할 것인가. 내 처지의 방향 전환이 아닌 신애의 운명을 두고 하는 말입니다. 어차피 나에겐 우섭=행복이라는 등식이 자릴 잡고 있습니다. 그렇다면 신 애가 어서 빨리 죽기를 바랄 것인가, 아니면 그런 상태로라도 오 래 살기를 바랄 것인가. 작가는 그 어려운 판단을 독자에게 맡긴 겁니다. 필자는 독자의 한 사람으로서 화자의 '나쁜'과 '좋은' 이 미지를 굳이 따르지 않고도 가망 없음에 대한 인간적이고 현실 적인 선택을 한 바가 있습니다.

4. 동백꽃 그늘에 숨은 사연

우리나라 마을에 보면 어느 곳이나 올망졸망한 초가집 가운 데 기와집이 꼭 한두 채는 있게 마련입니다. 기와집은 부의 상징 이나 마찬가지였습니다. 당연히 마을 사람들의 이목이 집중되기 마련이고 그 집에 사는 사람들은 관심의 대상이었습니다. 「동백 꽃집」에 나오는 선비댁은 선비라는 말이 들어간 것처럼 양반가 의 후손이 사는 집입니다. 시대적 배경은 우리나라가 아직 경제 개발이 이루어지기 전, 보수적인 풍토가 만연했던 60년대 중반 정도 될 것입니다. 화자는 10세 전후의 여자아이로 이 작품은 성 장소설의 범주에 속한다고 볼 수 있습니다.

선비 어른은 아침저녁으로 한복 바지춤에 손을 찌르고 논 가를 돌아 집으로 들어가곤 했다. 그 틈에 애들은 생쥐처럼 사랑채 정원을 들여다보았다. 작은 연못에는 물이 졸졸 흐르고 돌 틈엔 보라색 난초꽃이 피어 있었다. 무화과와 주먹만 한 석류가 입을 떡떡 벌린 채 달려 있기도 했다. 둥근 동백나무 때문에 사랑채 마루는 잘 보이지 않았다. 마당을 가로지른 담장에 쇠고리가 달린 샛문은 안채로 통하는 듯했다. 안채에 대한 궁금증이 더 컸지만 그곳을 볼 기회는 없었다.

이 선비댁은 비밀을 많이 품고 있는 듯합니다. 아이들은 그 비밀을 하나라도 더 알아내려 기를 씁니다. 쇠락한 양반가가 으레 그렇듯이 그 집안을 이끌어가는 후손에 문제가 많은 경우가 대부분입니다. 이 선비댁에도 선비 어른의 동생이 정신질환을 앓고 있네요. 서울에 사는 그는 딸 금주를 교통사고로 잃은 후 정신이 돌았다는데.

혼자 집에 있는데 아저씨가 왔다. 곳간이며 뒤란을 돌며 금주를 부르다가 갑자기 나를 보고 팔을 벌리며 금주야 했다. 나는 깜짝 놀라 금주 아니라고 소리를 질렀다. 한참이나 나를 빤히 보다가 고개를 갸웃거리며 나갔다. 아저씨가 집집마다 다니며 금주를 찾는 바람에 밤잠을 설친다고 야단들이 났다. 아니나 다를까, 한밤중에 아저씨가 금주를 부르며 우리 집 방문을 열었다. 거의 울듯이 금주가 여기 있다고 방으로 들어오려 했다. 할머니는 금주는 서울에 있다며 막으셨다. 아저씨는 나를 보고 아빠랑 집에 가자고 애원했다. 나는 이불을 뒤집어쓰고 금주 아니라고 악다구니를 했다. 할머니가 뭐라고 꽥 소리를 지르자 놀란 아저씨가 떠밀려 나갔다. 후다닥 문고리를 거는데 아저씨가 유모, 행자 어디 갔어? 했다. 할머니가 쉿! 쉿! 하더니 두 사람의 발소리가 멀어졌다. 행자는 우리 엄만데 왜 아저씨가 우리 엄마를 찾을까. 한참 만에 들어온 할머니는 등잔불을 꺼버리고 누웠다. 할머니, 그 아저씨가 왜 우리 엄마를 찾아? 할머니는 잠든 척 코를 골았다.

할머니와 단둘이 사는 화자인 나를 볼 때마다 금주라 부르며 쫓아다니다가 그 아저씨가 할머니를 보고는 엄마 이름인 행자를 부르며 어디 갔냐고 찾습니다. 느닷없는 그 행동에 궁금해진 나는 할머니에게 물었으나 할머니는 잠이 든 척하고 맙니다. 할머니는 예전에 선비 집에서 살며 일을 거든 처지였습니다. 그러던 어느 날 목화솜처럼 얼굴이 희고 눈썹이 까만 오빠가 교복을 입고 선비댁으로 들어갑니다. 교복이 선망의 대상이던 시절입니다. 그의 모습은 모든 아이들의 이목을 잡기에 부족함이 없었습니다. 한번은 그 오빠가 어깨에 메추리 새끼를 얹고 대문 앞에 나타났는데 아이들은 경쟁하듯 먹이를 가지고 와 관심을 끌기 위해 애를 씁니다. 특히 오빠에 대한 여자애들의 반응은 대단했습니다. 나도 옥수수를 잘게 부수어 가져갑니다. 오빠가 옥수숫가루를 받아주자 가슴까지 벅차 손이 다 떨릴 지경입니다. 그날 밤 호젓해진 타작마당에서 다시 만난 그 오빠는 내 눈이 메추리 눈처럼 생겼다는 말과 함께 나를 끌고 동백나무 뒤로 데려가 뽀뽀를 하고 손을 내 바지 속에 넣다 빼고는 둘 사이의 비밀이라 말합니다. 집으로 돌아온 나는 가슴이 두근대고 배슬배슬 웃음이 터져 나와 비밀이라는 말을 되뇝니다.

방학이 끝나 오빠는 서울로 가버리고 허전해진 참에 길녀라는 내 또래의 아이가 선비댁 식모로 새로 옵니다. 나와 길녀는 사이좋게 지냅니다. 선비댁에도 마음대로 들어갈 수 있게 됐습니다. 나는 오빠가 그리워 동백나무 아래를 맴돕니다.

나는 우물가에 갔다가 정자에서 동네 아주머니들이 소곤대는 소리를 들었다.

"쟤는 아직도 아버지가 누군지 모르지. 아마?"

"모를 테지. 쟤네 아버지도 모른다잖아."

"안들 이제 와서 어쩌겠어. 호적에 올려 주지도 않을 텐데."

"닮기도 했어. 그렇지?"

"씨도둑질은 못 한다고 하잖아."

"괜히 경칠 일 들먹거리지 말자고."

"몇 년 전에 쟤 엄마가 왔을 때 온 동네가 오금을 졸였잖아."

"그랬지."

"근데 쟤 엄마는 일본에서 뭐 할까."

"빤하지 뭐. 얼굴이 반반하니까 그걸로 먹고 살겠지. 요즘 그런 여자가 어디 한둘인가?"

"쟤도 얼굴이 반반한 게 팔자가 보통은 넘겠어."

아주머니들은 내 눈치가 보이는지 서둘러 정자를 떠났다.

나는 양철통 물을 철철 흘리며 집으로 왔다.

나의 정체, 출생의 비밀이 드러나는 대목입니다. 그러나 나는 긴가민가하여 할머니에게 묻습니다. 내 아버지가 누구냐고. 할머니는 괜히 그 말들을 한 동네 아주머니와 머리채를 잡고 싸우고, 일본에 있는 엄마의 편지 어디에도 아버지에 대한 말은 없습니다.

엄마가 연락도 없이 배가 잔뜩 불러 일본 남자와 함께 집에 왔습니다. 나는 맥없이 심술이 나지만 그래도 엄마 뒤만 졸졸 따라다닙니다. 나는 절대로 그 남자를 아버지라 부르지 않을 거라 다짐합니다. 엄마가 원피스를 시장에서 사주고는 곧 데리러 온다는 말을 남기고 떠납니다. 나는 실망감에 학교에도 가지 않고 만만한 길녀에게 가지만 악담 외엔 좋은 소리를 듣지 못합니다.

선비댁 안채 할머니의 말을 잘 듣지 않아 꾸중을 일상으로 듣던 길녀가 어느 날 갑자기 자취를 감춥니다. 동네에선 패물 주머니를 훔쳐 달아났다고 소문이 파다합니다. 가끔 내 속을 뒤집어 놓기는 했어도 유일한 말동무였는데 아쉽기만 합니다.

금주를 찾아다니던 아저씨가 죽었다며 흰 두루마기 입은
사람들이 타작마당을 가득 메웠다. 선비댁 담장 안에선 곡소
리가 끊이지 않았다. 곡소리 틈틈이 아버지를 애타게 부르는
남자 목소리가 들렸다. 메추리 오빠면 가엾어서 어떡해. 미끄
럼을 타고 놀던 무덤 아래쪽에 뻘건 흙을 둘러쓴 무덤이 생겼
다. 애들은 금방 묻은 시체는 썩지 않아 귀신이 힘이 세다고
입을 모았다. 해 질 녘에 보이는 무덤은 금방이라도 귀신이 흙
무덤을 밀쳐내고 나올 것만 같았다. 아저씨 무덤이 생긴 후로
애들은 그곳에 가는 걸 꺼렸다.

나는 혹시나 메추리 오빠를 볼 수 있을까 서성이다 흰 두루마
기를 입은 그의 모습을 발견하지만 그는 모른 척 들어가 버리고,
담장 밑 물통에 올라가 버스정류장을 바라봤을 때는 메추리 오
빠도 꼭 나를 바라보는 것만 같습니다. 그 후 달이 밝은 한밤중
에 할머니가 내게 막걸리 주전자를 들리고 금주 아저씨의 무덤
에 절을 하라 시킵니다. "서방님 수발을 들라 했더니 덜컹 너를
가졌지 않았겠냐." 머리 좋기로 소문난 아저씨가 고시에 계속 낙
방을 하자 처자식을 두고 고향에 내려와 공부를 하는 중이었답
니다. 금주 아저씨, 그가 바로 나의 아버지였습니다. 그렇다면
메추리 오빠는 진짜 나의 오빠인 셈입니다.
씨감자 같은 엄마의 시간들이 드러난 채로 흘러갑니다. 나는
어느덧 읍내 중학교에 버스 통학을 하며 2년을 다녔습니다. 며

칠 후면 엄마가 있는 일본으로 가야 합니다. 당신 걱정은 하지 말라던 할머니가 짐짓 정수산을 바라보며 혀를 찹니다. 정수산은 선비댁 조상 무덤들이 있는 곳입니다. 마지막 인사라도 하고 가라는 뜻입니다.

워리를 부르며 아저씨 무덤으로 성큼성큼 내려갔다. 예전의 붉은 흙도 늙었는지 마른 잔디가 수북하다. 상석 앞에 섰다. 무슨 말부터 해야 할까. 안채 할머니의 불호령 속에 숨겨진 엄마와 아버지. 내가 금주와 닮았냐고 물을까. 금주 오빠가 내 오빠이기도 하다고 할까. 엄마의 편지를 상석에 놓았다. 배롱나무에 걸린 겨울바람이 편지를 들썩였다. 돌멩이로 모서리를 눌렀다. 제가 안채 할머니의 늣재떨이에 숨겨진 아저씨의 딸입니다. 이제 일본에 있는 엄마한테로 갑니다. 아저씨가 찾던 행자, 내 엄마한테로.

무덤에 누군가가 다가왔습니다. 뜻밖에도 메추리 오빠. 오빠는 나의 정체를 모릅니다. 그냥 예전의 메추리 눈을 닮았던 아이가 커 중학생이 된 줄만 알고 있습니다. 내가 그만큼 컸듯이 오빠도 대학생쯤 되었을 겁니다.

오빠다. 내 이복 오빠. 아버지의 아들. 진실을 알릴 때가 온 걸까. 오빠는 아직도 할머니보다 신분이 높아 함부로 대한다는데 이 사실을 어떻게 받아들일까.

"중학생인가? 예쁜데."

입가에 알 수 없는 웃음을 흘린다. 다급하게 오빠를 불렀다.

"오빠? 너 설마, 그때 일로?"

낄낄거리던 오빠가 얼굴을 바짝 갖다 대며 음흉하게 속삭였다.

"그럼, 오빠 노릇 제대로 해야겠네."

뭐라고 말할 새도 없이 입술을 훔치며 무덤 뒤로 몰았다. 워리가 낑낑대자 발로 걷어찼다. 그 틈에 달아나려 했지만 큰 손아귀에 잡히고 말았다. 어깨를 움츠리며 감췄던 가슴을 움켜쥐고 나뭇둥걸처럼 나를 덮쳤다. 워리가 달려들며 짖어댔다. 멀리서 할머니가 동네가 떠나가도록 나를 불렀다. 멈칫하던 오빠가 피식 웃고 일어섰다. 옷을 추스르고 상석 앞으로 나오자마자 할머니가 구르듯이 달려왔다.

일어나선 안 될 일이 일어나고 맙니다. 그 아비에 그 아들입니다. 개 짖는 소리에 놀라 달려온 할머니는 거기에서 무슨 일이 일어났는지 아무것도 모르고 "아버지라 불러 보거라." 말합니다. 나는 말이 나오지 않습니다. 할머니가 계속해서 재촉하지만 내 입은 도무지 열리지 않습니다. 혼란스럽고 절망적이고 비참한데 눈물도 나오지 않습니다. 그때 다시 등장한 메추리 오빠가 경악하여 눈을 부릅뜹니다. 나의 정체를 알았기 때문이지요. 나는 비로소 울음이 터집니다.

　작가는 결말에 이르러 반전에 반전을 거듭하는 욕심을 부렸습니다. 페미니스트들의 입장이라면 기도 안 찰 일입니다. 그러나 어쩝니까. 박경리 선생의 말에 따르면 소설가란 신을 닮으려는 가당치 않은 소망을 가진 사람이라고 했습니다. 인물을 창조하고 그 삶을 관장하니 그럴 밖에요. 그 창조와 관장을 독자는 고개를 갸우뚱할 뿐이지 어쩌지 못합니다.

　5. 데이지꽃 면사포, 그 이후

　〈작가가 소설 속에서 만드는 세계는, 현실에서의 세계를 있는 그대로 그리는 것이 아니라 작가가 주관적으로 욕망하는 바에 따라 그리는 것이기 때문에 변형을 거치게 된다. '변형된 세계'란 이처럼 소설 속에서 작가의 욕망에 의해 새롭게 만들어진 세계를 의미〉한다는 말을 한 사람은 평론가 김현입니다. 여기에서 필자는 최숙미의 소설집에 실린 아홉 편 가운데 '작가의 욕망에 의해 새롭게 만들어진 세계'에 가장 합당한 작품으로 표제작인 「데이지꽃 면사포」를 꼽았습니다.

　이 작품의 화자인 나는 예비 시어머니의 사주에 아이가 없다는 타령에 의해 혼인이 깨져 비혼주의자가 됩니다. 그녀는 솔로들의 정기적인 모임에서 IT 관련 사업을 하는 CEO를 만나 깊은 사이가 됩니다. 그들은 결혼은 하지 말고 서로 즐기자며 동거를 시작합니다. 그렇게 살다가 서로 결혼할 상대가 나타나면 쿨하게 헤어지자는 약속 또한 그런 부류들의 포장이 그럴듯한 식상한 레퍼토리지요. 이들은 방생이라는 말을 사용했네요. 여기에서 방생은 본래의 사전적 의미보다는 자유롭게 놔준다는 의미가 더 어울립니다. 과연 그럴 수 있을까요? 이럭저럭 2년이 지났을 때 남자가 여전히 방생이 유효하냐고 묻습니다. 괜찮은 여자를 소개받았다며 가정도 꾸리고 애도 낳고 싶다며. 직설적으로 얘기하자면 동거 생활을 끝내자는 겁니다. 아무리 방생하기로 했지만 그것도 이별입니다. 몸정 마음정 다 들었는데 이별이 쉬운 게 어디 있으려고요.

사랑이 끝나려나. 남편처럼 친구처럼 지냈던 신뢰의 성이 방생이라는 출구에서 푸슬푸슬 무너져 내렸다. 파혼했을 때는 이유가 분명해서 상대를 죽도록 원망하고 미워했건만 그를 놔줄 생각을 하니 종잡을 수 없는 허탈감이 몰려왔다. 불안해진 나와는 달리 그는 설레는 마음을 숨기지 않았다. 그쪽과 연애 중이면 나와는 뭐지? 이별 중? 아직은 못 보내. 제안을 했다.

"파트너 어때?"

"이러지 않기로 했잖아. 그래서 부담도 없었고."

"내가 아직 준비가 안 됐어."

내가 보내지 않아도 그가 가버리면 이별인 거겠지. 방생은 그와의 강철 같은 사랑을 자랑하는 객기 같은 거였는데. 아주 먼 훗날의 일이거나 그런 순간은 오지 않으리라는 확신도 있었는데, 떠나기 위한 비상구였다니 믿기지가 않았다. 왜 이런 날이 오리라고 생각지 못했을까. 보내줘야겠지. 이별은 어떻게 하는 거야? 방생은 내 인생행로를 망쳐버릴 키였나. 설마 완전히 떠나는 건 아니겠지. 아직은 못 보내. 아직은.

내가 갈팡질팡합니다. 우리의 이별이 정말이냐고 확인하는 내 말에 남자는 나답지 않게 왜 그러냐는 겁니다. 나는 나다운 게 뭔지 헷갈립니다. 떠나려는 남자의 의지가 확고할수록 내가 흔들립니다. 술을 마시고 잠을 이루지 못해 약을 먹고, 순간순간 그를 잘 보내주자며 다짐해보건만 허사입니다. 남자의 결혼식은 차츰 다가오는데 남자에 대한 나의 집착은 도를 더해갈 뿐입니다. 공항에서 본 신부는 꽃처럼 아름답고 남자에게선 내 남자라는 흔적을 찾을 수가 없습니다. 난 질투의 화신이 되어 남자의 신혼여행지까지 따라가 남자와 나만의 마지막 밤을 설계합니다. 그러나 마지막 황홀한 밤의 절차는 무참하게 깨지고 맙니다.

　놓친 고기가 더 커 보인다 지요, 나의 집착은 계속됩니다. '한 번만 와줘'라는 문자에 '나중에'라는 답장이 옵니다. 거절은 아닌 희망 섞인 답장으로 인해 희망 고문은 계속됩니다. 6개월쯤 지났을 때 그가 아침에 출근했다 저녁에 퇴근한 사람처럼 아무렇지도 않게 나타납니다. 남자의 결혼이 깨진 겁니다. 그가 제

의합니다. "내가 여기로 들어오고 혼인신고를 하는 거야. 어때?"
나의 집착이 효과를 발휘한 순간입니다. 그들은 결국 결혼에 성
공합니다. 그들의 생활이 과연 행복할까, 하는 의구심이 남습니
다. 필자는 앞서 김현의 '작가의 욕망에 의해 새롭게 만들어진
세계'를 끌어들였습니다. 이 「데이지꽃 면사포」는 보수에 물들
여진 세대에게는 고개가 절로 저어지는 무리수로 읽힙니다.

「겨울수선화」처럼 여자를 '좋은'과 '나쁜'의 두 부류로 나눈다
면 이 「데이지꽃 면사포」에 등장하는 인물도 손가락질을 받아도
싼 '나쁜' 이미지의 소유자입니다. 작가는 왜 자신에게는 어울리
지 않는 이런 인물을 그렸을까요. 시대상의 반영일 것입니다. 물
질문명만이 급변하는 게 아닙니다. 알게 모르게 우리 인간의 정
신도 거울을 깨뜨리고 있으니까요.

이 소설집에 나타난 인물들은 상처로 얼룩져 있습니다. 이 글
에서 언급하지 않았지만 「노을병」, 「나쁜 소녀들」, 「분홍원피
스」, 「페르소나」의 인물들도 한결같이 상처로 얼룩져 있습니다.
심지어 설화를 다룬 「길손, 이귀주」에 나오는 찬모마저 인생 자
체가 상처입니다. 그 상처는 작가에 의해 나름대로 다스려지고
(연민) 치유(화해)가 되지만 선뜻 고개가 끄덕여지지 않는 건 형
상화 과정에서 더 고민해야 할 작가의 과제입니다.

　인생은 갈래 어디쯤에든 샘을 만들어 주기도 하죠. 기웃거려 보지도 않던 소설이라는 샘을 만나 설레었습니다. 내 문학의 또 다른 장르에 도전한 셈이지요. 참을 수 없는 소설 쓰기의 유혹에 빠졌습니다. 소설을 읽을 때와 쓸 때의 시각은 달라졌지만 어려웠습니다. 헤매고 겉핥고 헛짚었지요. 눈떠야 했습니다. 냉철한 비판에 인격을 버렸고 칭찬은 접고 들으려 했습니다. 내 성품에 묶이지 않으려 했고 속살 우려내기를 위한 노력도 했습니다. 재촉하는 이 없었지만 기다림을 요청했지요. 첫 소설집이 나오기까지의 과정이었습니다.

　첫 소설집 『데이지꽃 면사포』를 출간합니다.

퇴고를 하며 눈 씻김을 한 곳이 있습니다. 회화나무와 백일홍 꽃이 넌출 되는 곳입니다. 여름풀이 무성하고 인적이 드물었어요. 〈아름다운 청승〉이라 이름 지어놓고 쉼을 가졌습니다. 거무스름한 벤치에 꽃무늬 손수건을 펼쳐 놓고 차를 마셨지요. 갓 태어난 거미들의 서툰 몸짓을 지켜봤습니다. 저들도 정교한 거미줄을 치기 위해 열정을 쏟을 것 같았어요. 저 역시 무늬 있는 소설집을 내고 싶었습니다. 정교하지 못할까 봐 출간을 미루고도 싶었고요. 그럼에도 누군가에게는 이슬 맺히는 소설집이 되지 않을까 하여 결단을 내렸습니다.

교정지를 보내고 산수유 열매가 발갛게 익은 나의 쉼터 〈아름다운 청승〉에 앉았습니다. 몇몇 군상들과 동화되며 빚어낸 소설집입니다만 심사자들 앞에 선 느낌이랄까요. 마음이 무거웠습니다. 가슴이 뻐근하기도 했고요. 사랑받는 소설집이었으면 하는 바람인 것 같습니다.

삶의 여정에서 어떤 사람을 만나느냐에 따라 행로가 바뀌기도 하지요. 문학의 멘토시며 은사이신 박희주 소설가님을 만나지 못했다면 소설 입문은 꿈도 꾸지 못했을 겁니다. 두고두고 감사할 일입니다. 소설가로서의 성장과정을 지켜보며 저의 첫 소설집 『데이지꽃 면사포』 서평을 써주셨지요. 소설가로 멀리 오래 날기를 바라는 마음이 담겨 뭉클했습니다.

소설집 『데이지꽃 면사포』를 멋지게 출간해 주신 ≪도화≫ 출판사 분들께 감사를 드립니다.

내 소설에 동감하는 독자들과 문우들, 격려를 아끼지 않는 형제자매들과 우리 가족들 친구들 고맙습니다. 표지를 예쁘게 디자인해준 딸 재분이 고맙고 사랑해.

인생행로를 바꾸어주시고 여기까지 인도하신 내 하나님께 예전보다 더한 감사를 드립니다.

2021년 가을 〈아름다운 청승〉에 다녀와서

최숙미